어느 도망자의 고백

Kokkai

어느 도망자의 고백

야쿠마루 가쿠 / 이정민 옮김

소미미디어
Somy Media

아버지에게, 어머니에게

일러두기

이 책의 주석은 모두 옮긴이 주입니다.

목차

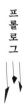

찬물로 세수를 하고 나니 정신이 조금 맑아졌다.

마가키 쇼타는 페이퍼 타월로 얼굴의 물기를 닦은 뒤, 화장실에서 나와 자리로 걸어갔다. 사야마와 구보가 돈을 꺼내 테이블 위에 모아 놓는 것이 보였다.

"마가키, 한 명당 2천800엔이야."

쇼타가 돌아온 것을 보고 사야마가 말했다.

"뭐야, 벌써 집에 가려고?"

쇼타가 자리에 앉자, 교대라도 하듯이 구보가 자리에서 일어났다.

"미안. 막차 타려면 지금 가야 해."

구보가 그 말을 남기고 허둥지둥 선술집을 나갔다.

구보는 이곳 아게오역에서 한 정거장 떨어진 미야하라에 산다. 그쪽으로 가는 전철은 막차가 11시 40분이지만 반대 방면은 그보다 40분쯤 뒤에 있다.

"넌 아직 괜찮지? 한잔만 더 하자."

술을 어중간하게 마셨는지 아직 부족했다.

아까 아르바이트 가게에서는 여자 친구인 아야카가 계속 냉랭한 표정으로 쇼타를 무시했다. 그곳에서 유일하게 쇼타와 아야카가 교제 중인 것을 아는 사야마가 두 사람의 분위기가 심상치 않음을 느꼈는지 아르바이트가 끝난 뒤 술을 마시러 가자고 했다. 그러나 그 후 희망 근무 시간표를 제출하러 온 구보가 합류하는 바람에 정작 중요한 이야기는 나누지 못한 상태다.

"더 마시고 싶어도 나도 막차까지 한 시간도 안 남았는데."

"그럼 우리 집에서 마시자."

쇼타의 집은 이곳에서 걸어서 10분쯤 거리에 있다.

"너희 집에서?"

사야마가 대놓고 얼굴을 찌푸렸다. 쇼타의 아버지를 알고 있는 사야마로서는 거부감이 드는 것이다.

"오늘은 집에 아무도 없으니까 자고 가도 돼. 편의점에서 술 사서 들어가자."

누나 아쓰코의 약혼자 쪽 본가에 인사를 하기 위해 부모님과 누나는 오늘 후쿠오카로 떠났다. 내일 낮에 돌아온다고 한다.

"아니…… 내가 술 마시자고 해놓고 미안한데, 내일 아침 일찍 수업이 있어서 오늘은 그냥 집에 가야겠어. 다음번에는 느긋하게 이야기 들어줄게."

딱 잘라 거절하는 사야마를 보고 쇼타는 한숨을 삼키며 가방에서 지갑을 꺼냈다. 둘은 자리에서 일어나 계산대로 향했다.

계산을 마치고 선술집을 나오자 사야마가 어깨를 두드려주었다.

"사정은 잘 모르겠지만, 계속 사귈 거면 일단 네가 먼저 굽히고 들어가."

"내가 왜? 나는 별로 잘못한 것도 없어. 물론 데이트 약속을 직전에 깨긴 했는데, 아주 바람맞힌 것도 아니고 전화로 사과도 했다니까."

그저께 밤에 데이트 약속을 잡았지만, 대학 동아리에 중요한 일이 생겨서 약속 한 시간 전에 아야카에게 연락해 양해를 구했다.

스케줄이 비어 있는 다다음 주 이후로 데이트 약속을 잡자고 제안했지만, 아야카는 화가 가라앉지 않는지 전화로 쇼타의 평상시 말과 행동을 들먹이며 따지고 들었다.

영양사 전문학교에 다니는 아야카 입장에서는 유명 대학에 다니는 쇼타의 말과 행동이 거슬렸던 모양이다. "공부만 할 줄 알지 상대방 마음을 헤아리는 법은 배우지 못했나 봐" 하는 아야카의 말에 쇼타는 자신뿐만 아니라 부모님까지 욕먹는 기분이 들어 "비아냥거리지 마" 하고 내뱉고 전화를 끊었다.

"그래서 냉전 상태에 들어갔다는 이야기구나."

사야마의 말에 쇼타는 고개를 끄덕였다.

"뭐, 네가 화내는 이유도 모르는 건 아닌데."

아야카에게는 아직 말하지 않았지만 사야마는 쇼타의 아버지가 누구인지 안다. 그리고 쇼타가 아버지가 졸업한 게이호쿠 대학에 들어가기 위해 어렸을 때부터 친구와 노는 것도 포기하고 오로지 공부에만 매진했다는 사정도.

"그런데 너, 구리야마 좋아하잖아."

구리야마는 아야카의 성이다. 쇼타는 고개를 끄덕이는 대신 속으로만 동의했다.

"헤어지기 싫으면 다시 사과하는 수밖에 없어."

사야마가 그렇게 말하고 손목시계를 확인했다.

"이제 가야겠다. 그럼."

역 방향으로 가는 사야마의 뒷모습을 잠시 지켜보다 쇼타도 집을 향해 걸음을 옮겼다.

가방을 든 손에 차가운 감촉이 느껴졌다. 고개를 들자 이마에 차가운 물방울이 닿았다. 비였다.

접이식 우산을 갖고 있지 않은 쇼타는 걸음을 서둘렀다. 빗발이 점점 거세어져 집까지 뛰어서 갔다. 열쇠로 현관문을 열고 안으로 들어갔다.

캄캄한 현관에서 신발을 벗으며 "다녀왔습니다" 하고 말하자 나나의 울음소리가 들렸다. 이쪽으로 다가오는 기척이 느껴진다.

나나는 반년 전부터 기르고 있는 고양이다. 아르바이트 가게 근처에서 기운이 없는 새끼 고양이를 발견해 집으로 데려왔다. 처음에는 부모님 모두 고양이를 집에서 기르는 것을 반대했지만, 쇼타는 아직 대학 입학 선물을 받지 않았으니 그 대신이라고 설득해 결국 허락을 받아냈다. 참고로 7년 전에 같은 대학에 입학한 아쓰코는 50만 엔에 달하는 명품 백을 선물받았다.

복도로 올라가자 나나가 쇼타의 발치에 몸을 바싹 붙이며 응석을 부렸다.

설령 아야카와 헤어지게 되어도 너를 향한 애정은 변하지 않아, 하고 쇼타는 한 손으로 나나를 쓰다듬어주고 세면실로 갔다.

젖은 머리를 수건으로 말리고 있는데 바지 주머니에서 진동이 울렸다. 쇼타는 휴대전화를 꺼내 문자를 확인했다.

직접 만나서 이야기하고 싶어.

아야카의 문자였다.

'지금?' 하고 쇼타가 답장을 보냈다. 바로 아야카에게 문자가 왔다.

지금 당장 날 보러 오지 않으면 헤어질 거야.

아야카의 집은 고노스에 있다. 막차도 이미 끊겼다. 게다가 세면실 창문 너머로 빗소리가 요란하게 들렸다.

쇼타는 휴대전화 화면을 보며 고민했다.

차로 30분쯤 가면 만날 수 있다.

하지만 지금 상황에서 그녀가 시키는 대로 '당장 갈게' 하고 답장을 보내는 것도 왠지 내키지 않았다. 답장을 하지 않고 잠시 불안하게 한 다음, 갑자기 집으로 찾아가 놀라게 해주기로 했다.

세면실을 나와 현관으로 향하자 나나가 야옹 하며 따라왔다.

"너도 갈래?"

동의를 했는지 어떤지는 모르지만, 쇼타는 나나가 주로 지내는 거실로 들어가 고양이 이동 장을 손에 들었다. 거기에 나나를 넣고, 신발장 위에 있는 열쇠 보관 트레이에서 차 열쇠를 챙겨 현관을 나왔다. 현관문을 잠그고 주차장에 세워둔 프리우스 승용차 문을 열었다. 조수석에 이동 장을 올려놓고, 글러브 박스에서 초보 운전자 스티커를 꺼내 차의 앞뒤에 붙인 다음 운전석에 앉았다.

운전면허를 딴 지 9개월이 되었지만 비 오는 날에 운전하는 것은 처음이었다. 게다가 밤에는 운전을 한 적이 거의 없다.

조금 긴장하면서 시동을 건 뒤 라이트와 와이퍼를 켜고 출발했다. 속도를 내지 않도록 주의하며 쥐 죽은 듯 조용한 주택가를 달렸다.

주택가를 빠져나가 큰 도로에 들어서자 긴장감이 풀렸다. 액셀 위에 올려둔 발에 힘을 살짝 실었다. 앞 유리를 사정없이 내리치는 비를 보면서 캄캄한 외길을 달렸다.

차 안에 나나의 울음소리가 울렸다. 처음에는 신경 쓰지 않았지만, 평상시와 다른 소리로 울고 있었다. 왜 그럴까 싶어 조수석을 쳐다보며 이동 장에 왼손을 뻗은 순간, 엄청난 충격이 일어 앞 유리를 봤다.

칠흑 같은 어둠 속에서 세찬 빗방울이 부딪히는 가운데, 뭔가에 올라탄 듯한 감촉이 핸들을 쥔 손에 전해지고 빗소리를 지우는 듯한 '끄아악' 하는 기괴한 소리가 귀에 울렸다.

순간 브레이크에 발을 옮기려 했지만, 백미러에 비친 붉은 빛이 눈에 들어와 그대로 액셀을 밟았다.

온몸의 털이 곤두서는 절규가 몇 초 만에 들리지 않게 되고, 그 대신 심장이 쿵쾅대는 소리가 들렸다.

차내 온도가 단숨에 10도쯤 내려간 듯한 냉기를 등으로 느끼며 다음 적색 신호등이 나타날 때까지 계속 액셀을 밟았다.

제
1
장

_____1

노리와 마사키는 겉옷과 가방을 들고 방을 나왔다. 계단을 내려
가 거실로 들어가자 아들 가즈키가 식탁 앞에 앉아 있었다. 나
른한 얼굴로 턱을 괴고 있다.

"일찍 일어났구나."

마사키가 겉옷과 가방을 의자에 놓으며 말을 건넸다.

아직 아침 7시 반도 되지 않은 시각이다. 가즈키는 대학에 들
어간 뒤로 이런 이른 시간에 일어난 적이 거의 없었다.

"아니야. 아까 들어온 거야."

그 목소리에 마사키는 뒤를 돌아봤다. 아내 지히로가 부엌에
서 어이없다는 표정을 짓고 있었다.

"아까?"

그러고 보니 자신들 부부가 잠자리에 들 때까지 가즈키가 집에 들어온 기척은 없었다.

"아, 큰일 났다. 술을 너무 많이 마셨어. 우리 집에는 숙취해소제 같은 센스 있는 거, 없지?"

가즈키가 위 언저리를 문지르며 말했다. 아마 막차를 놓쳐서 새벽까지 친구들과 술을 마셨을 것이다.

"학생이 외박하고 새벽에 들어오다니 팔자 좋구나."

"그럼 어떡해? 동아리 궐기 대회였는데. 그리고 나도 이제 스무 살 넘었고, 아르바이트해서 번 돈으로 술 마시는 거니까 너무 뭐라고 하지 마."

"그래도 그렇지, 학생의 본분은 공부 아니냐."

"아빠도 젊었을 때는 툭하면 새벽까지 술 드셨다던데. 할아버지한테 들은 적 있어."

나 참, 그런 쓸데없는 소리는 왜 하셨는지.

그 말대로 젊었을 때는 교사의 자식이 외박하고 새벽에 들어오는 것은 남들 보기에 좋지 않다고 아버지에게 자주 꾸지람을 들었다. 마사키는 술을 못하는 아버지는 술 마시는 사람의 마음을 알 턱이 없다며 대들곤 했다.

"유전인데 나더러 어쩌라는 거야. 그런고로 나는 이만 자러 갈게."

가즈키는 그렇게 말하고 의자에서 일어나 거실을 나갔다.

그런고로는 무슨, 저 버르장머리 없는 자식.

마사키는 지히로와 서로 얼굴을 쳐다보며 한숨을 내쉬었다. 세면실에 가려는데 겉옷 주머니에서 진동음이 들렸다.

이런 시간에 누구일까 하면서 휴대전화를 꺼냈다. 어머니의 휴대전화로 걸려온 전화였다.

"여보세요, 무슨 일이세요?"

마사키는 전화를 받았다.

"이른 아침에 죄송합니다. 저는 아게오 경찰서 교통과의 사와다라고 합니다."

마사키는 남성의 목소리를 들으며 고개를 갸우뚱했다.

"지금 제가 전화를 건 이 휴대전화 번호의 주인은 누구십니까?"

상대가 무슨 소리를 하는지 이해되지 않아 무심코 지히로의 얼굴을 쳐다봤다.

무슨 일일까 신경이 쓰이는지 지히로가 미간에 주름을 잡으며 이쪽을 봤다.

"혹시 이 번호를 모르십니까?"

거듭 묻기에 "어머니 휴대전화 번호입니다" 하고 대답했다.

"그렇습니까. 실례입니다만, 지금 전화 받으시는 분의 성함을 알려주시겠습니까."

"노리와……" 하고 말하다 말고 입을 다물었다.

"저…… 저도 실례입니다만, 정말 경찰 맞으십니까?"

요즘 경찰을 사칭한 사기가 횡행하고 있다. 어머니가 휴대전화를 잃어버렸고 그것을 주운 누군가가 사기를 치려는 걸지도 모른다.

"네, 그렇습니다. 갑자기 이런 전화를 드리면 의심스러울 수도 있지요. 일단 제가 이 전화를 끊을 테니, 아게오서*의 대표번호로 전화를 주십시오. 인터넷으로 검색하면 금방 나옵니다. 그다음에 교통과 사와다를 찾으시면 됩니다. 그럼 잘 부탁드립니다."

그러고는 전화가 끊겼다. 바로 인터넷을 연결해 아게오 경찰서 번호를 검색해 전화를 걸었다.

"네, 아게오 경찰서입니다."

여성이 전화를 받았다.

"저…… 조금 전에 그쪽 교통과의 사와다라는 분에게 연락을 받은 사람입니다만."

이름을 대고 사정을 설명하자, 여성이 "연결해드리겠습니다" 하고 말하더니 통화 대기음으로 넘어갔다.

아무래도 진짜 경찰관이었던 모양이다.

통화 대기음이 사라지고 조금 전 그 남성의 목소리가 들렸다.

"여보세요, 조금 전에 전화드린 사와다입니다."

"의심해서 죄송합니다."

어느 도망자의 고백

"괘념치 마십시오."

부드러운 목소리가 돌아왔다.

"그런데 왜 경찰분이 제 어머니 휴대전화를 갖고 계십니까?"

마사키의 질문에 상대가 잠시 침묵했다.

"그걸 설명해드리기 전에 당신의 성함을 알려주시겠습니까."

"노리와 마사키입니다."

"어머님 성함은?"

"노리와 기미코입니다."

"사시는 곳은 어디입니까?"

마사키는 본가 주소를 말했다.

"실은…… 어젯밤 1시 30분경에 스가야 3가 도로에 여성이 쓰러져 있다는 신고가 들어왔습니다."

그 말을 듣자 숨이 턱 막혀왔다.

시야에 비치는 지히로의 표정이 험악해졌다. 자신도 그런 얼굴을 하고 있을지도 모른다.

"경찰과 구급대원이 즉시 출동했습니다만, 여성은 이미 돌아가신 뒤였습니다. 그분의 소지품 중에 아까 그 휴대전화가 있었습니다."

심장이 쿵쾅대는 것과 동시에 "정말로 제 어머니가 분명합니까!" 하고 소리쳤다.

"달리 신원을 특정할 수 있는 물건이 없었습니다. 휴대전화

주인을 알아내고 싶어도 통신사는 아직 영업시간이 아니라서 일단 연락처에 등록된 분에게 전화를 드린 겁니다. 연락처에는 당신과 '집'과 '구미' 씨라는 분의 번호가 있었는데, 일단 집이라고 표시된 번호로 전화를 걸었더니 자동 응답기로 넘어갔기 때문에……."

아버지가 집에 있을 텐데 왜 전화를 받지 않았을까.

구미는 마사키보다 세 살 어린 여동생이다.

아버지는 사용법을 익히기가 번거롭다며 휴대전화를 껐지만, 외출했다가 무슨 일이 생겼을 때를 대비해 어머니에게는 3년 전에 휴대전화를 개통해주었다.

"아니, 어쩌다…… 어쩌다 돌아가셨습니까."

스스로도 목소리가 떨리는 것을 알 수 있었다.

"사법해부를 해보지 않으면 사인에 관해서는 뭐라 말씀드릴 수가 없지만, 차에 치인 것으로 보입니다. 아직 어머님이라 단정할 수는 없지만 가족분께서 시신을 확인해주셨으면 합니다만."

"네에……."

그렇게 대답하는 것만으로 가슴이 찢어질 듯이 아팠다.

"제가 나고야에 살고 있어서 그쪽에 가려면 세 시간쯤 걸립니다만, 지금 바로 출발하겠습니다."

"스가야 쪽 집에 다른 가족분은 안 계십니까?"

"아버지가 계십니다."

"성함이?"

"노리와 후미히사입니다."

"왜 전화를 받지 않으셨을까요? 저희 쪽에서 스가야의 집을 방문해보는 게 좋겠습니까?"

그 제안에는 "아뇨" 하고 바로 거절했다.

갑자기 경찰이 찾아와서 이런 이야기를 하면 아버지는 큰 충격을 받을 것이다. 아버지는 올해 84세로 심장에 지병이 있다.

"제가 다시 연락해보겠습니다."

두세 마디를 더 주고받고 전화를 끊었다. 휴대전화를 귀에서 떼자마자 "무슨 일이야?" 하고 지히로가 곧장 다가왔다.

"어머니로 추정되는…… 여성이 사망했다는데……."

지히로가 눈을 부릅뜨고 손으로 입을 틀어막았다. "어, 어쩌다……" 하고 날카로운 목소리로 말했다.

"차에 치였다는군."

이어서 사와다에게 들은 내용을 그대로 읊었다.

"그분은 분명히 어머님이 아닐 거야. 경찰에 신고가 들어온 건 한밤중인 1시 반경이라며. 그런 시간에 외출하실 리가 없어."

마사키도 그렇게 생각하고 싶었다. 그런데 만약 그렇다면 죽은 여성은 어째서 어머니 휴대전화를 가지고 있었을까.

마사키는 본가의 전화번호를 누르고 휴대전화를 귀에 갖다 댔다.

신호음이 여러 번 울린 뒤 자동 응답기 메시지가 흘러나왔다.

아버지는 외출한 걸까.

아침에 일어났더니 어머니 모습이 보이지 않아 걱정되어서 찾고 있는 걸까. 아니면 어머니가 휴대전화를 잃어버려서 함께 찾으러 나간 걸까. 혹은 휴대전화 분실 신고를 하기 위해 통신사나 파출소로 가고 있을까.

아무 일 없기를 바라며, 이 메시지를 들으면 바로 자신의 휴대전화에 전화해달라고 음성 메시지를 남겼다.

이어서 구미의 휴대전화에 전화했다. 좀처럼 받지 않는다. 초조한 심정으로 신호음을 듣고 있자, "여보세요" 하고 전화가 연결되었다.

"아니, 이 시간에 무슨 일이야? 아침에는 애들 학교 보낼 준비하느라 바쁘단 말이야."

구미가 달갑지 않은 목소리로 말했다.

"지금 그럴 때가 아니야. 차분히 내 말 잘 들어……."

그렇게 말한 마사키도 크게 동요하는 바람에 다음 말이 생각나지 않았다.

"대체 무슨 일인데……?"

"조금 전에 아게오서 교통과에서 연락이 왔는데, 어머니 휴대전화를 갖고 있는 여성이 차에 치여 사망했다고 했어."

숨을 삼키는 소리가 귓가에 울렸다.

"아직 어머니가 맞는지 확실하지는 않은데 집에 전화해도 아무도 안 받네. 나는 지금 아게오서로 가서 그 사람이 어머니인지 아닌지 확인할 테니, 네가 부모님 집에 가봤으면 해."

구미는 요코하마에 산다. 한 시간 반쯤이면 본가에 도착할 것이다.

"아, 알겠어……."

마사키는 전화를 끊고 바로 겉옷을 입고 현관으로 향했다.

"뭐 알게 되면 바로 연락해줘."

지히로가 비통한 표정으로 따라왔다.

현관에서 신발을 신을 때 아직 양치질을 하지 않은 것이 생각났지만, 개의치 않고 집을 나섰다.

아게오역 개찰구를 나가려는데 구미에게 전화가 걸려왔다. 마사키는 마음이 급하여 "여보세요……" 하고 휴대전화를 귀에 대면서 개찰구를 빠져나갔다.

"연락이 늦어져서 미안해. 부모님 집에 갔더니 큰일이 나서 연락할 틈도 없었어."

"큰일이라니?"

마사키는 구미에게 되물었다. 택시 승강장으로 향하는 발걸음이 무거워졌다.

"집에 들어갔더니 아버지가 이불 속에서 앓고 계셨어…….
열을 쟀더니 39도가 넘어서 구급차를 불렀고, 지금 아게오 종합
병원에 있는데 인플루엔자래."

"어머니는?"

"없었어."

불안한 대답을 듣고 발이 땅속으로 꺼지는 감각에 휩싸였다.

"오빠는 지금 어디야?"

"이제 막 아게오역에 도착했어. 곧장 경찰서로 가려고."

"나도 입원 수속이 끝나는 대로 그리로 갈게."

"알았어."

전화를 끊고 택시에 올라타 기사에게 목적지를 말했다.

아게오 경찰서는 전철역에서 차로 5분쯤 걸리는 곳에 있었
다. 태어나서 고등학교를 졸업할 때까지 18년을 이 근처에서 살
았지만, 아게오 경찰서에 가는 것은 처음이었다.

경찰서 건물에 들어가 곧장 접수대로 향했다.

"노리와 마사키라고 합니다만, 교통과 사와다 씨 계십니까."

접수대 여성에게 말하자 그녀가 "잠시 기다려주십시오" 하고
수화기를 들었다. 전화 상대와 이야기를 하고 수화기를 내려놓
더니 이쪽을 봤다.

"금방 올 테니 그쪽에서 기다리십시오."

여성이 그렇게 말하고 접수대 앞에 있는 벤치를 손으로 가리

켰다.

　벤치에 앉아 기다리고 있자 30대로 보이는 양복 차림의 남성이 이쪽을 향해 다가왔다.

　"전화드렸던 사와다입니다."

　그 말에 마사키는 벌떡 일어났다. 턱을 당겨 가볍게 인사했다.

　"이쪽으로 오시지요."

　사와다를 따라 지하로 가는 계단을 내려갔다. 사와다가 '시체 안치소' 팻말이 걸린 방 앞에 서서 문을 열었다.

　사와다의 안내를 받아 안으로 들어가자 중앙에 놓인 안치대가 눈에 들어왔다. 안치대 안쪽에는 제단이 있고 꽃과 선향이 마련되어 있었다. 안치대에 누워 있는 사람의 몸과 얼굴은 흰 천으로 덮여 있었다.

　"시신이 심하게 손상되어…… 몹시 괴로우시겠지만 잘 부탁드립니다."

　그렇게 말하고 사와다가 얼굴의 천을 걷어 올린 순간, 마사키는 저도 모르게 고개를 돌렸다. 하지만 눈을 감았는데도 아주 잠깐 본 그 광경이 잔상이 되어 사라지지 않았다.

　뺨과 두피의 반 정도가 도려내진 노파의 얼굴……

　어머니라는 것이 도저히 믿기지 않았지만, 왼쪽 턱에 있는 점이 머릿속에 선명히 남아 있었다.

　"어머니가 틀림없습니다. 이제…… 천을 덮어주십시오."

천을 씌우는 기척을 귓전으로 분명히 확인하고 나서 안치대로 시선을 되돌렸다. 천에 덮인 어머니를 보면서 몸이 와들와들 떨리기 시작했다.

어머니는 도대체 어떻게 돌아가셨을까.

억누르려 할수록 떨림이 심해지더니 이윽고 눈물이 솟구쳐 눈앞이 뿌예졌다. 바닥에 무릎을 꿇고 소맷부리를 악물며 오열했다.

마사키는 남의 눈도 꺼리지 않고 그 자리에서 흐느껴 울고 나서 그곳을 나왔다. 사와다와 함께 접수대로 돌아가자 구미가 벤치에 앉아 있는 것이 보였다. 구미도 자신을 보고 일어섰다.

"정말 우리 어머니 맞아? 거짓말이지?"

자신의 표정을 보고 알아차렸는지 구미가 울먹이는 소리로 물었다.

아무런 대답도 하지 못하고 있자, 구미가 "저도 봐야겠어요" 하고 사와다에게 호소했다.

"그만둬."

마사키의 말에 구미가 놀란 듯이 고개를 뒤로 돌렸다.

무심코 거친 말투가 튀어나왔다.

"보지 않는 게 좋아."

애써 부드러운 말투로 다시 말하자, 무슨 뜻인지 알겠다는 듯 구미가 창백한 얼굴로 끄덕였다.

"사정을 설명해드릴 테니 이쪽으로 오시지요."

사와다의 안내를 받아 2층 방으로 들어갔다. TV 드라마에서 보던 살풍경한 취조실이 아닌 응접세트가 놓인 방이었다. 마사키는 구미와 함께 사와다의 맞은편에 앉았다. 여성 직원이 차를 가져왔지만 도저히 차 마실 기분이 아니었다.

"마사키 씨에게는 아까 전화로 조금 말씀드렸습니다만, 어젯밤 1시 30분경에 스가야 3가 도로에 여성이 쓰러져 있다는 신고가 들어와서 즉시 현장으로 출동했습니다. 저희와 동시에 구급대원도 현장에 도착했지만, 어머님은 이미 그 자리에서 돌아가신 상태임이 확인되었습니다."

옆에서 흐느껴 우는 소리가 들렸다. 구미의 상태가 걱정되었지만, 마사키는 사와다에게 시선을 고정한 채 설명을 들었다.

"어머님이 쓰러져 계셨던 곳은 스가야 3가에 있는 횡단보도에서 200미터쯤 떨어진 곳인데……."

사와다가 말을 하다 말고 머뭇거렸다.

"횡단보도를 건너실 때 치인 겁니까?"

마사키의 물음에 사와다가 고개를 애매하게 끄덕였다.

"횡단보도 위에 편의점 봉지가 떨어져 있었고 그곳에서 100미터쯤 떨어진 곳에 어머님의 가방과 부러진 우산이 있었습니다. 그것으로 보아 아마도 어머님은 횡단보도를 건너시던 중에 차에 치이고 쓰러진 상태에서 끌려간 것으로 추정됩니다."

사와다의 설명을 들으면서 아까 본 어머니의 끔찍한 얼굴이 머릿속에 되살아났다.

"현재 뺑소니 사건으로 수사 중입니다."

"목격자는 있습니까?"

"아뇨, 아직까지 그런 보고는 없었습니다. 그 주변은 원래 오가는 사람과 차량이 적은 데다 한밤중이고 해서……."

도로변 곳곳에 운송회사와 창고가 자리하고 있어 낮에는 트럭이 자주 지나다니지만, 확실히 밤이 되면 사람도 차량도 거의 찾아볼 수 없다.

"신고하신 분은 그 길을 운전해서 가던 중 길 위에 사람 형체가 쓰러져 있는 것을 보고 차에서 내려 어머님을 발견했다고 합니다. 저희가 확인한 바로는 지갑 속에 편의점 영수증이 들어 있었고, 그것으로 추정컨대 어머님이 편의점에서 나오신 것은 밤 12시 55분경입니다. 그곳에서 횡단보도까지는 5분쯤 걸리므로 사고를 당하시고 나서 약 30분이 경과한 뒤 발견된 것으로 보입니다."

차에 치였을 때 어머니는 아직 살아 있었을까. 조금만 더 일찍 발견되었더라면 살 수도 있었을까. 애초에 왜 그렇게 늦은 시간에 편의점에 갔을까.

"어머니가 편의점에서 뭘 산 건가요?"

마사키와 같은 의문을 품었는지 구미가 물었다.

"봉지 얼음 두 봉을 사셨습니다."

사와다의 대답에 마사키는 구미와 서로 얼굴을 마주 보았다.

아마 고열에 시달리는 아버지를 위해 얼음주머니를 만들려 했지만 얼음이 부족해서 사러 갔을 것이다.

"아버지한테…… 뭐라고 설명해야 해……?"

구미가 비통한 목소리로 말했다. 아마도 그 역할은 내가 해야 겠구나 싶어 마사키는 무거운 한숨을 내쉬었다.

_____ 2

아래층에서 들려오는 소리에 마가키 쇼타는 고개를 들었다.

창가를 보니 커튼 사이로 밝은 햇살이 비쳐 들고 있었다. 어느덧 비가 그친 모양이다.

집에 돌아와서 고양이 이동 장에서 나나를 꺼내준 뒤, 방으로 들어와 한참 동안 바닥에 앉아 무릎을 끌어안고 있었다. 그로부터 시간이 얼마나 흘렀는지도 잘 모른다.

계단을 오르는 발소리에 이어 문을 노크하는 소리가 들렸다.

"쇼타, 안에 있니?"

어머니의 목소리가 들렸지만 도무지 반응할 마음이 나지 않았다.

그러나 아무런 대답도 하지 않으면 방에 들어올지도 모른다. 지금은 누구에게도 얼굴을 보이고 싶지 않았다.

"있어."

쇼타는 문을 향해 대답했다.

"차가 없던데, 어떻게 된 일이니?"

그 후 차로 오케가와역까지 가서 유료 주차장에 세운 뒤 택시를 타고 집에 왔다.

"아아……."

시간을 끌면서 뭐라고 대답할지 생각했다.

"어제 차로 친구네 집에 놀러 갔는데…… 비가 엄청나게 쏟아져서 거기다 두고 택시 타고 왔어. 나중에 가서 가져올게."

"그래. 주말까지 안 쓰니까 친구만 괜찮다면 급하게 가져오지 않아도 돼."

"알겠어. 후쿠오카는 어땠어?"

딱히 궁금하지는 않았지만 조금이라도 다른 생각을 하고 싶었다.

"신이치 씨 부모님도 아주 훌륭하시더라. 다음 달에 식장 보러 이쪽으로 오신다고 하니 그때는 너도 인사드리렴."

신이치는 아쓰코와 대학 동창으로 대형 은행에서 근무한다고 한다. 쇼타는 딱 한 번 만나봤는데 인상이 서글서글한 사람으로, 부모님도 딸이 좋은 연분을 만났다며 기뻐했다.

어느 도망자의 고백

"알겠어."

계단을 내려가는 발소리에 쇼타는 문으로 향했던 시선을 자신의 두 손으로 옮겼다.

그때 핸들 너머로 전해진 진동의 감각이 사라지지 않는다. 무릎을 꼭 끌어안고 있어도 두 손의 떨림이 도무지 가라앉지 않고 그 여진이 몸속에서 느껴진다.

아니야…… 그건 사람이 아니야…….

그렇다. 그것은 개나 고양이다. 갑자기 튀어나온 개나 고양이를 친 것이다.

그렇다고 해서 죄책감이 없어지는 것은 아니다. 끄아악 하는 기괴한 소리가 귀에 들러붙어 떨어지지 않는다.

마음속으로 온 힘을 다해 명복을 빌었다. 사체를 거두어줄 수는 없지만 집 마당에 무덤을 만들어줘야겠다. 그리고 그 대신이라고 하기에는 무엇하지만 앞으로 평생 나나를 정성껏 보살필 것이다.

자신이 들이받은 것은 사람이 아니다. 만약 사람이었다면 이 시간까지 발견되지 않을 리가 없다. 뉴스를 보면 확실히 알 수 있을 것이다. 뉴스에 보도되지 않았으면 이 불안한 마음에서 당장 벗어날 수 있다.

쇼타는 낮은 탁자 위에 있는 TV 리모컨에 손을 뻗었다. TV 전원을 켜고 싶었지만 좀처럼 용기가 나지 않았다.

목이 서서히 조여오는 것 같아 숨쉬기가 어려웠다. 계속 이런 기분으로 있을 수는 없다는 생각에 심호흡을 하고 TV 전원을 켰다.

화면에 갑자기 아버지 얼굴이 나타나 질겁하여 리모컨을 떨어뜨렸다.

교육평론가인 아버지가 해설을 맡은 시사 정보 프로그램이었다.

얼른 리모컨을 주워 채널을 바꾸었다. 다른 시사 정보 프로로 돌리자 화면에 편의점이 나왔다.

"편의점에 있는 남성 점원에게 식칼 같은 것을 들이대고 돈을 내놓으라고 협박하여 매출금 약 10만 엔을 빼앗아 달아났습니다. 편의점에 다른 고객은 없었고 점원은 다치지 않았습니다. 남자는 키가 160에서 170센티미터쯤 되고, 위아래로 거무스름한 바람막이 점퍼와 바지를 입고, 회색 방한모를 쓰고 있었다고 합니다. 관할 경찰서에서는 강도 사건으로 보고 수사하고 있습니다."

이어서 바뀐 화면을 보고 심장이 튀어나오는 줄 알았다.

도롯가에 정차한 순찰차 영상과 함께 '차에 200미터 끌려가, 여성 사망'이라는 자막이 나왔다.

"어젯밤 오전 1시 30분경 사이타마현 아게오시 스가야의 시내 도로에서 여성이 쓰러져 있는 것을 행인이 발견하여 경찰에 신고했습니다. 여성은 근처에 사는 81세의 무직, 노리와 기미코 씨로, 사망이 확인되었습니다. 현장 도로에는 200미터에 걸쳐 끌려간 흔적이 남아 있으며, 경찰에서는 노리와 씨가 뺑소니 사고를 당한 것으로 보고 도주 차량을 찾고 있습니다……."

개찰구를 지나 역을 나오자 눈앞에 파출소가 보여 쇼타는 저도 모르게 그 자리에 멈춰 섰다.

이대로 자수해야 하는 것이 아닐까.

나는 사람을 죽이고 말았다.

그것이 변하지 않는 현실이라는 것을 알게 된 이상, 이대로 양심의 가책을 견딜 수 있을 리가 없다.

아니.

술을 마신 상태로 운전해서 사람을 치어 죽이고 달아났다. 붙잡히면 상당한 중죄로 다스려질 것이다.

수년간 교도소에 갇히고, 사회에 나온 뒤에도 사람들에게 범죄자라는 뒷손가락질을 받고 평생을 살아야 할 것이다.

내 인생은 끝난 것이나 마찬가지다.

그뿐만이 아니다. 부모님과 누나도 범죄자의 가족으로서 떳떳지 못한 삶을 강요받게 된다.

항상 TV에서 엄격한 발언을 하는 아버지는 세상 사람들로부터 지탄받을 것이다. 그리고 결혼을 앞둔 누나는 파혼을 당할지도 모른다.

그렇다 해도.

파출소로 빨려 들어갈 것 같은 마음을 어떻게든 거부하려 애썼다.

그리고…… 아야카는 어떻게 생각할까.

만약 자신이 보낸 문자 때문에 남자 친구가 운전을 하다 사고를 냈다는 것을 알면 그녀도 자책감에 사로잡힐지도 모른다.

그렇다. 이 일은 나 혼자만의 문제가 아니다. 붙잡혀서는 안 된다.

쇼타는 가까스로 파출소를 벗어나 차를 세워둔 유료 주차장으로 향했다.

유료 주차장에 들어가 머뭇머뭇하며 차로 다가갔다. 차의 상태는 언뜻 보기에 평상시와 다름없었다. 헤드라이트와 사이드 미러도 깨지지 않았다. 더 가까이 가서 확인해보니 범퍼와 좌측면이 조금 우그러졌고 검붉은 얼룩이 묻어 있었다.

이 정도 흠집이면 부모님에게는 차를 벽에 박았다고 둘러댈 수 있을 것 같았다.

쇼타는 차 문을 열고 글러브 박스에서 창문 청소용 세정 티슈를 꺼냈다. 팩에서 스티커를 떼려는데 손끝이 떨려서 잘 집어지지 않았다. 답답한 심정으로 겨우 티슈를 뽑은 다음, 그 자리에 쭈그려 앉아서 차체에 묻은 검붉은 얼룩을 닦아냈다. 혹시 몰라 차체 밑바닥과 타이어도 닦았다.

　손끝에 뭔가가 닿은 듯하여 티슈를 쥔 손을 차체의 밑바닥에서 꺼냈다. 그것을 보자 구역질이 났다.

　티슈에는 검붉은 얼룩과 함께 흰머리 몇 가닥이 엉겨 붙어 있었다.

————————— 3

옆방에서 후미코가 고통스러워하고 있다…….

　다다미 바닥에 푹 고꾸라져서 작은 몸으로 몸부림치고 있다.

　도대체 어떻게 된 일일까. 후미코…… 괜찮느냐?

　당장 곁으로 가려고 몸을 움직였지만 거리가 전혀 좁혀지지 않는다. 도리어 후미코의 모습이 점점 멀어진다.

　후미코…… 괜찮느냐…… 바로 가마…….

　아빠…… 아빠…… 하고 후미코가 자신을 부르는 소리가 들린다.

　그러나 마치 신기루 속을 헤매는 것처럼 아무리 손을 뻗어도 후미코에게 닿지 않았다.

　아빠…… 아빠…….

　그 목소리가 커질수록 후미코의 모습은 희미해졌다.

안 된다……. 사라지지 말아다오…….

간절히 기도하는데도 후미코의 모습이 빛에 감싸여 사라져 갔다. 그 안쪽에서 두 개의 흐릿한 얼굴이 떠올랐다.

"아버지……."

남자의 목소리가 애타게 부르지만 누구인지 알지 못했다. 잠시 쳐다보고 있는 사이에 마스크를 쓴 두 사람의 윤곽이 뚜렷해졌다.

"아버지, 알아보시겠어요? 마사키예요."

그 말을 듣고서야 눈앞에 있는 사람이 아들임을 깨달았다. 그 옆에 있는 사람은 필시 딸인 구미일 것이다.

고개를 천천히 돌리자 침대 곁에 처음 보는 기구가 놓여 있었다.

"여기는……?"

그렇게 묻자 마사키가 얼굴을 가까이 가져왔다.

"병원이에요. 인플루엔자에 걸려서 이틀 전에 입원하셨어요."

"그렇구나……. 네 어머니는?"

두 사람이 서로 얼굴을 마주했다. 아무런 대답도 없었다.

"기미코는 어디 있느냐?"

불안한 마음에 다시 묻자 두 사람이 이쪽으로 시선을 되돌렸다. "아버지……" 하고 구미가 손을 잡아주었다.

"상황이 이런데 말씀드려야 할지 많이 고민했는데요…….”

어느 도망자의 고백

마사키가 이쪽을 바라보며 머뭇거렸다.

"대체 무슨 일이냐?"

"어머니가 돌아가셨습니다."

그 말뜻을 이해하지 못해 마사키의 눈을 빤히 바라보았다.

"사흘 전 밤중에 차에 치이셔서…… 아버지가 퇴원하실 때까지 장례를 치르지 않고 기다리고 싶지만 시신이 워낙 심하게 손상되어서…… 장례를 최대한 빨리 치르는 게 좋겠다고 하더군요……."

차에 치여서…… 시신이 심하게 손상되어서…….

도대체 무슨 소리를 하는 걸까.

"장례는 저희가 잘 치를 테니 아버지는 여기서 어머니 명복을 빌어주세요."

"어, 어째서…… 기미코가 밤중에……."

쥐어짜듯 말하자 이쪽을 보고 있던 마사키가 시선을 피했다.

"아버지가 고열을 앓으셔서 편의점에 얼음을 사러 갔다가 돌아오시는 길에……."

그 말에 심장이 격하게 요동쳤다.

내 탓이라는 걸까.

"범인은 아직 잡히지 않았지만 경찰이 반드시 잡아줄 겁니다. 그러니……."

마사키가 그렇게 말하며 손으로 눈물을 닦았다. 내 손을 잡은 구미의 손도 떨리고 있다.

두 사람에게서 시선을 거두어 천장을 쳐다보았다.

후미코뿐만 아니라 기미코까지 빼앗아갔다는 건가.

게다가 이제는 얼굴을 볼 수조차 없다니.

너무 가혹하다…….

———————4

전화가 와서 휴대전화를 꺼내보니 집이었다.

무슨 일일까. 전철을 타고 학교에 가는 중인데 집에 놓고 온 물건이라도 있는 걸까.

쇼타는 좌석에서 일어나 승객이 적은 출입문 근처로 가면서 전화를 받았다.

"여보세요, 쇼타? 벌써 전철 탔니?"

어머니 목소리가 들렸다.

"응. 무슨 일이야?"

"지금 집에 경찰이 왔는데, 너하고 이야기를 해야 한다며 불러달라고 해서."

경찰이라는 말에 등골에 소름이 끼쳤다.

"경찰이…… 나한테 무슨 용건이래?"

목소리가 떨리지 않도록 감정을 억누르며 물었다.

"차에 대해 꼬치꼬치 묻던데. 누가 타고 다니는지, 사흘 전 한밤중에 차를 운전했는지. 그때 우리는 후쿠오카에 있었잖니……. 쇼타, 도대체 무슨 일이야? 차를 벽에 박았다더니 그 일이니?"

어머니가 빠른 말투로 질문을 쏟아냈다.

"아마…… 그럴 것 같은데."

"기다리고 계시니까 일단 집으로 와."

"알겠어……."

전화를 끊은 순간 다리에 힘이 풀려 얼른 손잡이를 붙잡았다.

경찰이 어떻게 그 차에 도달한 걸까. 헤드라이트도 사이드미러도 깨지지 않은 덕에 현장에는 그 차를 특정할 만한 것이 아무것도 남아 있지 않을 터였다.

열차가 오미야역에 정차하여 무거운 다리를 끌고 플랫폼에 내렸다. 계단을 올라 반대쪽 플랫폼으로 향했다.

나는 이대로 경찰에 붙잡히는 걸까.

플랫폼에 못 박힌 듯 서서 열차 세 대를 그냥 보낸 끝에 겨우 올라탔다. 바로 곁에 있는 좌석에 무너지듯 앉았다. 앞으로 벌어질 일을 냉정히 생각하려 했지만 머리가 돌아가지 않았다.

경찰은 그 차로 사람을 치었다는 증거를 가지고 있는 걸까. 애초에 그것도 모르는 상태로는 아무것도 생각할 수가 없다.

만약 경찰이 결정적인 증거를 들이밀면, 뭔가에 부딪히긴 했지만 사람인 줄은 몰랐다고 말할 수밖에 없다.

실제로 그렇게 생각했다. 사람의 모습을, 81세의 노파를 두 눈으로 인식했다면 필시 브레이크를 밟았을 것이다.

어쨌든.

쇼타는 휴대전화를 꺼내 문자함을 열었다.

그때 아야카와 주고받은 문자는 전부 삭제하는 편이 나을 것이다.

아게오역에서 내려 집으로 향했다. 역에서 집까지는 걸어서 10분쯤 걸린다. 평소에는 길게 느껴졌던 길인데 지금은 순식간에 도착하고 말았다. 마음의 준비가 전혀 되지 않은 상태였다.

주차장에 세워둔 차를 흘끗 보고 나서 현관문을 열고 집으로 들어갔다. 현관에는 처음 보는 검은 가죽 구두가 두 켤레 있었다.

"다녀왔습니다" 하고 말하자 어머니가 허둥지둥 나타났다.

"응접실에 계셔."

쇼타는 고개를 끄덕이며 신발을 벗고 바로 옆에 있는 응접실 문을 노크했다.

안으로 들어가자 소파에 앉아 있던 양복 차림의 두 남자가 일어섰다. 한 명은 키가 크고 말랐고, 다른 한 명은 중량급 유도 선수처럼 우람한 체격이었다.

걱정스러운 듯 밖에서 상황을 살피는 어머니를 차단하듯 문을 닫고, 쇼타는 두 사람 쪽으로 갔다.

"마가키 쇼타 씨로군요."

마른 남자가 부드러운 미소를 띠고 말했다. 쇼타가 고개를 끄덕이자 남자가 양복 안주머니에서 경찰수첩을 꺼내 보여주었다.

"외출하신 직후인데 번거롭게 해드려 죄송합니다. 아게오 경찰서 교통과에서 근무하는 사와다라고 합니다. 이쪽은 신도입니다. 몇 가지 질문을 드려도 괜찮겠습니까."

"네……."

맞은편 소파에 앉아 두 사람과 마주 보았다.

"실은 사흘 전 이 근처에서 교통사고가 있었습니다. 흰색 프리우스 차량이 관련되었을 가능성이 있어 그 차주와 사용하시는 분들에게 몇 가지 질문을 드리고 있습니다."

관련되었을 가능성이 있다는 말은 아직 확실하지는 않다는 걸까.

"사흘 전…… 날짜로는 21일 오전 0시부터 2시 사이에 그 차를 타셨습니까?"

"아뇨."

쇼타는 고개를 가로저었다.

"그렇습니까. 그때 어디에 계셨습니까?"

"집에 있었습니다."

"혼자서요?"

쇼타는 고개를 끄덕였다.

"어머님 말씀으로는 전날 20일에 그 차를 몰고 친구 집에 가셨다더군요. 그런데 비가 많이 와서 차를 친구 집에 두고 택시로 오셨다고요. 그 친구의 이름과 연락처를 알려주시겠습니까."

사와다의 질문에 머릿속이 새하얘졌다. 아무런 대답도 하지 못했다.

"대답해주시겠습니까?"

부드러운 말투와 달리 이쪽을 보는 사와다의 눈초리는 날카로웠다.

"범퍼와 좌측면에 약간 움푹 팬 곳이 있더군요. 어머님 말씀으로는 20일에서 21일 사이에 당신이 어딘가의 벽에 부딪히고 왔다고 하시더군요. 언제 어디서 부딪히신 겁니까?"

대답할 수 없는 질문이 가차 없이 쏟아졌다.

아무 말도 못 하고 있자, 맞은편의 두 사람이 서로 얼굴을 마주 봤다. 바로 이쪽으로 시선을 되돌리더니 사와다가 입을 열었다.

"대단히 죄송합니다만, 경찰서로 가셔서 더 자세한 이야기를 들려주시겠습니까."

문이 열리는 소리에 쇼타는 책상의 한 점을 응시하던 시선을 들었다. 사와다와 신도가 취조실 안으로 들어왔다.

"오래 기다리시게 해 죄송합니다. 몇 가지 알아보느라 늦었습니다."

사와다가 서류철을 들고 말하며 쇼타의 맞은편에 앉았다. 신도는 문을 닫고 그 옆 의자에 앉았다.

"임의 취조이긴 하지만, 일단 설명해두겠습니다. 당신은 묵비권을 행사할 수 있으므로 대답하고 싶지 않은 것은 하지 않아도 됩니다. 알겠습니까?"

쇼타는 고개를 작게 끄덕였다.

"그럼 우선 20일 오후 8시 이후 무엇을 했는지 알려주십시오. 오후 8시까지는 아게오역 앞에 있는 '브로드카페'에서 아르바이트를 했지요?"

사와다의 말을 듣고 쇼타는 눈을 휘둥그렇게 떴다.

이미 자신이 아르바이트하는 가게를 알고 있다. 근무시간을 알고 있다는 것은 가게에 확인을 했다는 뜻이리라.

"아르바이트가 끝나고 나서 뭘 했습니까?"

사야마와 구보에게 확인하면 바로 알아낼 수 있으니 발뺌할 길이 없다. 그 두 사람이 자신을 감싸기 위해 거짓말을 했을 리는 없고, 애초에 쇼타가 뺑소니 사건의 용의자로 취조를 받는 것도 모를 것이다.

"아르바이트 가게의 친구 두 명과 근처 선술집에 갔습니다."

"그 친구와 선술집 이름을 가르쳐주겠습니까?"

쇼타는 두 사람의 이름과 선술집 이름을 말했다. 문 옆에 앉은 신도가 그것을 받아 적는 것이 시야 끝에 보였다.

이로써 쇼타가 술을 얼마나 마셨는지 바로 밝혀질 것이다.

"술을 대략 몇 시까지 마셨습니까?"

사와다가 물었다.

"아마…… 12시 정도까지…….."

"그러고 나서 집에 갔습니까?"

쇼타는 고개를 끄덕였다.

"아까 21일 오전 0시부터 2시 사이에 그 차를 타지 않았다고 했는데, 사실입니까?"

"네……."

쇼타가 작게 대답함과 동시에 사와다가 고개를 살짝 기울였다.

"그것 참 이상하네."

사와다가 서류철에서 종이를 꺼내 이쪽에 보여주듯 책상 위에 놓았다. 전체적으로 어두운 사진 속에 도로와 희끄무레한 차한 대의 뒷부분이 찍혀 있었다.

"이건 스가야에 있는 편의점의 방범 카메라 영상으로, 오전 1시 2분 46초에 찍힌 겁니다. 이 사진으로는 희끄무레한 색의 프리우스라는 것만 겨우 알 수 있습니다만……."

거기서 말을 끊고 또 다른 사진 한 장을 쇼타의 눈앞에 두었다.

쇼타는 그것을 보고 숨을 삼켰다.

어느 도망자의 고백

그것은 차의 뒷부분을 확대한 사진으로, 번호판을 식별할 수 있었다.

"부모님과 누나는 후쿠오카에 갔고 당신도 그 차를 타지 않았다고요? 그럼 이 차를 운전한 사람은 누구란 말입니까?"

사와다가 빤히 쳐다보며 물었지만 쇼타는 아무 말도 할 수가 없었다.

"모르는 사람이 차를 몬 다음 차고로 되돌려놓은 겁니까? 아니면 귀신인가."

차라리 그렇다고 믿고 싶었다.

"대답하고 싶지 않은 것은 하지 않아도 된다고 했지만, 그래도 솔직히 대답하느냐 아니냐로 이후의 처우가 달라질 수도 있습니다."

재판을 말하고 있는 것이리라. 쇼타는 증언대 앞에 선 자신의 모습이 상상되었다.

"접니다……."

고개를 숙이며 중얼거렸다.

"왜 거짓말을 했습니까?"

"수, 술을…… 마신 상태라…… 거의 취하지는 않았지만요."

"술을 마셨는데 왜 운전을 했습니까?"

"그냥……."

"그냥?"

"드라이브하고 싶어서……."

"술을 네 시간 가까이 마셔놓고 비도 많이 오는데 그냥 드라이브가 하고 싶었다고요?"

"그……렇죠……."

"운전 중에 별다른 일은 없었습니까?"

그 질문을 받고 온몸이 굳어졌다.

"아뇨…… 딱히."

"뭔가에 부딪히거나 올라타지는 않았습니까?"

사와다의 시선을 피해 무릎에 올려놓은 두 손을 바라보자 그때 핸들을 쥔 손에 전해졌던 감촉이 되살아났다.

"아니요."

분명하게 대답했다.

"이 편의점에서 약 3킬로미터 떨어진 도로에서 노리와 기미코라는 81세 여성의 시신이 발견되었는데, 그 사실은 알고 있습니까?"

"몰라요."

"노리와 기미코 씨는 횡단보도를 건너는 도중 차에 치인 것으로 보이며, 그 차에 200미터쯤 끌려가서 도로 위에 쓰러져 있었습니다. 신고를 받고 출동했을 때는 이미 사망한 상태였지요. 시신을 본 유족이 절규하고 통곡할 만큼 시신의 상태가 참혹했습니다. 그 일에 관해서는 짐작 가는 바가 없습니까?"

어느 도망자의 고백

무릎의 두 손을 보는 것이 견딜 수 없을 정도로 힘들었다. 하지만 그렇다고 사와다에게 시선을 옮길 용기도 없었다. 고개를 숙인 채 눈을 감았다.

"노리와 기미코 씨는 고열에 시달리는 남편을 위해 얼음을 사러 편의점에 갔다가 돌아오는 길이었던 것 같습니다. 사고를 당한 것은 오전 1시경으로 추정되고 그 전후 30분 사이에 편의점 방범 카메라에 찍힌 것은 그 흰색 프리우스뿐이었지요. 당신이 지금껏 진술한 것만으로 이미 도로교통법 위반 혐의로 체포 영장을 청구할 수 있는 데다 차를 압수해서 조사할 수도 있습니다. 본인은 깨끗하게 청소했다고 자부해도 사고 흔적은 쉽게 지워지지 않습니다."

티슈에 엉겨 붙어 있던 흰머리가 감은 눈 뒤로 떠올랐다.

손이 닿지 못한 곳에도 분명히 남아 있으리라.

"그러고 보니 뭔가에 부딪힌 듯한 충격이 있었어요……."

쇼타는 고개를 더욱 숙이며 말했다.

"스가야 3가 횡단보도에서 말입니까?"

"장소를 확실히 알지는 못해요. 그런데 횡단보도였어요."

"왜 그때 차를 세우지 않았습니까?"

"무서웠어요…… 개나 고양이의 사체를 보기가……. 그래서 그대로 계속 달렸어요."

"사람이라는 생각은 들지 않았습니까?"

사와다의 말투가 거칠어졌다.

"아니요……. 그렇게 생각했으면 차를 세웠죠."

"작은 개나 고양이가 아닌 성인 여성을 차로 200미터 가까이 끌고 가지 않았습니까. 상당한 충격이 있었을 테고 어쩌면 비명을 질렀을지도 모릅니다."

그때 들은 끔찍한 비명이 울릴 것만 같아 귀를 막고 싶었다.

"그런데도 사람인 줄 몰랐다는 게 잘 믿기지가 않는군요."

쇼타는 대답할 말이 떠올라 고개를 들었다. 그러고는 사와다를 똑바로 쳐다봤다.

"차량 신호등이 파란불이었어요……. 사람이라면 갑자기 뛰어나올 리 없다고 생각했어요."

쇼타는 뇌리에 떠오른 붉은 빛을 애써 떨치면서 대답했다.

———————5

나가오카 신지로는 개찰구를 빠져나간 뒤, 인파 속에서 상복 차림의 히로에를 발견하고 걸음을 서둘렀다.

"여보, 늦어서 미안해."

신지로는 사과를 건네고 히로에와 함께 전철역 밖으로 나가 택시 승강장으로 향했다.

어느 도망자의 고백

약속 시간은 6시였지만 이미 40분이나 지난 뒤였다.

4학년 3반 남학생이 한 달 가까이 등교 거부를 해 이에 대한 해결책을 논의하던 중 교사들의 의견이 일치하지 않아 회의가 길어졌다.

택시에 올라타 기사에게 목적지를 말했다. 장례식장까지 얼마나 걸리는지 묻자 10분쯤이라는 대답이 돌아왔다.

"쓰야*를 갈 때면 늘 그렇지만, 이번에는 특히 더 가족분들에게 무슨 말을 해야 할지 모르겠어……."

히로에의 침울한 목소리에 신지로는 "그러게" 하고 고개를 끄덕였다.

사흘 전 점심시간에 히로에의 전화로 그 부고를 알게 되었다. 신지로가 전화를 받자마자 히로에는 "지금 뉴스 틀어봐!" 하고 다급하게 외쳤고, 사정을 들은 신지로는 바로 교장실에서 교무실로 이동했다. TV를 켜자 정말 히로에가 말한 사건이 뉴스에 나오고 있었다.

그날 새벽, 아게오 시내 도로에서 81세 여성의 시신이 발견되어 뺑소니 사건으로 수사 중이라는 것이었다. 피해자의 이름을 보고 같은 이름의 다른 사람이기를 바랐지만, 노리와라는 흔치 않은 성과 아게오 시내에 사는 81세 여성이라는 정보를 통해

❖ 通夜. 가족, 친척, 지인이 모여 고인의 명복을 빌고 밤새 유해를 지키는 장례 절차로, 요즘에는 간소화되어 밤을 새우지 않고 저녁에만 행한다고 한다.

자신이 아는 노리와 기미코가 틀림없음을 알고 절망했다.

기미코의 남편인 노리와 후미히사는 신지로가 처음 부임한 초등학교의 선배 교사였다.

신지로의 지도 담당이 된 노리와는 학교 내에서 인망이 두터워 아이들이 잘 따르고 학부모도 신뢰하는 교사였다.

당시 신지로는 단순히 공무원이라는 안정된 직장을 원해서 교사가 되었지만, 노리와의 교육에 대한 열정을 접하면서 그 생각이 바뀌었다.

노리와는 1925년 출생으로, 18세에 징병되어 중국 허베이성에 출정했다고 한다. 그 이듬해에 중국 군민의 공격에 의해 오른쪽 다리에 부상을 입고 일본으로 송환된 후 종전을 맞았다.

노리와는 출정지에서 있었던 일에 대해 자세히 말해주지는 않았지만, 무참한 죽음을 무수히 목격했으리라는 것을 짐작할 수 있었다.

그런 비참한 전쟁을 다시는 일으켜서는 안 된다. 그러기 위해서는 무엇보다 교육이 필요하다는 것을 통감하여 교사가 되었다고 노리와는 말해주었다.

전후에 태어난 신지로는 그전까지는 전쟁은 과거의 일이라고만 인식했다. 그런데 노리와의 이야기를 듣고 전쟁이 없는 생활이 얼마나 소중한지 깨닫게 되어 다툼이 없는 평화로운 사회를 구축하기 위해 어떻게 하면 좋을지 깊이 고민했다. 그리고

어느 도망자의 고백

노리와와 마찬가지로 교육이 가장 중요하다는 결론에 도달해 자신이 맡은 교사라는 직업에 열정을 기울이게 되었다.

4년간 같은 학교에서 근무하는 동안 노리와는 교사로서 미숙했던 신지로를 열심히 지도해주었다. 좌절할 뻔했을 때 격려해주며 마음의 버팀목이 되어주었다.

노리와뿐만 아니라 아내인 기미코도 당시 혼자였던 신지로를 흔쾌히 집으로 초대해 고민을 들어주고 맛있는 음식을 대접해주었다. 그 후 노리와가 다른 학교로 전근을 가서도 두 사람과의 교류는 변함없이 이어졌고, 히로에와 결혼할 때 증인을 서준 것도 노리와 부부였다.

두 가족의 교류는 노리와가 정년퇴직을 한 지 25년 가까이 지난 지금도 이어지고 있었다.

노리와 부부에게는 아무리 갚아도 다 갚을 수 없을 만큼 큰 은혜를 입었다고 늘 생각했다. 그런데 설마 이런 형태로 기미코에 대한 은혜를 갚을 수 없게 되리라고는 상상도 못 했다.

택시가 장례식장 앞에 도착했다. 신지로는 택시비를 지불하고 숨을 크게 내쉰 다음 차에서 내렸다.

히로에와 함께 건물로 들어가자 이미 쓰야가 시작되었는지 안에서 독경 소리가 들렸다.

접수를 맡고 있는 것은 노리와의 손자인 가즈키일 것이다. 거의 5년 만에 보지만 어렸을 때 모습이 남아 있다.

신지로는 가즈키와 인사하고 부의금을 건넨 뒤 안으로 들어 갔다. 이미 일가친척의 분향이 시작된 상태였다. 히로에와 맨 뒷줄에 나란히 앉아 그 모습을 지켜보았다.

역시 노리와는 보이지 않았다.

마사키에게 연락을 받은 것은 뉴스를 보고 사건에 대해 알게 된 날 밤이었다. 노리와는 인플루엔자에 걸려 입원 중이므로 장 례식에는 참석하기 힘들 것 같다고 마사키가 알려주었다.

기미코가 고열이 난 노리와를 위해 얼음을 사러 갔다가 사고 를 당했다는 것도 그때 들었다. 그 사정을 알게 된 노리와의 심 정이 어땠을지 상상하니 도저히 견디기가 힘들었다.

앞사람들에 이어 신지로 부부도 향을 피웠다. 그 후 설법을 마친 승려가 퇴장하자 상주인 마사키가 자리에서 일어나 조문 객 앞에 섰다.

"오늘 바쁘신데도 불구하고 조문을 와주셔서 감사합니다. 여 러분들께서 와주신 것을 고인도 기뻐하실 겁니다."

의연하게 말하고 있지만 가슴속에는 원통함과 분노가 소용 돌이치고 있을 것이다.

"또한 고별식은 내일 오전 10시부터 이 장례식장에서 거행되 므로 잘 부탁드립니다. 저쪽 방에 간단히 음식을 준비했습니다. 고인의 공양이오니 드시기 바랍니다."

마사키가 그렇게 말하고 머리를 숙이자 조문객이 하나둘 장례식장에서 나갔다. 그 흐름을 거슬러 히로에와 함께 마사키에게 다가갔다.

"와주셔서 고맙습니다."

마사키가 머리를 숙였다.

"얼굴 뵙고 제대로 인사도 못 드린다니…… 어떻게…… 이런 일이……."

히로에의 울먹이는 소리에 신지로도 손수건을 꺼내 눈시울을 닦았다.

"기미코 씨는 그동안 제게 정말 잘해주셨습니다. 일을 막 시작했을 무렵 이런저런 고민이 들 때마다 집에 초대해주셔서 맛있는 음식을 대접해주셨지요. 그 좋으신 분이…… 어쩌다 이런……."

"그렇게 말씀해주셔서 어머니도 기뻐하실 겁니다."

"노리와 선생님은 좀 어떠십니까?"

신지로의 물음에 마사키는 고개를 숙였다.

"많이 수척해지셨습니다."

그도 그럴 것이다.

"병실에 누워 계신 아버지를 불렀더니 '후미코…… 후미코……' 하고 헛소리를 하시더군요."

"후미코…… 씨라 하면 첫째 따님 말입니까?"

"아마 그럴 겁니다."

마사키가 고개를 끄덕였다.

노리와의 집 불단에는 어린 여자아이의 영정 사진이 걸려 있다. 마사키가 태어나기 2년 전에 병으로 죽은 첫째 딸 후미코라고 들었다.

"어쩌면 누나가 죽었을 때의 꿈을 꾸신 걸지도 모릅니다. 그 꿈에서 깨었나 싶었더니 이번에는 당신의 아내가……. 알려드려야 할지 고민했지만 아버지께 아무 말씀도 드리지 않고 저희끼리 어머니를 보내드리는 것이 더 잔인하다고 생각했습니다……."

"그렇지요. 저도 그렇게 생각합니다."

신지로는 강하게 동의했다.

마사키의 권유로 음식이 차려진 방으로 이동했다. 면식이 있는 학교 관계자가 여럿 보이기에 히로에와 함께 그 근처에 자리를 잡았다. 맥주를 마시며 주변 사람들과 이런저런 이야기를 나누고 있는데 가즈키가 방으로 들어왔다. 술을 따르며 조문객의 자리를 돌고 있는 마사키에게 가서 가즈키가 귀엣말을 했다. 표정이 굳어진 마사키가 자리에서 일어나 구미를 데리고 방을 나갔다.

두 사람의 표정이 마음에 걸려 신지로는 대화가 마무리되자 방에서 나갔다.

마사키와 구미는 장례식장에 있었다. 뒤쪽에 나란히 서서, 분

향하고 있는 남성의 뒷모습을 보고 있었다.

"무슨 일 있습니까?"

신지로가 묻자 제단 쪽을 보고 있던 두 사람이 이쪽을 돌아봤다.

"경찰이 상황을 알려주러 왔습니다. 범인이 잡혔답니다."

마사키의 대답을 듣고 놀란 신지로는 "정말입니까?" 하고 되물었다.

"스무 살짜리 대학생이라고 합니다."

마사키가 원통하다는 듯 중얼거렸다.

6

플랫폼에 내려선 순간 한숨이 크게 새어 나왔다.

구리야마 아야카는 무거운 다리를 이끌고 에스컬레이터를 타 개찰구로 향했다.

아야카의 아르바이트 시간은 5시부터이지만 마가키 쇼타도 3시부터 근무한다. 이런 개운치 않은 상태로 쇼타와 얼굴을 마주해야 한다고 생각하니 기분이 우울해졌다.

중요하게 할 이야기가 있다며 일주일 전 밤에 쇼타와 만날 약속을 잡았지만, 그 직전에 못 나온다는 연락을 받았다. 동아리에 일이 생겼다는 이유를 듣고 저도 모르게 감정적이 되어 말다툼을 벌였고 쇼타가 먼저 전화를 끊었다.

'지금 당장 날 보러 오지 않으면 헤어질 거야.'

닷새 전에 보낸 문자의 답장은 아직도 오지 않았다.

만나러 오기는커녕 답장조차 하지 않는 것은 쇼타가 아야카와 이야기할 마음이 없다는 뜻이리라.

쇼타가 자신을 얼마나 진지하게 생각하는지 확인하고 싶어서 보낸 문자였건만.

그날 밤 쇼타가 아르바이트 동료인 사야마, 구보와 함께 선술집에 들어가는 것을 발견하고 집으로 돌아왔다. 앞으로 어떻게 하면 좋을지 몰라 불안하던 차에 그 문자를 보내야겠다고 생각한 것이다.

밖에는 비가 오고 있었다. 막차도 끊긴 시간이었다. 택시를 타거나 두 시간쯤 걸어서 오는 수밖에 없는 상황에서, 그럼에도 불구하고 자신을 만나러 와줄지 어떨지 확인하고 싶었다.

쇼타가 그렇게까지 해준다면 용기를 내서 이야기할 수 있으리라 생각했다.

하지만 결국…….

지난 닷새간 몇 번이나 쇼타에게 연락하려고 했지만 그때마다 망설이다 그만두었다. 내가 무슨 이야기를 할지 쇼타가 어렴풋이 눈치챈 것은 아닐까 싶었기 때문이다. 그런 것이라면 아무런 연락을 해오지 않는 것이 쇼타의 대답이리라.

가게 앞까지 와서 아야카는 멈춰 섰다. 가볍게 심호흡을 하고 나서 가게에 들어갔다.

"안녕하세요."

카운터 안에 있는 아르바이트생들에게 인사를 했지만 그중에 쇼타는 없었다. 사무실에서 쉬고 있는 걸까.

얼굴을 마주하기만 해도 기분이 우울해질 텐데 사무실에서 단둘이 있어야 하다니.

가게를 가로질러 사무실로 향했다. 긴장하면서 노크를 하고 문을 열자 책상 앞에 앉아 있던 사람이 이쪽을 돌아보았다. 사야마다.

"안녕하세요."

사무실에 들어가면서 인사를 하자, 사야마가 "안녕" 하고 어두운 표정으로 말했다.

"오늘 근무였던가요?"

"마가키의 땜빵을 하러 불려 나왔어."

사야마는 그렇게 말하고 아야카를 관찰하듯 보았다.

자신과 마주치기 싫어서 결근했을지도 모른다.

"그래요?"

아야카는 아무렇지도 않게 대답하고 탈의실로 향했다.

"구리야마 씨, 혹시 아직 모르는 거야?"

아야카는 그 말을 듣고 뒤돌았다. 사야마를 보며 고개를 갸우뚱했다.

"마가키가 경찰에 체포되었대."

그 말뜻을 바로 알아듣지는 못했다.

경찰? 체포?

"뺑소니 사건을 일으켜서 체포되었어. 어젯밤부터 뉴스에 나오던데."

저도 모르게 웃음이 나왔다.

"사야마 씨도 그런 농담을 하네요."

"농담 아니야!"

사야마가 소리치더니 책상 위에 있던 휴대전화를 집어 들었다. 조작해서 이쪽으로 내밀었다.

수상쩍어하며 사야마에게 다가가 휴대전화를 받아 화면을 보았다.

포털 사이트에 '음주 운전 뺑소니 혐의, 게이호쿠대생 체포, 사이타마'라는 제목의 기사가 떠 있었다.

화면을 스크롤했다. 심장 박동이 빨라지고 호흡이 거칠어졌다.

음주 후에 자가용을 운전하던 중 사망 사고를 일으키고 도주한 것으로 보고, 사이타마 현경 아게오서는 24일에 위험운전치사와 도로교통법 위반(뺑소니) 혐의로 게이호쿠대생 마가키 쇼타(20세)를 체포했

다. 체포된 용의자는 21일 오전 1시경 술에 취해 정상적인 운전이 곤란한 상태로 아게오시 스가야의 도로를 주행. 횡단보도를 건너고 있던 무직, 노리와 기미코 씨(81세)를 차로 치어 숨지게 하고 도주한 혐의를 받고 있다. 서에 의하면 용의자 마가키는 '사람인 줄 몰랐다'며 혐의를 일부 부인했다고 한다.

"그날 밤에 구보도 껴서 마가키랑 술을 마셨는데, 녀석은 꽤 취한 상태였어⋯⋯. 도대체 운전은 왜 한 거야. 바보 같은 녀석⋯⋯."

그 말에 아야카는 휴대전화 화면에서 사야마를 향해 시선을 옮겼다. 사야마가 씁쓸한 표정으로 이쪽을 바라보았다.

21일 오전 1시경, 아게오시 스가야 도로를 주행⋯⋯.

그 문자를 보낸 직후였다.

_____ 7

발소리가 들려 마가키 쇼타는 벽을 응시하던 시선을 쇠창살 쪽으로 옮겼다. 유치 담당관이 방 앞에 멈춰 서서 이쪽 상황을 살폈다.

"마가키, 앞으로 나와. 면회다."

담당관이 그렇게 말하고 자물쇠를 풀었다.

면회…… 부모님일까.

쇼타는 천천히 일어나 유치장에서 나왔다. 나를 만나면 어떤 표정을 지을까, 하는 우울한 기분으로 담당관의 지시에 따라 걸음을 옮겼다.

"그 문 앞에서 멈춰."

뒤에서 들려오는 목소리에 걸음을 멈추었다. 담당관이 문을 열고 재촉하여 안으로 들어갔다. 아크릴판 칸막이가 세워진 방으로, 건너편에 양복 차림의 낯선 남자가 앉아 있었다. 허여멀 건 피부에 안경을 쓴 남자로 나이는 마흔 전후로 보였다.

남자가 일어서는 것과 동시에 등 뒤에서 문이 닫히는 소리가 들렸다.

"마가키 쇼타 씨로군요."

남자의 물음에 쇼타는 고개를 끄덕였다.

"저는 SK법률사무소에서 변호사로 일하는 오타니라고 합니다. 부모님께 의뢰를 받았습니다."

거기까지 듣고서야 양복 깃에 달린 배지를 알아차렸다.

"그렇군요……."

겨우 그 말만 한 채 아크릴판 앞에 서 있기만 하자, 오타니가 "앉읍시다" 하고 의자에 앉았다. 쇼타는 오타니와 마주 보게 놓여 있는 파이프 의자에 앉았다.

"이틀 전에 부모님께서 저희 사무실에 오셨습니다. 아드님이 사고를 일으켜서 체포된 일로…… 무척 혼란스러워 하시는 것 같았습니다. 일단 제가 경찰서에 가서 아드님을 만나보겠다고 말씀드렸지만, 정식으로 변호인을 맡으려면 당신의 서명 날인이 필요합니다. 오늘 이야기를 나누어보고 제가 맡아도 괜찮겠다 싶으면 경찰 관계자에게 '변호인 선임서'를 맡겨놓을 테니 거기에 서명 날인을 해주십시오."

"알겠습니다……."

"몸은 좀 어떻습니까?"

오타니가 살피듯이 물었지만 쇼타는 어떻게 대답해야 할지 몰랐다.

"부모님도 당신의 몸 상태를 걱정하셨습니다."

"왜 아버지랑 어머니는 같이 안 오셨어요?"

쇼타가 물었다.

"당신에게는 접견 등 금지 결정이 내려져 있습니다."

쇼타는 무슨 뜻인지 몰라 고개를 기울였다.

"변호사 외에는 면회할 수 없다는 결정이 내려진 겁니다. 물론 앞으로 법원에 준항고를 제기해…… 가족과 면회할 수 있도록 할 겁니다."

면회실에 들어오기 전까지는 가족을 만나고 싶지 않았건만, 만날 수 없다는 것을 알게 된 순간 불안감이 엄습했다.

"잠은 잘 자고 있습니까."

"아뇨……. 괴로워요……."

무심결에 그 말이 튀어나왔다. 경찰에 체포된 지 나흘째, 쇼타는 다다미 세 장 크기[*]의 유치장에 갇혀 지냈다. 난방이 되지 않아 밤이면 살을 에는 듯이 추웠다. 유치장에서 나올 수 있는 때는 취조 받는 시간과 하루 중 수십 분의 운동 시간뿐이다. 혼자서 유치장에 있을 때도 유치 담당관이 쇠창살 너머로 늘 감시하기 때문에 마음 편히 쉴 틈이 없다. 화장실도 방 한구석에 붙어 있는 탓에 담당관의 감시하에 용변을 봐야 했다.

아무것도 할 일이 없어 나흘간 계속 벽만 보고 지냈는데, 그러다 보니 이런저런 생각이 머리를 스쳤다.

아야카와 사야마 일행은 내가 체포된 것을 알고 무슨 생각을 했을까. 나는 앞으로 어떻게 될까. 교도소에 수감되는 걸까. 만약 그렇다면 교도소는 도대체 어떤 장소이고 그곳에서 얼마나 갇혀 지내야 할까. 출소한 뒤 나는 어떤 모습일까. 제대로 된 직장에 취직할 수 있을까. 누군가를 좋아하게 되거나 또 누군가로부터 사랑을 받거나 결혼할 수 있을까. 장차 아이를 가질 수는 있을까. 그러고 보니 누나는 예정대로 신이치 씨와 결혼할 수 있을까. 아버지는 변함없이 일을 할 수 있을까. 출소하면 다시

[*] 약 5제곱미터 크기.

어느 도망자의 고백

가족과 함께 생활할 수 있을까.

하염없이 그런 생각을 하고 있으면…….

"미칠 것 같아요……. 빨리 여기서 나가고 싶어요."

"부모님도 저도 그렇게 되도록 노력하겠습니다. 우선 사건이 일어나기까지의 과정을 자세히 들려주십시오."

오타니가 수첩을 꺼내면서 말했다. 하지만 무엇부터 말해야 할지 몰랐다.

"사건이 일어난 건 21일 오전 1시경이라고 합니다만, 20일은 아침부터 무엇을 하며 보냈습니까?"

"오전 10시부터 대학교 수업이 있어서 그걸 들었어요. 수업이 끝난 뒤 점심을 먹고 오미야에서 서점도 들르고 시간을 때우다가 2시부터 아르바이트를 하러 갔어요."

"아게오에 있는 '브로드카페' 말이군요."

"네. 2시부터 8시까지 근무한 뒤, 같이 아르바이트하는 친구 두 명과 선술집에 갔어요."

"그 친구들의 이름과 선술집 이름을 가르쳐주겠습니까?"

"경찰한테 말했는데요……."

"기소될 때까지는 당신이 경찰에서 무슨 이야기를 했는지 저희가 알 길이 없거든요."

그렇구나, 하고 두 사람의 이름과 선술집 이름을 댔다.

"술을 마시기 시작한 건 8시 넘어서입니까?"

오타니의 질문에 쇼타는 고개를 끄덕였다.

"대략 몇 시까지 마셨습니까?"

"12시쯤까지요."

"술을 얼마나 마셨습니까? 최대한 구체적으로 알려주십시오."

쇼타는 그날 밤의 기억을 되살리며 대답했다.

"생맥주는 조끼*로 세 잔, 사워 세 잔, 사케 세 홉**은 셋이서 나눠서……."

오타니가 따라 읊었다.

"꽤 많이 마셨군요."

"죄송합니다……."

"그 후 집으로 가서 차를 몰고 나왔군요?"

"네."

"왜 운전을 하려고 한 겁니까?"

"안 좋은 일 때문에 기분이 꿀꿀해서 그냥 드라이브나 할까 하고……."

"안 좋은 일이요?"

"여자 친구랑 싸웠어요."

문자를 받은 것만 말하지 않으면 괜찮을 것이다.

"그럼 운전 중에 있었던 일을 알려주십시오."

❖   손잡이가 달린 커다란 맥주잔.
❖❖ 1홉은 약 180ml.

취조를 받을 때 진술한 내용을 그대로 전했다.

"어떤 상황인지는 대강 알겠군요."

오타니가 그렇게 말하고 수첩을 닫았다.

"저는…… 교도소에 들어가게 되나요?"

쇼타의 물음에 오타니가 이쪽을 바라보며 입을 일자로 굳게 다물었다. 콧숨을 작게 쉰 다음 입을 열었다.

"그럴 가능성이 있습니다."

"가능성이 얼마나 돼요?"

쇼타는 상체를 앞으로 기울이고 물었다.

"그건 확실히 말할 수 없습니다. 당신이 말한 것이 전부 사실이라면……, 요컨대 당신이 사람을 친 것을 전혀 인식하지 못했고, 또 신호등이 파란불이었다는 것을 법원이 인정하면 집행유예가 나올지도 모릅니다."

"집행유예……."

"교도소에 들어가지 않아도 된다는 뜻입니다. 다만 경찰과 검찰은 당신이 사람을 친 것을 인식하고 그대로 도주했다고 주장하기 위해 증거를 확보할 겁니다. 법원이 그것을 어떻게 판단할지에 달렸지요."

"재판이 시작될 때까지 계속 여기에 있어야 해요?"

"기소된 후에는 구치소로 이동하게 됩니다. 부모님은 기소된다 해도 하루빨리 당신을 보석하고 싶다고 하셨습니다. 다만 솔직히 말해 이번 케이스에서 보석은 상당히 어려울 것으로 보입니다."

"어째서요?"

"혐의를 부인하는 피고인에게 보석이 인정된 케이스는 매우 드물거든요."

사람을 쳤다는 인식이 없다고 말하는 한 보석은 인정되지 않는다는 걸까.

빨리 여기서 나가고 싶지만 그 진술을 번복할 수는 없다. 거짓말을 했다고 밝힌 시점에서 자타 모두 살인을 인정하는 셈이라 앞으로의 인생이 완전히 끝나버린다.

"한 가지 제안할 것이 있습니다."

"뭔데요?"

"부모님께도 권해드렸습니다만…… 받아들일지 여부는 모르지만, 피해자의 유족분들께 편지를 써보면 어떻겠습니까. 설령 사람인 줄은 몰랐다 해도 당신이 음주 운전을 해 사고를 일으켜 한 사람이 고귀한 목숨을 잃은 것은 틀림없는 사실입니다. 술을 마시지 않았더라면 더 냉정한 판단을 했을지도 모르고, 비난을 받아도 어쩔 수 없는 일을 했으니까요."

"편지……."

"만약 당신의 진지한 반성이 피해자 가족에게 전해지면 합의에 응해줄지도 모릅니다."

내가 쓸 수 있을까. 무슨 말을 써야 용서받을 수 있단 말인가.

_____8

병실에 들어가자 구미가 침대 위에 가방을 놓고 옷가지를 집어넣고 있었다. 아버지는 옆에 있는 파이프 의자에 멍하니 앉아 있었다.

"바로 와주었구나. 고마워."

마사키의 말에 구미가 손을 멈추고 이쪽을 보았다.

"오빠네가 고생 많았지 뭐. 새언니랑 가즈키도 멀리서 오느라 고생했어요, 고마워요."

구미가 이쪽을 향해 머리를 숙였다.

구미는 퇴원 수속이라면 자기 혼자 할 수 있다고 했지만, 집에 돌아간 아버지가 잠시나마 외롭지 않도록 양가의 가족이 모두 모이자고 마사키가 제안한 것이다. 가즈키는 친구와 약속이 있다며 투덜댔지만 겨우 설득해서 데려왔다.

"우리 그이는 거래처에 꼭 가야 한다고 해서 일이 끝나는 대로 오기로 했어. 마나미는 학원 갔고 사토미도 동아리 활동이 있는데 각각 끝나면 바로 오라고 당부했어."

"토요일인데도 다들 고생이구나."

구미의 남편인 다다시는 의료기기 제조사에서 영업을 한다. 첫째 딸인 마나미는 중학교 3학년, 둘째 딸인 사토미는 중학교 2학년이다.

짐을 다 꾸리자 마사키는 가방을 들고 병실을 나왔다. 구미가 아버지 어깨를 부축해 다섯 명이서 1층으로 향했다. 병원비를 납부한 뒤 택시 두 대를 불렀다.

나중에 온 택시에 지히로와 가즈키가 타도록 하고, 마사키는 먼저 온 택시의 조수석에 앉았다. 뒷좌석에는 구미와 아버지가 앉고 택시는 출발했다.

마사키 가족이 병실에 도착한 이후 아버지는 아직 한마디도 하지 않았다. 무거운 분위기를 어떻게든 하고 싶지만 도무지 할 말이 떠오르지 않는다. 아버지 옆에 앉은 구미도 마찬가지인지 입을 꾹 다물고 있다. 결국 택시가 집 앞에 도착할 때까지 한마디도 오가지 않았다.

뒤에 온 택시에서 내린 가즈키에게 가방을 맡기고 마사키는 아버지 손을 잡고 현관으로 갔다. 열쇠로 문을 열고 안으로 들어가서 아버지가 신발 벗는 것을 거들었다.

"어머니 보러 가요……."

그제야 입에서 말이 떨어져 나와 아버지 손을 이끌고 거실로 데려갔다.

장지문을 열고 거실로 들어선 순간, 손에 쥔 아버지의 손이 움찔거렸다. 아버지의 옆얼굴을 보니 입술을 바르르 떨고 생기 없는 눈으로 제단에 걸린 어머니의 영정 사진과 유골함을 바라보고 있다.

며칠째 기운 없던 모습은 온데간데없이 아버지가 마사키의 손을 세차게 뿌리쳤다. 다른 한 손에 쥐고 있던 지팡이까지 내던지고 비틀거리며 제단으로 다가갔다. 바로 앞에서 무릎을 꿇고 상체를 앞으로 숙이고 두 손으로 유골함을 감싸며 울부짖었다.

"미안하오…… 기미코…… 미안해……."

마사키는 몸을 떨며 통곡하는 아버지의 뒷모습을 지켜보았다. 주변을 둘러보니 구미, 지히로, 가즈키 모두 망연자실해 유골함을 붙들고 흐느끼는 아버지를 보고 있다.

"잠시 혼자 계시게 하자."

마사키는 세 사람에게 눈짓을 하고 거실을 나왔다.

"할아버지 저러시는 거 처음 봤어."

그렇게 말한 가즈키에게 눈길을 주고 부엌으로 향했다.

그럴 것이다. 마사키도 49년을 살아오면서 아버지가 우는 모습을 처음 봤다.

그뿐만 아니라 웃는 모습도 본 적이 없다. 뺨이 살짝 느슨해지는 정도면 몰라도 아버지는 희로애락의 감정을 거의 드러내지 않는 사람이었다.

오죽 분하고 슬프고 못 견디겠으면 저러실까. 마사키도 마찬가지였다.

아니, 지금은 그런 감정을 밀어낼 만큼 다른 감정이 끓어오르고 있었다.

장례식에 온 경찰, 사와다에게 소식을 듣고 나서 참을 수 없는 분노가 가슴에 들끓었다.

사람을 치었을 때 왜 차를 세우지 않았느냐고 묻는 사와다에게 범인인 마가키 쇼타는 '사람인 줄 몰랐다'고 진술했다고 한다. 개나 고양이를 친 줄 알고 그대로 차를 몰았다고 한다.

성인을 차로 치어 200미터나 끌고 갔으면서 말도 안 되는 이야기다. 설마 그런 변명이 버젓이 통하는 걸까.

그뿐만 아니라 마가키 쇼타는 차량 신호등이 파란불이었다는 진술까지 했다고 한다.

어머니가 신호를 무시하고 횡단보도를 건넜을 리가 없다. 그러나 그 점에 관해 마가키 쇼타의 진술을 뒤집기는 어려울 것이라고 사와다는 원통해하며 말했다. 그곳의 보행자 신호등은 버튼을 누르는 식이지만 어머니는 사고 당시 장갑을 끼고 있었기 때문에 지문이 검출되지 않았고, 또 마가키 쇼타가 탄 차에는 블랙박스가 달려 있지 않아 목격자가 나오지 않는 이상 어느 쪽 신호가 적색이었는지는 알 길이 없다고 한다.

부엌으로 가보니 구미가 싱크대에서 차 끓일 준비를 하고 있

어느 도망자의 고백

었다. 지히로도 옆에서 거들었다. 마사키와 가즈키는 식탁에 나란히 앉았다.

문을 닫고 있어도 아버지가 오열하는 소리가 여기까지 들려왔다.

"미안하다니…… 뭘 사과하시는 걸까."

마사키 앞에 차를 내려놓으며 구미가 누구에게랄 것도 없이 말했다.

마사키는 고개를 내젓고 "고마워……" 하고 차를 마셨다.

이유는 어쩐지 짐작이 간다.

어머니가 충실한 삶을 살 수 있게 해주지 못했다고 뉘우치는 게 아닐까.

초등학교 교사였던 아버지는 같은 학교 사무원인 어머니를 만나 26세에 결혼했다.

마사키가 아는 아버지는 성실함을 그림으로 그린 듯한 사람이었다. 술과 담배를 즐기지 않음은 물론 도박이나 여자 문제도 없었다. 검소한 삶을 미덕으로 삼는, 일밖에 모르는 사람이었다. 휴일에도 교재를 만들거나 지역 행사에 참여하느라 바빠서 어렸을 때부터 가족끼리 놀러 가거나 여행을 간 기억은 거의 없다.

마사키가 대학에 진학할 때 집에서 통학할 수 있는 간토 지역의 대학이 아닌 나고야로 간 것도 그런 청빈한 아버지와 함께 사는 것이 답답했기 때문이다.

자식이 독립하고 정년퇴직을 한 뒤에도 그 성격은 여전했는지 부부끼리 여행을 가거나 취미를 즐기는 일도 없었다. 정년퇴직 후의 일과는 등하굣길 지킴이 활동을 하는 것으로, 그 외에는 도서관에서 빌려온 책을 읽는 정도라고 어머니가 전화로 이야기했다. 어머니의 말투로 보아 그런 아버지를 야속해하는 것 같지도 않았다.

어머니는 전화로 참으로 싸게 먹히는 취미라며 쓴웃음을 지었지만, 마사키는 두 사람이 청빈한 삶을 추구하는 것은 순전히 후미코에 대한 마음 때문이 아닐까 생각했다.

고작 두 살 나이에 원통하게 숨진 첫째 딸의 기억이, 인생을 즐기는 것에 대한 죄의식을 품게 한 것이 아닐까 하고.

그러나 81세까지 살았던 어머니의 마지막 순간은 원통하기 그지없었다. 더 즐거운 삶을 살게 해주지 못한 것을, 아버지는 이제 와서 후회하는 것이 아닐까.

마사키도 어머니에 대해 후회하는 것이 있다. 나고야의 대학에 들어간 이후 본가에 와서 부모님 얼굴을 보는 것은 오봉◆과 설날 정도였다. 그대로 나고야에서 취직해 26세에 결혼한 뒤에는 설날에만 귀성하게 되었다. 부모님과 함께 있는 시간을 더

❖ 조상의 넋을 기리는 일본의 8월 15일 명절.

만들었어야 했다.

"아버지 괜찮으실까……."

구미의 목소리에 마사키는 고개를 들었다.

맞은편에 앉은 구미와 지히로가 이쪽을 보고 있다.

"지금까지는 식사 준비를 포함해 집안일을 전부 어머니가 하셨으니 앞으로가 걱정이네……."

"최대한 자주 들여다볼 거긴 한데 그래도……."

구미가 말을 잇지 못했다. 같은 간토 지방에 살고 있긴 해도 요코하마에서 여기까지는 편도로 한 시간 반이나 걸린다. 일주일에 나흘간 아르바이트를 하고 있는 처지라 그리 자주 올 수는 없을 것이다.

"우리 집에서 지내시는 것도 그이랑 의논해봤는데."

"그건 어렵지."

구미가 사는 아파트는 방이 세 개다. 게다가 내년과 내후년에는 입시를 앞둔 딸이 있다.

"나고야에 오시는 건 어떨까? 방도 하나 비어 있고. 어때?"

지히로가 그렇게 말하며 마사키와 가즈키를 번갈아 보았다.

"나는 딱히 상관없어. 원래 할아버지 좋아하기도 하고."

"그런데 문제는…… 과연 오시겠다고 하실지."

50년 가까이 이 집에서 살아왔다. 주변 사람들과의 교류도 포함해서 이 땅에 애착이 많을 것이다.

"당신이 장남이니까 잘 설득해야지. 아버님 올해로 여든네 살 이시잖아. 앞으로는 혼자 생활하시기가 점점 더 어려워질 거야."

멀리서 아버지가 오열하는 소리를 들으며 "그렇지⋯⋯" 하고 마사키는 고개를 끄덕였다.

---------------9

이런 짐승은 무조건 사형이지.

아야카는 그 글에 심하게 동요해 바로 인터넷 창을 닫았다. 휴대전화를 가방에 넣고 차창 밖으로 시선을 옮겼다. 창밖에는 맑게 갠 하늘이 펼쳐져 있지만 가슴속은 우중충한 먹구름으로 뒤덮여 있다.

쇼타가 경찰에 체포되었다는 것을 알게 된 후, 나흘 동안 정보를 조금이라도 모으기 위해 인터넷을 확인하고 있다. 하지만 날이 갈수록 늘어만 가는 그에 대한 악성 글을 볼 때마다 칼끝으로 심장을 찌르는 듯한 통증이 엄습했다.

음주 운전으로 사람을 친 데다 200미터나 끌고 가서 죽이고 도망가 다니 말도 안 된다.

같은 인간이라고 생각하면 구역질이 난다.

공부는 잘했을지 몰라도 인간성은 유치원생 수준. 아니, 그렇게 말하면 유치원생한테 실례인가.

인터넷의 글은 쇼타뿐만 아니라 그의 가족까지 겨냥하고 있었다. 부모님과 누나의 이름과 직장명이 노출되고 쇼타와 함께 살고 있던 가족에 대한 온갖 욕설이 난무했다. 특히 아버지에 대한 사람들의 비난은 무시무시했다.

아야카는 인터넷에서 처음 알게 되었는데, 쇼타의 아버지는 TV 시사 정보 프로에 자주 등장하는 교육평론가 마가키 노리유키였다.

아야카도 그를 TV에서 몇 번 본 적이 있다. 교육 문제뿐만 아니라 각종 사건과 정치에 대해서도 거침없이 독설을 날렸던 것을 기억한다. 그런 사람의 아들이 중대 사건을 일으켜 체포되었다는 사실에 사람들의 비난이 집중될 수밖에 없었으리라.

마가키 노리유키도 쇼타와 같은 게이호쿠대학 출신으로, TV나 강연회 등에서는 엄격한 양육 방식을 표방하는 인물이라고 한다.

쇼타가 자신이 다니는 대학에서 가장 큰 가치를 발견해낸 것은 아버지의 영향을 받아서임이 틀림없다.

어렸을 때부터 공부에 전념하느라 친구와 즐겁게 논 기억이 거의 없다고 사귀기 전에 쇼타가 말한 적이 있다. 아마 아야카로서는 상상도 할 수 없는 압박감 속에 살아온 쇼타는 또래 젊은이들이 당연하게 알고 있는 TV 프로그램과 영화, 소설조차 접할 기회가 없었을 것이다.

그렇다고 해서 쇼타가 다른 사람보다 인간성이 결여되어 있다고는 생각하지 않는다.

사야마도 그날 밤에 쇼타가 술을 마셨다고 했기 때문에 쇼타가 음주 상태에서 차를 몬 것은 틀림없는 사실이리라. 이는 물론 비난받아 마땅한 일이다. 그리고 쇼타가 그런 일을 저지르도록 원인을 제공한 아야카도 자책하고 있다.

다만 쇼타가 사람을 친 것을 인식한 상태에서 차로 200미터나 끌고 가 상대를 죽음에 이르게 했다는 것이 아야카는 도저히 믿기지 않았다.

쇼타가 얼마나 상냥한지는 자신이 누구보다 잘 안다.

그가 새 아르바이트생으로 가게에 온 지 얼마 안 되었을 때 아야카는 쇼타에게 그리 호감을 갖지 않았었다. 자신과 동갑이지만 대화 주제도 맞지 않았고 어딘지 세상과 어긋나 있는 것처럼 느껴졌다. 그리고 접객하는 직원으로서 필요한 최소한의 인사나 예의도 몸에 배어 있지 않았기 때문이다.

그런데 쇼타가 게이호쿠대학에 다니는 것과 집이 가게 근처

어느 도망자의 고백

의 대저택이라는 것, 또 아르바이트를 처음 한다는 것을 듣고 세상 물정 모르는 도련님이라 그런 것이었구나, 하고 납득했다. 그래서 쇼타와 같은 시간대에 근무해도 아야카는 거의 말을 섞지 않고 거리를 두었다.

그런 그와 친해진 계기는 바로 나나였다.

아르바이트를 마치고 전철역으로 가던 중, 빌딩 틈에 숨어 있는 새끼 고양이를 발견했다. 새끼 고양이는 아야카가 부르고 쓰다듬어도 반응조차 할 수 없을 만큼 극도로 쇠약해진 상태였다. 급한 대로 근처 편의점에 뛰어가서 우유를 사 와 먹이려 했지만 한 방울도 먹지 않았다.

아야카는 새끼 고양이를 보며 어떻게 할지 고민했다. 이대로 두는 것은 불쌍하지만 아야카가 살고 있는 집 건물은 반려동물을 기르는 것이 금지되어 있어 데려갈 수도 없었다. 적어도 병원에 데려갈까 싶었지만 그것도 망설여졌다. 가령 병원에서 치료를 받고 상태가 좋아진다 해도 집에 데려갈 수 없는 이상 또어딘가에 내버려야 한다. 그런 짓을 하면 죄책감만 커질 뿐이라는 생각에 이대로 못 본 척하기로 하고 그 자리를 벗어나려 하는데, "무슨 일이야?" 하고 말을 걸어준 사람이 쇼타였다.

아야카가 사정을 설명하자 쇼타는 우선 병원에 데려가야겠다며 휴대전화 인터넷으로 알아보기 시작했다. 하지만 밤늦은 시간이었기 때문에 인근의 동물병원은 모두 진료 시간이 끝나 있었다.

"차를 가져올 테니까, 이 시간에도 하는 병원을 알아봐줘."

결국 그곳에서 차로 30분 거리에 있는 병원에 함께 고양이를 데려가서 진료를 받았다. 일단 그날 밤은 병원에 맡기고 이튿날 둘이서 방문하자 새끼 고양이는 어제의 다 죽어가던 모습이 거짓이었던 것처럼 기운찬 울음소리를 내며 두 사람을 맞이했다.

쇼타는 전날 집에 가서 가족을 설득했는지 새끼 고양이를 맡아서 기르겠다고 했다. 이름은 나나로 짓고 고양이가 성장하는 모습을 매일같이 사진을 찍어 보내주었다. 얼마 후 두 사람은 교제하기 시작했다.

그때 본 쇼타의 웃는 얼굴을 지금도 선명히 기억한다. 건강해진 나나를 보고 진심에서 우러난 자애로운 미소를 짓고 있었다.

그런 쇼타가 인터넷에서 사람들 입방아에 오르내릴 만한 일을 했을 리가 없다.

일반인의 글이 아닌 신문사 등의 기사에 그 사건의 후속 기사는 현재 나와 있지 않다. 쇼타가 했다는 '사람인 줄 몰랐다'는 말을 아야카는 믿는다.

가게에 들어가 아르바이트생들과 인사를 나눈 뒤 사무실로 향했다. 그곳에는 아무도 없었다. 아야카는 사무실 문을 잠그고 점장이 작업할 때 사용하는 책상으로 갔다. 안 된다는 걸 알면서도 책상 서랍을 열고 아르바이트생의 이력서를 찾았다.

어느 도망자의 고백

쇼타의 휴대전화에 전화해도 계속 연락이 닿지 않고 있다. 아마 경찰에서 보관 중일 것이다. 아야카는 쇼타의 집 주소와 전화번호를 모른다. 점장에게 물으면 쉽게 알려줄지도 모르지만 그랬다가는 두 사람의 관계에 대해 꼬치꼬치 캐물을 것 같아서 불편하다.

쇼타가 경찰에 뭐라고 진술했는지, 혹시 경찰이 자신을 찾아오지는 않을지 아야카는 줄곧 신경이 쓰였다. 가족이면 쇼타가 무슨 이야기를 했는지 알고 있지 않을까.

그리고 무엇보다 쇼타와 이야기를 하고 싶었다. 앞으로 어떻게 해야 할지 혼자서는 결정할 수가 없다. 쇼타의 이력서를 발견하고 주소와 전화번호를 메모장에 적었다.

아야카는 아르바이트를 마치고 곧장 쇼타의 집으로 향했다.

10분쯤 걷자 한적한 주택가가 나왔다. 메모를 확인하며 계속 걸었더니 산뜻하고 세련된 단독주택 앞에 일고여덟 명의 남녀가 모여 있는 것이 보였다. 그중 몇몇이 큰 비디오카메라를 들고 있는 것으로 보아 취재하러 온 기자임을 알 수 있었다.

그쪽으로 걸어가며 자연스럽게 집 쪽을 살폈다. 문 옆에 '마가키'라는 문패가 걸려 있다. 덧문이 죄다 닫혀 있어 안에 사람이 있는지 없는지 알 수 없었다.

이런 상황에서 집을 방문할 수도 없는 노릇이라 그 앞을 지나쳐 조금 걷다가 골목을 돌아서 걸음을 멈추었다.

아야카는 가방에서 휴대전화를 꺼내 쇼타의 집에 전화를 걸었다.

예상한 대로 신호음이 몇 번 울린 뒤 부재중이라는 안내 메시지가 흘러나왔다.

"갑자기 전화를 드려 죄송합니다. 저는 쇼타 씨와 같은 곳에서 아르바이트를 하는 구리야마 아야카라고 합니다. 쇼타 씨가 어떻게 지내는지 걱정되어서 전화드렸어요. 대단히 어려운 상황인 것은 잘 압니다만, 혹시 시간 나실 때 연락해주실 수 있나요? 쇼타 씨가 너무 걱정되어서요……. 부탁드립니다……."

아야카는 자신의 휴대전화 번호를 메시지로 남기고 전화를 끊은 뒤 길을 돌아서 역으로 향했다.

아게오역 개찰구를 지나 계단으로 가고 있는데 가방 속에서 진동음이 들렸다. 휴대전화를 꺼내 확인해보니 등록되어 있지 않은 휴대전화 번호로 전화가 오고 있었다.

"여보세요……."

아야카는 전화를 받았다.

"구리야마 씨인가요?"

가냘픈 여성의 목소리가 들렸다.

"네, 맞습니다."

"쇼타의 엄마예요. 자동 응답 메시지를 듣고……."

아야카가 메시지를 남긴 지 얼마 지나지 않아서였다. 아마 덧문을 닫아두고 집 안에 있었을 것이다.

"전화해주셔서 고맙습니다. 제가 아르바이트 가게에서 쇼타 씨와 친하게 지내는 사이라……. 그리고…….."

사귀고 있다는 말까지는 하지 못했다.

"그렇군요. 일부러 전화해줘서 고마워요…….."

"쇼타 씨는 아직 경찰서에 있나요?"

"네……."

"몸 상태는 어떤가요?"

"잘 모르겠어요……. 식구들도 아직 면회가 안 되는 상황이라……. 다만 변호사에게 듣기로는 많이 수척해지긴 했지만 아픈 건 아닌 것 같다고…….."

가족도 만나지 못한다면 자신이 쇼타를 만나는 것은 당분간 어려우리라.

"본인에게 직접 아무 말도 듣지 못하는 상황이라…… 우리도 앞으로 어떻게 해야 좋을지…… 혼란스럽네요."

"아무튼 어머님도 몸조심하세요."

그 말밖에 할 수 없었다.

"고마워요…….."

조금 전까지와는 달리 울먹이는 목소리였다.

"쇼타가 붙잡히고 나서 그런 말을 해주는 사람은 처음이라……. 만약 쇼타를 만나면 말을 전해줄까요?"

"석방되면 저한테 연락해달라고요. 그리고…… 쇼타 씨를 믿
는다고 전해주세요."

"알겠어요…… 그럼…….'"

"저기…….'"

전화가 끊길 것 같아 아야카는 엉겁결에 말했다.

"네, 뭔가요?"

"아뇨…… 죄송해요. 아무것도 아니에요. 그럼 실례하겠습니
다…….'"

결국 말하지 못했다.

_____ 10

이쪽을 향해 뻗어온 가느다란 손에 심장을 움켜잡혀 그 자리
에서 펄쩍 뛰어올랐다.

눈을 뜨고 있는데도 사방은 캄캄한 어둠뿐이라 상대가 어디
에 숨어 있는지 알 수 없었다. 희미한 불빛이 새어 나오는 쪽으
로 달려가자 얼굴에 통증이 스쳤다. 두 손으로 눈앞을 더듬었
다. 쇠창살이 둘러쳐져 있음을 알게 되었다.

"살려줘……!"

두 손으로 쇠창살을 내리치며 절규했다. 목이 쉬도록 소리를 질러대자 발소리와 함께 한 줄기 빛이 다가왔다.

"마가키 쇼타, 무슨 일이지?"

그 목소리와 동시에 시야 한 면에 빛이 퍼졌다. 그 빛에 눈이 부셔 눈을 가늘게 떴다.

"살려주세요! 여기서 내보내주세요!"

"시끄럽다. 조용히 해!"

"이 방에 누군가 있어요. 그놈이 아까 내 가슴 언저리를 꽉 움 켜쥐었단 말이에요……."

"방 안을 잘 살펴봐!"

호통에 기가 죽은 쇼타는 뒤를 돌아보았다. 손전등 빛이 시커 먼 어둠 속을 쭉 비추었다.

쇼타는 부르르 떨리는 손을 뻗어 이불을 들춰보았다.

이상하다. 아무도 없네. 조금 전까지만 해도 분명히 있었는데.

괴로워…… 살려줘…… 브레이크를 밟아줘…… 하고 귓전 에서 부르짖으며, 문드러진 얼굴로 다가와 내 심장을 향해 손을 뻗었다.

"망령일지도."

그 말에 섬뜩 놀라 시선을 되돌렸다. 쇠창살 너머의 어스름 속에서 담당관이 이쪽을 보며 웃고 있는 것을 알 수 있었다.

조금씩 현실로 이끌려갔다. 아까 본 광경이 꿈이었다는 걸까.

"너만 그런 게 아니야. 여기는 망령이 자주 나오거든. 숨기는 것이 있으면 취조받을 때 순순히 털어놓는 게 좋을 거다."

망령이라니 어처구니없다.

"다른 방에서 자는 녀석들도 있으니 소란 피우지 마. 알겠나?!"

담당관은 그 말을 남기고 자리를 떴다. 쇼타는 심호흡을 하고 마음을 가라앉힌 뒤 이불 속으로 들어갔다. 발소리가 사라지고 정적이 방을 메웠다.

"마가키, 앞으로 나와. 면회다."

쇠창살 너머에서 담당관이 말하고 자물쇠를 풀었다. 쇼타는 몸을 일으키려 했지만 다리에 힘이 들어가지 않아 좀처럼 일어설 수가 없었다. 벽에 손을 짚어가며 겨우 일어나서 구치소에서 나왔다.

지난 며칠간 잠을 거의 못 잤다. 잠이 쏟아져 눈을 감으면 어김없이 그 꿈을 꾸는 바람에 벌떡 일어난다.

밥을 거의 먹지 않으니 몸에 힘이 들어가지 않는 것도 당연하다. 빈속인데도 불구하고 한 입 먹기만 해도 속이 메슥거려 게워내고 만다.

이제 한계에 다다랐다.

빨리 여기서 나가고 싶다. 그것이 불가능하다면 적어도 밤마다 꾸는 그 악몽에서 벗어나고 싶다.

사실대로 말하면 그렇게 될 수 있지 않을까.

설령 그 후 교도소에 들어가게 된다 해도. 설령 가족과 친구들이 실망한다 해도.

오타니 변호사를 만나면 사실대로 말하자.

빨리…… 빨리 이 지옥에서 벗어나고 싶다.

면회실 문을 연 담당관의 재촉으로 쇼타는 안으로 들어갔다.

"쇼타……."

목소리가 들림과 동시에 아크릴판 너머에서 일어서는 어머니의 모습이 눈에 들어와 쇼타는 당황했다.

"쇼타…… 이렇게 핼쑥해지다니……."

이쪽으로 손을 뻗는 어머니의 눈 밑에도 다크서클이 짙게 내려와 있었다.

"일단 앉으시죠."

오타니의 말에 어머니가 의자에 앉았다. 손수건을 꺼내 눈가를 닦았다.

평소에는 자리를 비우던 담당관이 쇼타에게 착석하도록 명하고 그 뒤에 있는 의자에 앉았다.

"접견 등 금지 결정이 풀려서 어머님을 모시고 왔습니다."

오타니의 말에 쇼타는 고개를 끄덕였다. 어머니의 얼굴을 차마 똑바로 볼 수가 없어 바로 고개를 숙였다.

"가족분 면회는 15분 정도로 부탁드립니다."

담당관의 말에 어머니가 "알겠습니다" 하고 온순한 목소리로 답했다.

"아빠는……."

쇼타가 어머니의 얼굴을 보지 못한 채 중얼거렸다.

"경찰서 앞에 기자들이 진을 치고 있어서…… 네 아빠는…… 그래도 널 무척 걱정하고 계셔."

아버지가 사회의 뭇매를 맞고 있으리라는 것은 쉽게 예상할 수 있었다. 죄송한 마음에 가슴이 쓰렸다.

아버지를 만나고 싶다. 모르는 것이나 고민거리가 있으면 아버지는 늘 명쾌한 해답을 제시해주었다. 그런 아버지를 신뢰하고 존경했다. 이제껏 살아오면서 가장 아버지의 해답이 필요한 순간이다. 나는 이제 어떻게 하면 좋으냐고 묻고 싶었다.

"누나는……."

거기까지 말하고 입을 다물었다. 아쓰코와 신이치가 지금 어떤 상황인지 묻고 싶었지만 아는 것이 두려웠다.

"얘, 쇼타…… 엄마 좀 봐."

그 말에 이끌리듯이 쇼타는 어머니를 쳐다보았다.

"시간이 별로 없으니까 우선 이것부터 가르쳐줘. 너 정말 사람을 치었다는 걸 알고서 그대로 도망갔니?"

그렇다.

그랬다는 것을 이제는 안다.

내가 사람을 치었다는 것을…….

그리고 그때 들은 끔찍한 절규가 사람의 육성이었다는 것을…….

그때 왜 브레이크를 밟지 않았을까. 나는 도대체 무엇을 지키고 싶었던 걸까. 무엇을 두려워했던 걸까.

음주 운전을 한 데다 빨간불까지 무시하고 사고를 일으킨 탓에 학교에서 퇴학당하는 것이었을까. 그로 인해 닫혀버릴 미래의 가능성이었을까. 아니면 교육평론가로 활약하는 아버지의 체면을 지키기 위해서였을까. 누나의 행복을 빼앗을까 봐 두려웠던 걸까.

어쨌든 그 모든 것이 지금에 와서는 아무래도 좋은 일이었음을 깨달았다.

그때 브레이크를 밟았더라면 한 사람의 목숨을 빼앗지 않았을지도 모르건만.

"아니지?"

어머니가 매달리는 눈빛으로 물었다.

"네가 그런 짓을 할 리가 없어…….."

쇼타가 고개를 작게 끄덕이자 그때까지 비통함이 깃들었던 어머니 얼굴이 조금 풀어졌다.

말해야 한다. 사실대로 말해야 한다.

"같이 아르바이트하는 구리야마 씨가 연락을 해줬어."

그 말을 듣고 마음이 흔들렸다.

"네가 걱정되어서 전화했다더라……. 너를 믿는다고 전해달랬어."

쇼타는 눈을 감았다. 눈꺼풀 뒤로 아야카의 웃는 얼굴이 떠올랐다.

역시 인정해서는 안 된다.

_____ 11

초인종을 아무리 눌러도 응답이 없다.

이 시간에 외출한 걸까. 그러나 1층 창문에서 빛이 새어 나오고 있다.

마사키는 불길한 예감을 느끼며 열쇠로 문을 열고 안으로 들어갔다. 아버지가 늘 신는 신발이 현관에 있다.

"아버지? 아버지, 계세요?"

현관에서 불러봤지만 대답이 없다. 신발을 벗고 복도로 올라선 뒤 곧장 거실로 향했다. 장지문을 열자 불단 앞에 앉은 아버지의 뒷모습이 보여 후유, 하고 가슴을 쓸어내렸다.

"아버지."

큰 소리로 부르자 아버지가 고개를 천천히 돌렸다.

"그래, 마사키구나. 갑자기 무슨 일이냐?"

아버지가 멍한 얼굴로 말했다.

"무슨 일이냐니요……. 내일이 재판이니까 여기서 묵기로 했잖아요. 전화로 말씀드렸잖아요."

내일 1시에 사이타마 지방법원에서 마가키 쇼타의 공판이 열린다. 아침에 나고야에서 출발할까도 싶었지만 신칸센이 지연될 경우를 대비해 미리 온 것이다.

"그러냐…… 수고가 많구나."

아버지가 그렇게 말하고 다시 불단으로 시선을 되돌렸다. 어머니 사건의 재판임을 알고도 관심을 보이지 않는 아버지의 모습에 마사키는 불안해졌다.

마사키는 좀처럼 본가에 올 수 없었지만 구미는 일주일에 한 번은 아버지의 상태를 살피러 와주었던 모양이다. 아버지가 예전에 비해 부쩍 말수가 적어졌고 멍하니 있는 시간도 많다며 구미는 마사키에게 불안함을 토로했다.

집 안을 둘러보다 부엌으로 가니 개수대에 먹다 남은 편의점 도시락이며 그릇이 지저분하게 쌓여서 고약한 냄새를 풍기고 있었다. 부지런히 밥을 지어 먹으리라는 생각은 하지 않았지만 상상했던 것보다 훨씬 심각했다.

서랍에서 쓰레기봉투를 꺼내 편의점 도시락을 버리고 설거지를 했다. 부엌을 다 치울 때까지 아버지가 이곳에 오는 기색이 없어 마사키는 거실로 돌아갔다.

"아버지, 더 제대로 된 음식을 드셔야 해요. 자꾸 이런 것만 드시면 몸이 상하신다고요."

아버지는 불단 앞에 멍하니 앉아 있을 뿐 아무 반응도 없다.

"제가 오늘은 빈손이라, 초밥이라도 시켜 먹을까요? 아니면 밖으로 나가시겠어요?"

"어느 쪽이든 상관없다…….."

그제야 아버지가 이쪽을 돌아보았다.

"그런 것보다 네 어머니에게 인사부터 하는 게 어떠냐."

아버지에게 신경을 쏟느라 까맣게 잊고 있었다.

마사키는 아버지 옆에 앉아 향을 피우고 합장했다. 눈을 감고 마음속으로 어머니에게 말했다.

내일 어머니를 죽인 남자가 재판을 받아요. 엄벌에 처해지도록 똑똑히 지켜볼게요.

"나는 내일 재판에 안 갈 거다…….."

아버지 목소리가 들려 마사키는 눈을 떴다. 아버지의 옆얼굴을 보았다. 두 달 전에 봤을 때보다 주름이 눈에 띄게 깊어져 있었다.

그러는 편이 나을지도 모른다. 범인을 직접 보면 증오와 슬픔만 더할 뿐이리라.

"알겠어요. 저하고 구미가 가서 똑똑히 지켜보고 올게요."

"너한테 하나 부탁할 게 있다."

아버지가 마사키에게 시선을 맞추며 말했다.

"뭔데요?"

"공판 상황을 녹음해다오."

아버지를 바라보며 마사키는 당황했다.

"녹음이라니…… 그건 왜?"

"기미코를 죽인 남자가 무슨 소리를 하는지 듣고 싶다."

그럼 재판을 방청하면 되지 않은가. 아니, 범인을 보면 냉정하게 있지 못한다고 생각하는 걸까.

"그래도 그렇지…… 녹음이 허용된단 말이에요?"

"나도 모른다만…… 아무튼 부탁하마."

아버지는 그렇게 말하고 고개를 숙이더니 다시 불단 쪽으로 돌아앉았다.

영정 사진을 향한 눈빛을 보아도 아버지의 심정을 다 헤아릴 수가 없었다.

역 개찰구 쪽을 보는 구미를 발견하고 걸음을 옮겼다.

마사키가 부르자 구미가 놀란 듯이 돌아보았다. 개찰구에서 나오는 줄 알았던 모양이다.

"먼저 와 있었구나."

구미의 말에 마사키는 "그래" 하고 고개를 끄덕였다.

일찌감치 와서 근처에 있는 전자 제품 대리점에서 녹음기를 사두었다.

"아버지는?"

"재판에 안 가시겠다네."

쓸데없는 걱정을 끼치고 싶지 않아 녹음을 부탁받았다는 이야기는 하지 않았다.

"하긴…… 그 편이 낫겠다."

어젯밤 인터넷에서 재판 방청에 대해 검색해보았다. 그중 사이타마 지방법원에 자주 방청하러 가는 사람의 블로그가 있어 살펴보았더니 법정 내에서의 녹음과 촬영은 금지되어 있다는 것을 알게 되었다. 다만 방청권이 필요한 큰 사건이 아닌 이상 소지품 검사는 하지 않는다고 했다.

마가키 쇼타의 아버지가 유명인인 까닭에 이번 재판에는 방청권이 필요하다. 마사키 남매는 피해자의 유족이기 때문에 법원에 요청했더니 방청할 수 있도록 조치해주었다. 피해자 유족도 소지품 검사를 받는지 여부는 알 수 없었다.

사이타마 지방법원은 우라와역에서 도보로 15분 거리에 있었다. 건물 안으로 들어가 접수대에서 재판이 어느 법정에서 열리는지 확인했다. 401호 법정이다. 다른 동으로 이동해 엘리베이터를 타고 4층으로 갔다.

"잠깐 화장실 좀 다녀올게."

엘리베이터에서 내리자 마사키는 구미에게 말하고 화장실로 향했다. 화장실 칸에 들어가 가방에서 녹음기가 든 상자를 꺼냈다. 설명서를 대충 훑어보고 녹음기의 녹음 버튼을 누른 뒤 만약을 위해 오른쪽 양말 속에 넣고 화장실에서 나왔다.

복도에 있던 법원 직원에게 사정을 설명하자 법정 방청석에 안내해주었다. 자리는 법정을 마주 보고 섰을 때 왼쪽 뒤에서 두 번째 줄이었다.

"바로 코앞에서 범인을 실컷 노려보고 싶었는데."

구미가 법정 안에 시선을 고정하며 속상하다는 듯 말했다.

개정 시간인 1시가 다가오자 법정에 방청인이 줄줄이 들어오기 시작했다. '보도 관계자'라는 종이가 붙은 좌석도 포함해서 거의 만석이었다.

양복 차림의 남녀가 울타리 안으로 들어가더니 각각 좌우의 자리에 앉았다. 마사키가 앉은 왼쪽에 자리한 것은 안경을 쓴 남성이므로 검사는 여성이다.

법정 안의 문이 열리고 두 명의 교도관에게 이끌려 한 젊은 이가 들어왔다.

마가키 쇼타다.

검은 정장을 입고 손에는 수갑을, 허리에는 포승을 묶은 마가키를 빤히 노려보았다.

인터넷에 마가키의 사진이 여러 장 올라와 있지만 거기서 본 사진보다 볼이 홀쭉하고 머리도 짧았다.

마가키가 변호인석에 앉자 교도관이 수갑과 포승을 풀어주었다. 마사키는 암전히 고개를 숙이고 방청석 쪽을 보려고 하지도 않는다.

판사석의 뒷문이 열리고 검은 법복을 입은 세 명의 남녀와 여섯 명의 재판원, 두 명의 보충 재판원이 들어왔다.

"모두 자리에서 일어나주십시오."

판사석 앞에 있는 남성의 목소리에 마사키는 자리에서 일어났다. 사람들이 하는 대로 가볍게 인사를 하고 자리에 앉았다.

"그럼 법정을 개정하겠습니다. 피고인은 앞으로."

판사석 가운데에 앉은 검은 법복의 나이 지긋한 남성이 말했다. 아마 재판장일 것이다. 마가키가 자리에서 일어나 방청석에는 눈길도 주지 않은 채 중앙의 증언대로 향했다.

"그럼 확인하겠습니다. 이름은?"

재판장이 물었다.

"마가키 쇼타입니다……."

기어드는 목소리가 들렸다.

"생년월일은?"

"1989년 7월 26일입니다."

"본적은?"

"사이타마현 히다카시 니호리 27-1."

"주소는?"

"사이타마현 아게오시 혼초 8-7-6."

"직업은 무엇입니까?"

"무직입니다."

대학에서 퇴학당한 걸까.

"지금부터 피고인 마가키 쇼타의 도로교통법 위반과 위험운전치사에 대한 심리를 진행하겠습니다. 검사가 기소장을 낭독할 테니 잘 들어주십시오. 그럼 부탁합니다."

재판장이 눈짓을 보내자 여성 검사가 서류를 들고 일어났다.

"공소사실, 피고인은 술기운이 있는 상태에서 2009년 11월 21일 오전 1시경, 사이타마현 아게오시 스가야 3가 부근 도로에서 보통 자동차를 운전하던 중, 횡단보도를 건너고 있던 당시 81세의 노리와 기미코를 차로 치고 그 상태로 약 200미터에 걸쳐 끌고 가, 동 인물을 사망하게 했다. 죄명 및 형법 조항……."

검사가 낭독을 마치자 재판장이 입을 열었다.

"그럼 지금부터 심리를 하겠습니다만, 이에 앞서 설명해두겠습니다. 당신은 묵비권을 행사할 수 있습니다. 대답하고 싶지 않은 것은 하지 않아도 되고, 지금부터 침묵으로 일관해도 됩니다. 질문을 받을 수도 있습니다만, 그때그때 질문을 선택해서 어떤 질문에는 대답하고 어떤 질문에는 대답하지 않아도 됩니다. 당신이 침묵하는 것 자체는 불리하게 작용하지 않지만, 여기서 발언한 것은 당신의 유불리에 상관없이 재판의 증거가 되므로 그 점은 주의해주십시오."

재판장의 말에 마가키가 고개를 끄덕였다.

"방금 검사가 낭독한 공소사실에 관해 사실과 다른 부분이나 더 진술하고 싶은 부분이 있습니까?"

"저……."

마가키가 그렇게 말하고 입을 다물었다.

"뭡니까? 하고 싶은 말이 있으면 큰 소리로 분명히 말씀하세요."

"사람을 친 줄은 몰랐습니다……."

마가키의 뒷모습을 바라보며 머리로 피가 솟구쳤다.

"변호인은?"

재판장이 시선을 보내자 변호인이 "피고인과 같습니다" 하고 대답했다.

"피고인은 원래 자리에 착석해주십시오."

마가키가 자리로 돌아오자 검사가 일어섰다.

"그럼 모두진술을 하겠습니다. 우선 피고인의 신상과 경력에 관해서입니다만……."

그 후 마가키의 경력과 가족 구성 등을 비롯하여 사고에 이르기까지의 과정과 사고 후 그의 행동이 설명되었다.

마가키는 아르바이트가 끝난 8시경부터 친구 두 명과 선술집에서 밤 12시가 다 되도록 술을 마신 뒤 친구와 헤어지고 집으로 돌아갔다. 비가 오는데도 불구하고 갑자기 드라이브를 하고 싶다는 생각에 자가용을 몰고 나갔다고 한다. 다만 도중에 자신이 음주 운전을 하고 있다는 것에 불안감을 느껴 그곳에서 가까운 오케가와역 근처의 유료 주차장에 차를 주차해놓고 역 앞에서 택시를 타고 귀가했다.

방범 카메라에 찍힌 영상을 해석한 결과, 규정 속도가 40킬로미터인 도로를 60킬로미터에 가까운 속도로 주행한 것이 드러났다. 또 법의관의 증언으로 어머니의 사인이 도로 위에서 200미터에 걸쳐 끌려간 것에 의한 출혈성 쇼크인 것, 또 충돌한 시점에 구호 조치를 했다면 목숨을 건졌을 가능성이 있다는 것이 밝혀졌다.

"피해자 가족분이 의견 진술 편지를 제출하셨기 때문에 여기서 읽어드리겠습니다."

마사키는 손에 구미의 손이 닿는 느낌이 들어 손을 마주 잡았다.

마사키가 가족을 대표해서 쓴 편지였다.

"……어머니가 돌아가신 지 두 달 남짓이 흘렀지만 저희 가족은 여전히 깊은 절망에 빠져 있습니다. 어머니는 누구에게나 상냥하셔서 주변 사람들이 잘 따르곤 했습니다. 81세의 고령인데도 매우 건강하셔서 아직 하고 싶은 일도 많고 주변 사람들에게 전하고 싶은 것도 많았을 겁니다. 파렴치한 피고인의 행동이 그런 어머니의 의지를 빼앗았습니다. 피고인이 사람인 줄 몰랐다, 또, 어머니가 신호를 무시하고 횡단보도를 건넜다고 진술했다는 것을 검찰을 통해 듣고 저희는 참을 수 없는 분노를 느꼈습니다. 고령의 어머니는 그리 빨리 걷지 못하시기 때문에 신호를 무시하고 길을 건너셨을 리가 없다고 생각합니다. 또 키가 150센티미터 이상인 어머니를, 아무리 깊은 밤에 비가 내리는 상황이었다 할지라도, 차로 친 것도 모자라 개나 고양이인 줄 알았다는 피고인의 말을 도저히 믿을 수 없습니다. 왜 어머니를 친 직후에 차를 세우지 않았느냐고 피고인에게 묻고 싶습니다."

마가키는 고개를 숙인 채 검사의 목소리를 듣고 있었다.

바로 눈앞에 보이는 남자에게 달려들어 따지고 싶었다.

"……그때 차를 세우고 구급차를 불렀다면 어머니는 살아계실지도 모릅니다. 200미터나 끌려간 어머니가 얼마나 큰 고통 속에 돌아가셨을지 상상만 해도 가슴이 찢어지는 것 같습니다. 피고인은 어머니의 비명을 듣지 못한 겁니까? 들었는데도 그것을 무시하고 달아나려고 했습니까? 분명히 후자일 것이라고 저희는 확신합니다. 피고인은 과실로 인해 어머니를 죽음에 이르게 했다고 스스로를 타이를지도 모르지만, 저희 가족은 어머니가 피고인에게 살해되었다고 생각합니다. 불합리한 발뺌을 하는 이상, 저희가 피고인을 용서할 일은 평생토록 없을 겁니다. 가능한 한 무거운 처벌이 내려지기를 바랍니다. 이상입니다."

"변호인 측은?"

재판장의 말에 변호인이 일어섰다.

마가키와 그의 부모가 사죄의 편지를 썼지만 유족이 받기를 거부한 것과, 마가키의 부모가 가입한 보험회사에서 보험금이 지급될 예정이라고 말했다.

그 말대로 변호인에게 사죄의 편지를 전하고 싶다는 연락을 받았지만, 마사키는 받기를 거부했다. 혐의를 부인하고 있는 지금 상황에서는 마가키가 진심으로 반성하여 편지를 썼다고는 도저히 생각되지 않는다.

"그럼 변호인이 신청한 증인을 불러서 증인 심문을 하겠습니다. 증인은 증언대 앞으로 와주십시오."

재판장의 말에 오른쪽 맨 뒷줄에 있던 여성이 일어섰다. 검은색 바지 정장 차림에, 뒤로 묶은 긴 머리에 흰머리가 눈에 띄는 여성이 초췌한 표정으로 담당자의 안내를 받으며 울타리 안으로 들어갔다. 여성이 증언대 앞에 서자 담당자가 종이를 건네주었다.

"증인은 선서문을 읽어주십시오."

"선서…… 양심에 따라 진실을 말하고 아무것도 숨기지 않으며 거짓을 말하지 않을 것을 맹세합니다."

여성은 떨리는 목소리로 선서문을 읽은 뒤 갖고 있던 종이를 담당자에게 돌려주었다. 재판장이 자리에 앉도록 권하여 증언 대 앞에 놓인 의자에 앉았다.

"그럼 변호인이 먼저 몇 가지 질문을 드리겠습니다. 판사석 쪽을 보시고 말씀해주십시오. 우선 당신과 피고인의 관계를 가르쳐주십시오."

변호인의 질문에 여성이 "어머니입니다" 하고 대답했다.

법정 내에 희미한 동요가 일었다. 아버지인 마가키 노리유키가 증언대에 서기를 기대한 기자들이 낸 낙담의 목소리이리라.

"아드님이 음주 운전을 하여 이런 사고를 일으킨 것에 대해 어떻게 생각하십니까?"

여성이 고개를 숙이고 신음을 했다.

"엄청난 짓을 저질렀다고…… 돌이킬 수 없는 짓을 저질렀다고 생각합니다……."

"아드님은 사고가 있기 넉 달 전에 스무 살이 되었습니다만, 그전부터 술을 마시는 것 같았습니까?"

"집에서는 술 마시는 걸 본 적은 없습니다만…… 친구들과 어울리거나 동아리 모임 같은 곳에서는 마시는 것 같았습니다……."

모친의 이야기를 들으며 가즈키는 언제부터 술을 마셨는지 기억을 더듬어보았다. 고등학교를 졸업하기 전에는 이따금 집

어느 도망자의 고백

에서 맥주 등을 마셨던 것 같다.

"스무 살이 되기 전에 술을 마시는 것은 법률로 금지되어 있죠. 그건 알고 계셨습니까?"

"물론입니다. 다만 저와 남편은…… 대학에 들어갔을 때부터 술을 마셨기 때문에 그 부분에 대해서는 그리 엄격하게 말할 수 없었습니다……. 남들에게 피해를 주며 마시지만 않으면 괜찮다고. 인식이 안이했습니다."

그 후 변호인이 마가키의 평소 행실에 대해 질문했다. 어렸을 때부터 딱히 문제를 일으킨 적은 없고 지극히 일반적인 규범의식을 지닌 아이였다고 모친은 대답했다.

그리고 재판이 끝나면 그동안 해온 것 이상으로 더 엄격하게 아들을 감독하겠다고 했다.

"피해자 가족분에게 편지를 쓰셨죠. 어떤 마음을 전하고 싶었습니까?"

"그저 아들이 한 짓을 사죄하는 마음을 전하고 싶었을 뿐입니다. 아들이 한 짓의 책임은 당연히 부모에게 있다고 생각합니다. 편지를 받아주시지는 않았지만 앞으로 저희 가족 모두는 평생을 피해자 가족분에게 사죄하는 마음으로 살겠습니다."

"알겠습니다. 변호인 측 질문은 이상입니다."

"그럼 검사."

재판장의 말에 검사가 자리에서 일어나 모친을 쳐다봤다.

검사가 모친을 향해 날카로운 질문을 연거푸 던졌다. 변호인
과의 문답에서는 막힘없이 대답하던 모친이었지만, 검사의 질
문에는 제대로 말을 잇지 못하고 고민하는 표정을 지으며 고개
를 떨구었다.

어머니를 죽게 한 피고인의 부모인 만큼 당연히 증오스럽지
만 가슴 한구석에는 동정 어린 마음도 있었다.

가즈키가 절대로 죄를 짓지 않는다고 단언할 수 없고 자신도
언제 어느 때에 저 입장에 놓일지 알 수 없다.

"검사 측 질문은 이상입니다."

검사의 말에 모친이 한숨을 내쉰 것을 알 수 있었다.

"증인은 자리로 돌아가십시오."

마사키는 모친이 초췌한 얼굴을 손수건으로 닦으며 방청석
으로 돌아가는 모습을 지켜봤다.

"이어서 피고인 질문을 하겠습니다. 피고인은 증언대 앞으로
나오십시오."

재판장의 목소리에 마사키는 마가키에게 시선을 되돌렸다.
마가키가 변호인석에서 일어나 증언대로 갔다. 여전히 방청석
은 돌아보려고도 하지 않았다.

"그럼 변호인이 질문하겠습니다. 우선 당일 밤에 친구들과
술을 마셨을 때의 상황을 들려주십시오."

마가키가 변호인의 질문에 더듬더듬 대답했다.

밤 8시경부터 아르바이트 가게의 친구 두 명과 술을 마시기 시작해 차를 운전하기 전까지 생맥주 3잔, 사워 3잔, 사케를 한 명당 1홉 정도 마셨다고 한다. 술이 센 편이라 거의 취하지 않았고 또 운전도 평소대로 했지만, 갑자기 음주 운전을 하고 있는 것이 무서워져서 오케가와역 근처에 있는 유료 주차장에 차를 주차해놓고 택시를 타고 귀가했다고 한다.

사고 당시에 대해서는 확실히 뭔가에 부딪힌 충격은 느꼈지만 그리 심한 충격은 아니었기 때문에 사람이 아닌 줄 알았다고 증언했다. 사방이 캄캄했기 때문에 만약 개나 고양이를 쳤다면 그 사체를 확인하기가 무서웠고, 또 비도 세차게 내렸기 때문에 정차하기가 망설여져 그대로 차를 몰았다고 한다.

"피해자와 유족분에게 하고 싶은 말이 있습니까?"

변호인의 질문에 마가키가 코를 훌쩍였다.

"정말 죄송하게 생각합니다."

오열 섞인 목소리가 들렸다. 잠시 사이를 두고 이어서 말했다.

"3년쯤 전에…… 친할머니가 돌아가셨습니다. 할머니는 병환으로 돌아가셨지만…… 엄청나게 슬펐습니다. 유족분들에게 그보다 더한 슬픔을 겪게 해드렸다고 생각하면……."

거기서 말을 잇지 못했다. 몸을 가늘게 떠는 마가키의 뒷모습을 바라보며 마사키는 그 눈물의 이유를 상상했다.

그것은 사람을 죽음에 이르게 한 것에 대한 뉘우침의 눈물일까. 아니면 자기 앞길이 막힐지도 모른다는 불안감에서 오는 눈물일까.

"시신이 심하게 손상되어 장례식에서는 가족분과 조문하러 오신 분들도 고인의 얼굴을 뵙고 인사를 나누지 못했다고 들었습니다. 저는 할머니 얼굴을 보고 제대로 인사를 나누었지만……. 그때 왜 술을 마시고 차를 몰았는지……, 술을 마시지 않았더라면 더 냉정한 판단을 했을지도 모른다고 아무리 후회를 해도 모자랍니다."

"그렇죠. 냉정한 판단이 가능했다면 개나 고양이를 쳤다고 생각했더라도 용기를 내서 차를 세웠을지도 모르죠."

변호인의 말에 마가키가 고개를 끄덕였다.

"변호인 측 질문은 이상입니다."

변호인이 재판장에게 말하고 자리에 앉았다. 재판장의 지시에 검사가 자리에서 일어났다. 마가키에게 날카로운 눈빛을 던졌다.

"그럼 검사가 몇 가지 질문을 하겠습니다. 우선 피고인이 자신이 사람을 쳤다고 명백히 인식한 것은 언제입니까?"

마가키가 변호인 쪽을 흘끗 살폈다. 변호인이 고개를 끄덕이는 것을 봤는지 검사에게 시선을 되돌렸다.

"경찰서에 끌려가서 이야기를 들었을 때입니다."

"그보다 먼저, 혹시 사람을 쳤을지도 모른다고 생각하지는 않았습니까?"

"네……."

"당일 정오 무렵에는 뉴스에 뺑소니 사건이 보도되었는데, 보지 않았습니까?"

"네."

"그렇습니까. 질문을 조금 바꿔보도록 하죠."

검사가 그렇게 말하고 손에 든 서류를 넘겼다.

"저도 얼마 전에 당신이 주행했다고 하는 오전 1시경에 같은 길을 차로 달려봤습니다. 주변에는 공장과 운송회사가 있을 뿐 영업하는 가게도 하나 없고 확실히 그 시간대에는 사방이 어둡더군요. 그런데 곧게 뻗은 외길이라 전방 시야가 무척 잘 보였던 것으로 기억합니다."

검사 쪽을 향한 마가키의 옆얼굴을 주시했다. 눈물은 이미 멎었고 검사가 어떤 질문을 할지 불안해하는 표정을 띠고 있었다.

"교통과 감식 결과에 따르면 사망한 노리와 씨는 우선 좌측 전방 범퍼에 부딪히고 넘어지면서 앞바퀴에 몸이 말려들어가 그대로 끌려간 것으로 밝혀졌습니다. 전방을 잘 주시하고 운전했는데도, 부딪힌 것이 사람인 줄 인식하지 못했다는 증언은 잘 믿어지지 않는군요."

"단 한순간…… 눈을 뗐습니다."

"눈을 뗐다? 어째서죠?"

검사가 고개를 갸우뚱하며 물었다.

"카 오디오의 음악을 바꾸기 위해서입니다. 그런데 정말 단 한순간이었어요."

"그때 노리와 씨와 부딪혔다는 겁니까?"

"타이밍적으로는 그렇다고밖에……."

"그런데 피고인은 청신호를 인식하고 횡단보도를 통과한 것 아니었나요? 비록 한순간이었다 해도 눈을 뗐는데 어떻게 청신 호였다고 단언할 수 있습니까?"

"카 오디오를 보기 직전까지 파란불이었고 횡단보도를 통과 했을 때도 분명히 파란불이었어요."

"통과했을 때 뒤에 있는 신호가 파란불이었다는 걸 어떻게 압니까?"

"백미러에 파란빛이 보였으니까요."

"백미러는 왜 봤습니까? 후속 차량도 없었을 텐데요."

"그냥 어쩌다 봤어요."

"뭔가에 세게 부딪혔다, 그래서 무심코 백미러로 신호를 확 인한 게 아닐까요?"

"아니에요."

목소리에 초조함이 조금 배어 있었다.

"그럼 다음 질문으로 넘어가겠습니다만……, 아까 변호인도 질문했는데 왜 유료 주차장에 차를 대려고 했습니까?"

어느 도망자의 고백

아까 변호인의 질문에는 갑자기 음주 운전을 하고 있는 것이 무서워져서 유료 주차장에 차를 대기로 했다고 진술했다.

"아까 변호인에게 말한 대로입니다."

마가키가 억양 없는 말투로 대답했다.

"음주 운전을 하고 있는 것이 무서워져서요?"

"네⋯⋯."

"왜 그대로 집으로 가지 않았습니까?"

그 질문에 마가키가 말을 우물거렸다.

"자택에서 그리 멀지 않은 그 사고 현장에서, 그 정도야 어떻든 간에 어떤 충격을 느꼈던 거군요. 그런데 그곳에서 오케가와까지는 한참 더 가야 합니다. 사고 현장에서 충격을 느꼈을 때 음주 운전을 했으니 난처하게 되었다는 생각은 들지 않던가요?"

"질문의 뜻을 잘⋯⋯."

"차를 집에 두면 난처해질 거라는 생각에, 일단 유료 주차장에 대야겠다고 생각한 것이 아닙니까?"

"물론 그런 이유도 있었을지도 모릅니다. 어쩌면 차에 개나 고양이의 사체가 걸려 있을지도 모르겠다고⋯⋯."

"오후 1시 20분경에 다시 유료 주차장으로 갔더군요. 방범 카메라 영상에 피고인의 모습이 찍혀 있었습니다. 차 안에서 꺼낸 창문 청소용 세정 티슈 같은 것으로 차의 측면과 타이어 등을 닦는 것처럼 보였습니다만…….”

마가키는 입을 다물고 있었다.

“그때도 사람을 쳤을지도 모른다는 인식은 없었습니까?”

“네…….”

“개나 고양이의 피가 아닐까 하고 생각했습니까?”

“뭔가의 피일 거라는 생각은 못 했습니다. 뭐가 묻어 있기는 했지만요.”

마가키의 목소리가 떨리는 것처럼 느껴졌다.

“검사 측 질문은 이상입니다.”

“피고인은 원래 자리로 돌아가십시오.”

재판장의 말에 마가키가 증언대에서 나왔다. 아까보다 더 고개를 푹 떨구고 변호인석에 앉았다.

“검사의 논고를 하십시오.”

재판장의 말에 계속해서 검사가 입을 열었다.

“검사의 의견을 진술하겠습니다. 이번 범행은 음주 운전을 한 끝에 사람을 친 데다 피해자를 구호하지도 않고, 오히려 그곳에서 약 200미터에 걸쳐서 차로 끌고 간 뒤 도주한 지극히 악질적이고 파렴치한 행위로, 피고인에게는 동정할 여지가 없습니다. 또한 피고인의 진술은 매우 불합리하며 사건에 대해 진지하게 반성하고 있다고는 보기 힘듭니다. 숨이 끊어지기까지 피해자가 느꼈을 고통은 이루 다 상상할 수가 없으며, 피해자 유족의 피고인에 대한 처벌 감정도 매우 강합니다. 이상 제반 사정을 고려해 피고인을 징역 6년 형에 처하는 것이 상당하다고 생각합니다. 이상, 검사 측 발언을 마치겠습니다."

징역 6년…….

마지막으로 본 어머니 얼굴이 뇌리를 스치고 그 벌의 가벼움에 몸이 떨렸다.

이어서 변호인이 일어나 말하기 시작했지만 내용이 거의 머리에 들어오지 않았다. 다만 관대한 처분을 바란다는 것만은 알 수 있었다.

"그럼 피고인은 앞으로 나오십시오."

이제 곧 가버릴 것임을 알고 새삼스레 마가키를 노려보았다.

"다음 번에는 판결이 내려지므로 마지막으로 피고인이 직접 하고 싶은 말이 있으면 하십시오."

"이런 사건을 일으켜서 피해자와 가족분들에게 정말 죄송하다는 마음으로 가득합니다. 앞으로 제가 저지른 죄를 똑바로 마주 보며 살아가고 싶습니다."

마가키가 자리로 돌아가자, 재판장과 검사와 변호인이 모여 다음 번 일정을 잡았다.

"그럼 판결 선고는 2월 15일 오후 2시에 이 법정에서 합니다. 오늘은 이상입니다."

재판장의 말에 마사키를 포함해 법정 안의 모든 사람이 자리에서 일어났다. 가볍게 인사한 뒤 판사와 재판원이 법정을 떠났다.

마가키는 다시 수갑과 포승에 묶이고 방청석에는 한 번도 눈길을 주지 않은 채 교도관과 함께 안쪽으로 사라졌다.

마가키의 모습이 법정에서 사라지자 구미가 오른쪽 방청석을 쳐다봤다. 분노를 쏟을 곳을 잃고 그 대신 어깨를 축 늘어뜨리고 앉아 있는 마가키의 모친을 쏘아보았다.

"가자."

이곳에서 빨리 벗어나고 싶은 마음에 구미를 재촉하여 법정을 나와 엘리베이터를 탔다.

"조금은 반성하고 사실대로 말하기를 기대했는데…… 변명만 늘어놔서 화가 나더라. 변호인도 그런 엉터리 같은 소리를 믿는 걸까?"

화가 가라앉지 않는지 구미가 거침없이 쏘아댔다.

마사키도 마가키가 진실을 말하고 있다고는 도저히 생각되지 않았다.

"재판이라는 게 원래 그런 걸 테니까."

1층에 도착하자 화장실에 들러서 양말에 끼워두었던 녹음기를 꺼내 정지 버튼을 눌렀다. 아버지에게 녹음을 들려주어야 할지 고민하면서 마사키는 녹음기를 윗도리 주머니에 넣고 화장실을 나왔다.

어느 도망자의 고백

교도관의 재촉에 쇼타는 고개를 숙인 채 발을 내딛어 법정에 들어갔다. 바닥에 시선을 빤히 고정하며 변호인석에 앉자 교도관이 수갑과 포승을 풀어주었다.

"모두 자리에서 일어나주십시오."

일어났을 때 방청석의 모습이 시야에 비쳤다. 왼쪽 끝의 맨 뒷줄 자리에 선 어머니와 눈이 마주쳤다. 지난번 공판과 마찬가지로 아버지와 누나의 모습은 없다. 비통한 표정으로 머리를 살짝 숙이는 어머니를 보면서 쇼타도 머리를 숙이고 자리에 앉았다.

"그럼 법정을 개정하겠습니다. 피고인은 앞으로 나와주십시오."

재판장의 목소리에 쇼타는 자리에서 일어났다. 방청석을 보지 않도록 애쓰며 증언대 앞에 서서 재판장을 봤다.

"지금부터 피고인에 대한 판결을 선고할 테니 잘 들어주십시오."

쇼타는 재판장에게 끄덕여 보였다.

"주문, 피고인을 징역 4년 10개월에 처한다."

눈앞이 캄캄해졌다. 하마터면 무릎을 꿇을 뻔하여 증언대에 손을 짚었다.

재판장이 그 이유에 대해 설명하는 것 같지만 머리에 전혀 들어오지 않았다.

4년 10개월 동안 교도소에서 지내야 한다. 석 달이 조금 안 되는 유치장과 구치소에서의 생활만으로도 한계에 다다랐건만.

"……법원의 판단은 방금 선고한 대로입니다. 실형이라는 엄중한 판단이 내려졌습니다만, 법원으로서는 피고인이 앞으로 자신이 저지른 죄를 진지하게 마주 보고, 피해자의 명복을 진심으로 빌면서 갱생을 향해 노력하기를 바랍니다. 알겠습니까?"

고개를 끄덕이려 했지만 몸이 경직되어 잘 움직여지지 않았다.

"또 피고인은 항소할 권리가 있습니다. 이번 판결에 불복한다면 내일부터 14일 이내에 고등법원에 제기해주십시오. 이상입니다."

재판장을 비롯해 시야에 비치는 사람들이 자리에서 일어나 인사했다. 판사와 재판원이 법정을 나가고 교도관이 다가와 수갑을 채우고 허리에 포승을 묶었다.

쇼타는 고개를 방청석 쪽으로 돌렸다. 맨 뒷줄에 못 박힌 듯 서 있는 어머니를 바라보았다. 손수건으로 눈시울을 누르고 있었다.

앞으로 5년 가까이는 아크릴판을 사이에 두고서만 만날 수 있다.

아버지는 기자와 방청인의 눈이 신경 쓰여 오늘도 오지 않은

어느 도망자의 고백

걸까. 아니면 아버지는 나를 진작에 버린 걸까.

아크릴판 너머라도 좋으니 아버지를 만나고 싶다. 얼마든지 비난하고 호통을 쳐도 좋다. 그저 내가 아직 아버지의 자식임을 실감하게 해주는 말을 듣고 싶다.

"잠시 어머님과 이야기를 나눈 뒤에 접견하러 가겠습니다. 항소 여부는 그때 의논하도록 하죠."

오타니의 말에 이어, 교도관이 "간다" 하고 재촉해 쇼타는 어머니에게 등을 돌렸다.

그 순간 방청석에서 이쪽을 바라보던 남자와 눈이 마주쳤다.

아버지와 같은 연배로 보이는 그 남자는 지난번 재판 때와 마찬가지로 오른쪽 끝의 뒤에서 두 번째 줄에 있었다. 이쪽을 향한 날카로운 눈초리로 보아 피해자의 가족임을 알 수 있었다.

'저희 가족은 어머니가 피고인에게 살해되었다고 생각합니다.'

등 뒤로 증오의 시선을 느끼며 쇼타는 서둘러 법정을 나갔다.

───────── 13

귀를 기울여 청년의 목소리를 듣고 있는데 초인종이 울렸다.

노리와 후미히사는 돋보기안경을 쓰고 녹음기의 정지 버튼을 눌렀다. 녹음기를 바지 주머니에 넣는 순간 장지문이 열리는 기척이 났다. 뒤돌아보니 마사키가 거실에 들어온 참이었다.

구미는 일 때문에 못 간다고 전화했으니 마사키 혼자서 판결을 듣고 온 것이다.

"징역 4년 10개월의 실형을 선고받았어요."

"그러냐……."

후미히사는 중얼거리고 불단에 시선을 되돌렸다. 앞으로 5년 가까이는 마가키 쇼타를 만날 수 없다는 것이다.

"우선 네 어머니에게 말씀드려라."

후미히사의 말에 마사키가 옆에 정좌하여 향을 피웠다. 꽤 오랫동안 두 손을 모으고 있다.

"재판에서는 사람인 줄 몰랐다고 하던데, 사실이라고 생각하느냐?"

그렇게 묻자, 마사키가 눈을 뜨고 이쪽으로 고개를 돌렸다.

"당연히 거짓말이죠. 재판에서도 그렇게 판단하더군요."

그의 진술을 듣고 또 들었지만 나도 그렇게 생각한다.

"어머니 목숨을 빼앗아놓고 고작 4년 10개월의 징역은 저도 납득이 되지 않아요. 하지만 무슨 짓을 해도 어머니는 돌아오지 않아요. 여기서 일단 매듭을 짓는 수밖에 없어요."

"매듭?"

후미히사는 고개를 갸웃거렸다.

"네……. 아버지, 나고야로 오세요. 여기서 혼자 생활하시는 건 힘들잖아요."

"무슨 소리냐. 나는 여기 있을 거다."

"나고야에서 때마다 들여다보러 오기도 힘들고, 구미도 이제 딸의 입시로 바빠질 테니 자주 못 와요."

"안 와도 된다. 나 혼자서도 괜찮아."

"그럴 수는 없어요. 어머니도 분명 아버지를 걱정하고 계실 거예요. 무슨 일이라도 생기면 저희도 후회……."

"해야 할 일이 있다."

가로막듯이 말하자, 마사키가 놀란 듯이 몸을 뒤로 뺐다.

말투가 너무 셌던 모양이다.

"해야 할 일이라는 게 뭔데요? 나고야에 가면 못 하시는 일이에요?"

마가키 쇼타를 만나야 한다.

그때까지는 그에게 내 얼굴을 드러내지 않는 편이 낫다고 생각해 재판을 방청하지 않았던 것이다.

그가 사회에 나올 무렵이면 나는 89세가 된다. 그때까지 살수 있을까.

아니, 살아야 한다.

14

차가 멈춘 것을 느끼고 쇼타는 고개를 들었다. 차창 밖에 건물과 신호등이 보인다. 아직 도착한 것은 아닌 듯하나.

그대로 고개를 돌려서 차 안의 상황을 살폈다. 자리에 앉은 네 명의 수형자는 조금 전까지 쇼타가 그랬듯이 무릎 위에 시선을 고정하고 고개를 숙이고 있다. 모두 얼핏 봐도 쇼타보다 나이가 많음을 알 수 있었다.

호송차가 움직이기 시작해 차창의 풍경이 바뀌었다. 구름 한 점 없는 파란 하늘이다. 그동안 어둑어둑한 방에서 생활한 탓인지 햇빛이 눈부시게 느껴졌다. 한동안 볼 수 없는 경치이기 때문에 눈을 가늘게 뜨면서 차창 밖을 계속 바라보았다.

판결의 다음 날부터 14일 이내에 항소하지 않은 쇼타는 징역 4년 10개월의 형이 확정되었다.

접견하러 온 오타니는 항소를 해도 승산이 희박하다는 본인의 견해와, 피해자 유족의 심정을 감안해서 항소하지 않는 편이 낫지 않겠느냐는 부모님의 의견을 알려주었다.

앞으로 무려 4년 10개월 동안 교도소에서 지내야 한다. 정말이지 절망밖에 느껴지지 않았지만 쇼타는 고개를 끄덕일 수밖에 없었다.

항소하면 변호사 비용이 더 들 테니 더 이상 부모님에게 폐를 끼칠 수는 없다.

그리고 항소한다 한들 구치소 감방에 갇혀 지내는 생활에는
변함이 없을 테고, 승산이 희박하다는 것은 교도소에 갈 날이
미뤄지기만 할 뿐이라는 뜻이리라.

아침을 먹은 뒤 교도관이 와서 가와고에 소년교도소로 이송
된다는 것을 알려주어 오랜만에 사복으로 갈아입고 호송차에
올라탔다.

호송차가 다시 정차했다. 신호 대기를 하는지 옆 차선에 대형
버스가 나란히 섰다. 호송차는 차고가 높아서 지금까지 주변을
달리는 차량의 운전자를 비롯한 다른 사람들과 시선이 마주친
적은 없지만, 버스도 비교적 차고가 높아서 승객의 얼굴이 시야
에 들어왔다.

승객들의 호기심 어린 시선에 쇼타는 엉겁결에 고개를 숙였
다. 얼굴과 수갑이 보이지 않도록 좌석 깊숙이 몸을 묻었다가
창문을 등지려고 몸을 반쯤 비틀기도 했다.

그러나 그것도 의미 없는 행동이라는 것을 느끼며 오로지 창
피함을 견디고 있자 드디어 차가 움직이기 시작했다.

잠시 후 다시 차가 멈췄다. 말소리가 들려 고개를 들었더니
정면에 육중한 철문이 보였다. 차에 타고 있는 교도관과 밖에
있는 제복 차림의 남자가 이야기를 하고 있다.

"확인했습니다."

쇠가 삐걱거리는 큰 소리와 함께 철문이 열리고 호송차가 교도소 안으로 들어갔다.

쇼타는 수갑과 포승을 한 채로 가방을 들고 호송차에서 내렸다. 다섯 넝의 수형자는 교도관이 시키는 대로 건물로 줄지어 들어가 복도를 걸어갔다. '신입자 대기실' 팻말이 걸린 방에 들어갔다.

방에는 교도소의 남자 교도관이 있었다. 그에게 여기까지 수형자를 데려온 구치소 교도관이 서류를 건넸다.

"거기 둥근 의자에 앉아서 기다려."

교도소 교도관의 말에 쇼타를 포함한 다섯 명의 수형자는 의자에 앉았다.

잠시 기다리고 있자 백의를 걸친 남자가 들어와 순서대로 키와 몸무게 등을 재고 건강 상태를 물어보았다.

이어서 다른 방으로 이동해 교도관에게 소지품 검사를 받았다. 비누 한 개, 비눗갑 한 개, 화장지 한 묶음, 치약, 칫솔 한 개, 수건 한 장 외에는 압수당했다.

"옷을 전부 벗어."

교도관의 명령에 쇼타는 옷을 벗었다.

"팬티도!"

교도관 세 명의 무자비한 시선을 받으며 쇼타는 팬티를 벗고 알몸이 되었다. 한 교도관이 서류를 들고 다가왔다.

"입을 크게 벌려."

교도관이 시키는 대로 입을 크게 벌렸다.

"입을 벌린 채 혀를 위아래로 움직여."

뭔가를 숨기고 있지는 않은지 조사하는 것 같았다.

"저쪽을 보고 상체를 굽히고 엉덩이를 내밀어."

교도관의 말대로 상체를 굽히고 엉덩이를 교도관 쪽으로 내밀었다.

"두 손으로 항문을 크게 벌려."

창피함과 굴욕감을 견디며 시키는 대로 했다.

"좋아, 바로 서."

쇼타는 엉덩이를 잡았던 손을 떼고 상체를 일으켰다. 손이 가늘게 떨린다.

"거기 있는 옷을 입어."

교도관의 지시를 듣고 테이블에 놓여 있는 속옷과 죄수복을 집어 들었다. 새것은 없고 죄다 꾀죄죄하다.

죄수복으로 갈아입자 교도관이 암실로 데려갔다. 쇼타는 자신의 이름이 적힌 판자를 들고 사진을 찍은 다음 다시 다른 방으로 향했다.

그 방에는 교단 같은 단이 있고 그 위에 교도관이 서서 이름과 나이, 죄명, 형기를 말하도록 지시했다.

"마가키 쇼타…… 스무 살입니다. 위험운전치사와 도로교통법 위반…… 징역 4년 10개월입니다.”

쇼타가 말하자, 교도관이 교도소 생활에 관한 주의 사항 등을 일러주었다.

“자네가 교도소에서 출소하기 전까지의 호칭 번호는 1024번이다. 무슨 일에든 이 번호가 사용되니 잘 기억해두도록.”

오늘부터 나는 마가키 쇼타가 아니라 1024번…….

“자네의 형기 만기 기한은 2014년 12월 2일이다. 그때까지 사고를 일으키지 않고 지낸다. 성실하게 복역하면 가석방의 은전이 주어진다. 알겠나!”

“네…….”

“목소리가 작다!”

교도관의 불호령에 흠칫 놀라서 “네!” 하고 자세를 바로 하고 대답했다.

쇼타와 나이 차이가 얼마 나지 않아 보이는 교도관이 다가와 방에서 나가도록 재촉했다. 몇 개의 자물쇠를 따고 문을 열면서 젊은 교도관과 함께 복도를 걸어갔다. 건물의 모든 창문에는 쇠창살이 설치되어 있다. 교도관이 허름한 문 앞에 멈춰 서더니 허리에 차고 있던 열쇠를 빼서 문을 열었다.

“들어가.”

안으로 들어가니 다다미 세 장 크기의 방이었다. 좁지만 화장실과 세면대가 달려 있다.

어느 도망자의 고백

"신입 교육을 일주일쯤 받은 뒤에 잡거감방*으로 옮길 거다."

교도관이 그렇게 말하고 문을 닫았다. 자물쇠를 채우는 메마른 소리가 귀에 울렸다.

❖ 두 명 이상의 범죄자를 함께 가두는 감방.

제 2 장

_____ 1

식사를 마치고 잠시 후 교도관이 왔다.

"준비됐나?"

교도관의 질문에 마가키 쇼타는 "네" 하고 고개를 끄덕인 뒤 감방을 나왔다. 교도관을 따라 복도를 지나 안내된 방에 들어갔다. 테이블 위에 이곳에 왔을 때 가져온 가방이 놓여 있었다. 그 옆 상자에는 지갑과 집 열쇠와 휴대전화가 들어 있고, 그 옆에는 새 옷이 놓여 있었다.

이곳에 보관된 옷을 입고 출소하고 싶지 않아서 어머니가 면회를 왔을 때 새 옷을 보내달라고 부탁해두었다.

쇼타는 죄수복을 벗고 새 옷으로 갈아입었다. 지갑과 휴대전화 등의 영치품을 확인하고 서류에 사인한 뒤 가방을 들고 방을 나섰다.

교도관을 따라 통로를 건너가 큰 유리창이 있는 방에 도착했다. 이곳에서 5년 가까이 지냈어도 몰랐던 장소다. 창가 벤치에 앉아 있는 어머니 모습이 눈에 들어왔다. 어머니도 쇼타를 봤는지 벤치에서 일어섰다.

"다시는 오지 마라."

교도관의 목소리가 들려 쇼타는 그를 향해 돌아섰다. "그동안 감사했습니다" 하고 머리를 깊이 숙여 인사하고 어머니 곁으로 갔다.

"어서 오렴."

눈물을 글썽이며 말하는 어머니를 보고 쇼타는 말없이 고개를 끄덕였다.

"결국 만기를 채우고 나왔구나⋯⋯."

어머니의 원망 섞인 중얼거림에 쇼타는 대꾸할 말을 찾지 못해 고개를 숙였다.

약 1년 전에 가석방 허가가 떨어졌지만, 같은 방 수형자와 말다툼을 벌여 징벌을 받은 탓에 취소되었다.

교도소에 들어오기 전과, 들어와서 한동안은 하루라도 빨리 여기서 나가고 싶은 마음뿐이었다. 그런데 막상 사회로 나가는 것이 현실이 되자 지레 겁이 나서 일부러 징벌을 받을 만한 일을 벌인 것이다.

어머니가 출구를 향해 걷기 시작해 쇼타도 뒤를 따랐다.

건물에서 나오자 눈부신 햇살이 비추었다. 손으로 눈가를 가리면서 차가 여러 대 세워진 주차장으로 향했다. 어머니가 가까이 가자 그중 한 대의 뒷좌석 문이 열렸다. 택시로 이곳에 온 것이다.

어머니와 함께 뒷좌석에 올라타자 백미러 너머로 이쪽 상황을 살피는 듯한 기사의 시선이 느껴졌다.

왜 자가용으로 오지 않았을까. 어머니도 이런 곳에 택시로 오고 싶지는 않았을 것이다.

아들이 차량 사고를 일으켜 차를 처분했을지도 모른다.

"가와고에 스테이션호텔로 가주세요."

쇼타는 기사에게 목적지를 말한 어머니를 쳐다봤다. 왜 집으로 가지 않을까 싶었지만 아무 말도 하지 않기로 했다.

택시가 출발해 차창으로 눈길을 돌렸다.

줄곧 이국땅에 있는 기분이 들었지만, 집과 같은 사이타마 현내였던 것이 떠올랐다.

호텔 앞에 도착해 택시에서 내리고 쇼타는 살피듯이 어머니를 봤다.

"일단 여기에 방 두 개를 잡아놨어. 방에서 앞으로 어떻게 할지 이야기하자."

어머니는 그렇게 말하고 호텔 안으로 들어갔다.

체크인을 할 때 어머니는 결혼 전의 구성舊姓을 댔다. 쇼타는 걱정하는 마음으로 어머니와 엘리베이터에 올라탔다.

어머니는 성기적으로 면회를 와주었지만 아버지와 누나는 한 번도 오지 않았다. 어머니는 한 달에 한 번은 편지를 보내주 었지만 늘 힘내라는 취지의 말뿐, 식구들의 근황을 언급한 적 은 없었다. 유일하게 언급한 것은 나나는 잘 지내고 있다는 정 도였다.

"누나는…… 신이치 씨하고 어떻게 됐어?"

조심스럽게 묻자 어머니가 어두운 표정을 지으며 "방에서 이 야기하자"라고만 대답했다.

방은 트윈 베드룸으로, 창가에 마주 앉을 수 있는 작은 의자 와 테이블이 있었다. 어머니는 냉장고에서 페트병 생수 두 개를 꺼내고 의자에 앉았다. 쇼타도 맞은편에 앉았다.

"아쓰코는 신이치 씨와 결혼 안 했어."

어머니가 이쪽을 물끄러미 보며 억양 없는 어조로 말했다.

"내…… 그 사건 때문이지?"

쇼타의 물음에 어머니가 고개를 어정쩡하게 저었다.

"몰라. 아쓰코가 아무 말도 안 하려고 해서."

"누나는 지금도 혼자야?"

어머니가 고개를 끄덕였다.

"체크인할 때, 이름을 무라카미라고 하던데……."

어머니가 고개를 살짝 숙이고 한숨을 작게 내쉬었다.

"네 아빠하고는 3년 전에 이혼했어. 지금은 아쓰코하고 구마모토에 있는 네 외갓집에서 지내. 아쓰코는 마을 농협에서 일하고, 엄마는 나이가 있어서 일자리 찾기가 쉽지 않아서 슈퍼마켓에서 일해. 슈퍼 아줌마야."

외갓집에는 몇 번 가본 적이 있지만 과소화가 진행된 시골이다.

그제야 어머니가 교도소에 택시로 온 것과 호텔을 잡은 이유를 알게 되었다.

"아빠하고는 왜……."

내 탓임에 틀림없지만 묻지 않을 수는 없었다.

"뭐라고 하면 좋을까……. 더는 예전의 아빠가 아니었으니까."

"무슨 뜻이야?"

"자꾸만 술에 의지하게 되어서……."

어머니는 거기서 말끝을 흐렸다. 쇼타 탓에 예전처럼 일하지 못하게 되었기 때문이리라.

"너는 이제 네 아빠하고는 같이 못 살아. 이제부터는 구마모토에서 살지 않을래?"

어머니의 권유에 쇼타는 망설였다.

누나를 볼 낯이 없는데 심지어 함께 살다니 말도 안 된다. 누나도 나와 함께 사는 것은 원하지 않을 것이다.

"만약 우리랑 같이 살기가 불편하면 근처에 방을 구하면 돼."

이웃 사람들은 쇼타가 일으킨 사건을 알고 있을까. 지금은 모른다 해도 쇼타가 근처에 살게 되면 머지않아 알게 될지도 모른다. 그렇게 되면 어머니와 누나가 다시 고통을 겪게 될 것이다.

"아니…… 여기서 혼자 살아볼게."

쇼타의 말에 어머니가 "그래……" 하고 걱정스레 미간을 찌푸렸다.

"당장 내일이라도 방을 알아볼 생각이야."

"그럼…… 엄마도 같이 갈게. 그런데 방을 빌리는 데 필요한 자금은 어떻게든 마련해줄 수 있지만 그 외에는 너무 기대하지 마. 할아버지, 할머니 돌보는 데도 돈이 들어서 우리도 많이 힘든 상황이거든……."

"알아."

"그리고……."

어머니가 가방에서 명함을 꺼내 테이블에 올려놓았다. 'SK법률사무소 오타니 요시카쓰'라고 쓰인 명함이다.

"신세를 졌으니 조만간 인사하러 다녀오렴."

쇼타는 고개를 끄덕이고 명함을 집었다.

"그리고 내일 가정법원에 가자."

법원이라는 말에 움찔했다.

"거긴 왜?"

"성 개명 신청을 해야 하거든. 아쓰코도 그렇게 해서 무라카미 아쓰코가 되었어. 마가키라는 성은 희귀한 성이잖니."

그 말이 무엇을 뜻하는지 생각했다.

"네 아빠는 원래 그랬지만, 나하고 아쓰코도 인터넷상에서 꽤 유명인이 되었으니까."

범죄자의 가족이라는 이유로 인터넷에 이름을 포함한 정보가 노출된 것이다.

"생각할 시간을 줘……."

쇼타의 말에 어머니가 "무슨 생각이 필요해?" 하고 몸을 내밀었다.

"인터넷에서 네 이름을 검색하면 지금도 사건 기사가 쏟아져 나오는데."

그것은 알고 있다. 하지만 아버지는 그 이름을 평생 짊어지고 살아야 한다. 그 원인을 제공한 내가 쉽게 도망갈 수도 없는 노릇이다.

"당분간 지금 이름으로 내 나름대로 살아볼게……."

알람을 맞추지도 않았는데 6시 50분에 저절로 눈이 뜨였다.

교도소에 복역했을 때의 습관이 배어 있다는 것을 실감함과 동시에 그런 자신의 몸이 꺼림칙하게 느껴졌다.

쇼타는 일어나서 요와 이불을 차곡차곡 개어 벽장에 넣었다.

세면실로 가서 세수를 하고 이를 닦았다. 낡은 연립주택인 탓에 세면실에서 온수가 나오지 않아 수건으로 닦은 얼굴이 냉기로 얼얼했다.

출소한 다음 날, 어머니와 함께 부동산을 돌아보다 기타모토 역에서 도보로 15분 거리에 있는 이 집을 계약했다. 다다미 여섯 장과 네 장 반 크기의 방❖에 부엌이 딸려 있고 욕실과 화장실이 분리되어 있다. 그만큼 널찍한 집인데도 월세가 3만 8천 엔에 불과한 것은 건축된 지 58년이나 되었기 때문이다. 화장실에는 수세식 화변기가 설치되어 있고 벽과 천장이 날림으로 공사되어 주변 소리가 잘 들린다.

어머니가 방을 어디로 구할지 묻는 순간 쇼타의 입에서 기타모토라는 지명이 튀어나왔다. 어머니는 예전에 살던 집이나 아르바이트 가게가 있던 아게오역과는 다른 전철 노선이 낫지 않겠느냐고 생각한 듯하지만, 쇼타는 마음을 굳혔다.

앞으로의 생활을 생각하면 살 집을 구하는 데에는 돈을 많이 들일 수 없었다. 월세 상한을 4만 엔으로 설정하고 찾았더니 예상외로 물건이 적었다. 3만 엔대 물건도 없지는 않았지만 죄다 다다미 다섯 장에서 여섯 장의 원룸이었다. 비교적 신축이고 에어컨과 미니 냉장고, 가스레인지 등의 옵션도 갖추어져 있지만,

❖ 다다미 여섯 장은 약 10제곱미터 크기이고, 다다미 네 장 반은 약 7.5제곱미터 크기이다.

집 안에 들어가 문을 닫으면 가슴이 심하게 두근거리고 진정이 되질 않았다.

아무래도 구치되었을 때의 경험이 폐소공포증으로 발전한 것 같아서 낡고 에어컨이 없어도 비교적 넓은 방을 고르기로 했다.

쇼타는 다다미 여섯 장이 깔린 방으로 돌아와 옷을 갈아입고 어제 편의점에서 산 샌드위치를 먹으며 무가지인 구인 잡지를 훑어보았다. 오미야에 있는 인쇄소의 구인 정보를 눈여겨보았다. 정규직을 모집하며 학력 불문이라고 쓰여 있었다.

9시가 넘었을 무렵 쇼타는 그 인쇄소에 전화했다. 내일 오후 2시에 면접 약속을 잡고 전화를 끊었다.

휴대전화 화면을 바라보았다. 예전의 대기 화면은 아야카와 둘이서 찍은 사진이었지만 지금은 초기 설정 화면으로 되돌려 놓았다.

휴대전화 통신사에서 재계약을 할 때, 이런 휴대전화는 갈라파고스 휴대전화*라 불리고 지금의 주류는 스마트폰이라고 가르쳐주었다. 스마트폰으로는 TV와 영화 등을 고화질로 볼 수 있지만 매우 고가이기 때문에 지금 형편으로는 구입할 수 없었다. 결국 전화번호가 바뀌는 것은 어쩔 수 없지만, 통신사에는

❖ 일본 휴대전화 시장이 세계와 동떨어진 내수 시장의 표준을 고집해 진화한 것을 빗대어 이르는 말로, 모바일 인터넷이 활성화된 2000년대 일본의 피처폰을 뜻한다.

5년 전까지 썼던 이 갈라파고스 휴대전화를 계속 사용할 수 있게 해달라고 했다.

휴대전화를 바라보며 아버지를 생각했다. 이제는 예전의 아버지가 아니라는 어머니 말이 마음에 설렸다.

어머니 말로는 아버지가 자꾸만 술에 의지하게 되었다고 하던데 몸 상태는 괜찮은 걸까.

아버지에게 한마디 사죄라도 하고 싶었다. 하지만 아버지의 휴대전화에 전화할 용기가 나지 않았다. 나는 구제할 길 없이 나약한 놈이다.

휴대전화를 보다 보니 어머니가 한 말이 떠올라 지갑을 들고 안에서 오타니의 명함을 꺼냈다.

새로운 생활이 안정되고 나면 연락해야겠다고 미루고 있었더니 어느덧 출소한 지 일주일이 지났다.

오타니를 만나면 5년 전 일이 다시 떠오를 것 같아 내키지 않았지만 이런 일은 일찌감치 해치우는 편이 낫다.

쇼타는 명함에 있는 번호로 전화를 걸었다.

우라와역을 나와 걷다 보니 명함에 적힌 건물이 보였다.

쇼타는 조금 긴장한 상태로 입구에 들어가 엘리베이터를 탔다. SK법률사무소는 3층에 있고 입구에 전화기가 놓여 있었다. 수화기를 들고 귀에 대자 여성의 목소리가 들렸다.

"마가키 쇼타라고 합니다. 오타니 선생님 부탁합니다."

여성이 곧장 입구로 와서 "이쪽으로 오세요" 하고 바로 옆에 있는 방으로 안내해주었다. 회의용 공간인지 4인용 테이블이 놓여 있었다.

"오타니 선생님은 지금 전화 중이오니 앉아서 기다리십시오."

여성이 그렇게 말하고 방을 나갔다.

쇼타가 의자에 앉자마자 아까 그 여성이 차를 내왔다. 여성이 나가고 잠시 기다리고 있자 문이 열리고 오타니가 들어왔다.

"그때는 여러모로 신세를 많이 졌습니다."

쇼타가 일어나서 머리를 숙였다.

"아뇨, 저야말로 힘이 되어드리지 못해 죄송했습니다."

"이거…… 별것 아니지만 사무실 분들과 같이 드세요……."

쇼타가 과자 상자를 내밀자 오타니가 고맙다며 받아 들고 맞은편에 앉았다.

"어머님께서 매년 연하장을 보내주십니다. 구마모토에서 지내시는 것 같더군요."

"네."

아버지와 이혼하고 누나와 함께 구마모토로 이사했다는 것을 말하자 오타니가 알고 있다는 듯이 고개를 끄덕였다.

"마가키 씨도 구마모토로 가시나요?"

"아뇨, 저는 기타모토에서 혼자 지내기로 했어요."

"그렇군요. 일은?"

"지금 찾고 있어요. 최대한 빨리 찾고 싶은 마음입니다."

방을 빌리는 데 20만 엔 가까이 들었다. 그뿐만 아니라 생활필수품인 이불, 좌식 테이블, 냉장고, 전기난로, 식기를 구입하고 해지했던 휴대전화의 재계약비와 얼마간의 생활비로 어머니에게 30만 엔을 빌렸다. 최대한 빨리 갚아야겠다고 다짐했다.

"좋은 일자리를 찾으면 좋겠군요. 그런데 모처럼 오셨으니, 쓸데없는 일일지도 모릅니다만……."

오타니가 거기서 말을 끊었다.

"네, 말씀하세요."

"만약 마가키 씨가 원한다면 노리와 씨 유족분에게 연락하는 것도 가능합니다."

그 이름을 듣는 순간 얼굴에서 핏기가 가셨다. 무슨 뜻인지 모른 채 오타니를 쳐다봤다.

"하나의 마무리로써 피해자의 불단 앞에 향을 피워드리는 게 어떻겠습니까? 물론 그쪽에서 허락할지 어떨지는 모릅니다. 다만 저희가 먼저 연락해봄으로써 마가키 씨의 반성의 마음을 조금이나마 받아주실 수도 있지 않을까 생각합니다."

오타니의 말을 듣고 있자 갈증이 느껴져 침을 삼켰다.

'저희 가족은 어머니가 피고인에게 살해되었다고 생각합니다.'

도저히 피해자 유족을 만날 용기가 나지 않는다. 그 이전에 피해자의 영정 사진을 똑바로 볼 자신이 없다.

쇼타는 자기가 죽게 한 노인의 얼굴을 모른다. 인터넷에서 사건을 검색할 수도 있겠지만, 그 사람이 자기 때문에 사망했다는 사실을 생각하면 가슴이 답답하고 괴로워서 그렇게 할 수조차 없었다.

영정 사진을 보면 그 노인이 이 세상에 분명히 존재했다는 것을, 그 순간까지 그 사람에게도 생활과 인생이 있었다는 것을 깨닫게 되어 도저히 고통을 견디지 못할 것 같았다.

"그건…… 꼭 해야만 하는 건가요?"

쇼타의 물음에 오타니가 미간에 주름을 잡고 고개를 갸웃거렸다.

"그렇게 안 하면 무슨 문제가 생기는 건가요?"

"그렇지 않습니다. 다만 유족분이 허락해주신다면 저는 그래야 마땅하다고 강하게 생각합니다. 마가키 씨는 4년 10개월간 복역했습니다만, 그건 결코 죄에 대한 속죄가 아닙니다. 앞으로 새로운 걸음을 내딛는 데 있어 향을 피우고 사죄하는 것이 가해자로서 최소한의 도리가 아닐까 하고……."

그것만으로 끝날 리가 없다. 유족은 틀림없이 온갖 욕설을 퍼부을 것이다. 여기서 더 고통을 받으면 새로운 걸음을 내디딜 곳이 없어지고 만다.

"조금…… 조금 생각할 시간을 주세요."

쇼타는 일단 그렇게 대답하고 고개를 숙였다.

_____ 2

"2번 손님."

점원의 목소리에 노리와 마사키는 의자에서 일어나 계산대로 향했다.

"특선 초밥 2인분이시죠? 오래 기다리셨습니다."

마사키는 점원에게 봉투를 받은 뒤 가게를 나왔다. 손목시계를 보니 저녁 8시가 넘었다. 어제 전화로는 8시에 도착한다고 했기에 서둘러 집으로 향했다.

작년에 매제인 다다시가 센다이로 전근을 가게 되어 구미도 따라갔다. 그런데도 구미는 한 달에 한 번은 아버지의 상태를 살피러 본가에 가고 있지만, 마사키가 본가에 가는 것은 석 달 만이다. 올해 인사이동으로 영업부 부장으로 승진한 후로 눈코 뜰 새 없이 바쁘다. 평일은 물론 주말에도 접대 골프나 출장 일정이 잡혀서 좀처럼 사이타마까지 올 시간이 없었다.

오늘은 도쿄에 출장을 다녀왔기 때문에 이참에 본가에서 묵기로 했다.

구미에게 듣기로는 요 근래 아버지의 건망증이 심해졌다고 한다. 치매 초기 증상이 아니냐며 심각하게 말하기에 마사키도 불안해하고 있다.

지금은 건망증 정도에 머물러 있지만 앞으로는 길거리를 헤매게 될지도 모른다. 아버지는 올해로 89세가 된다. 치매 걱정뿐만 아니라 애초에 몸이 예전만큼 움직여주지 않는다. 전화기가 있는 곳까지 가기가 귀찮다며 자식들이 전화를 해도 두 번에한 번은 받지 않으니 불안해서 살 수가 없다.

어머니가 돌아가신 이후 본가에 갈 때마다 나고야로 오라고 권하고 있지만 아버지는 들은 척도 하지 않는다. 이번에야말로 제대로 설득할 결심으로 내일은 휴가를 냈다.

본가에 도착해 초인종을 누르지 않고 열쇠로 문을 땄다. 그런데 문이 열리지 않는다. 애초에 잠기지 않았음을 깨닫고 다시 열쇠를 돌려서 안으로 들어갔다.

식당 쪽에서 TV 소리가 크게 흘러나왔다. 마사키가 그곳으로 들어가자 식탁 의자에 앉아 TV를 보던 아버지가 이쪽을 돌아보았다.

마사키는 식탁으로 가서 리모컨을 쥐고 TV 볼륨을 줄였다. 식탁 위에는 먹다 남은 배달 도시락이 놓여 있다.

"늦어서 죄송해요."

"무슨 일이냐?"

아버지가 어리둥절한 얼굴로 고개를 기울였다.

"어제 전화로 오늘 여기 온다고 말씀드렸잖아요."

"그랬나?"

까맣게 잊은 모양이다.

"저녁은 드신 거예요? 초밥 사 왔는데."

"그래…… 배가 고파서."

어제 전화로 오늘 저녁에는 맛있는 걸 사 갈 테니 배달 도시락은 받지 말라고 했건만.

마사키는 한숨이 나오려는 것을 꾹 참고 부엌에 가서 초밥 상자를 열었다. 어머니가 좋아했던 참치초밥과 새우초밥을 작은 접시에 담아 그곳을 나왔다.

거실에 들어가자 접이식 침대 위에 마구 뒤섞여 있는 옷가지가 눈에 들어왔다.

원래 아버지의 침실은 2층이었지만 계단을 오르내리기 힘들다고 해 4년 전에 이곳에 침대를 마련했다. 지금은 거의 2층에 올라가는 일 없이 거실과 식당에서만 생활하는 듯하다.

마사키는 불단에 초밥을 올리고 합장한 뒤 다시 식당으로 갔다.

"너도 부장이 돼서 바쁠 텐데. 마나미가 정기적으로 와주고 있고, 나는 걱정 없으니 무리해서 올 것 없다."

부장이 된 것은 기억해도 딸 이름은 틀렸다.

　　　　어느 도망자의 고백

"딱히 무리해서 오는 건 아니에요."

그렇게 말하면서 아버지 맞은편에 앉았다.

"그런데 자식으로서 걱정하지 않을 순 없죠."

저녁밥으로는 매일 도시락이 배달된다. 그러나 아침과 점심은 제대로 먹고 있지 않다는 것을 아까 부엌의 상황으로 알 수 있었다.

그 배달 도시락마저 절반 넘게 남겼다. 술을 마시지 않는 대신 예전의 아버지는 대식가였다. 어머니가 만든 음식만 못하다는 것은 잘 알지만 그래도 지난 5년간 아버지의 식욕이 이상하리만치 감퇴하여 걱정된다.

"아버지, 이제 그만 나고야로 오시지 그래요? 저하고 구미가 정말 걱정 많이 해요. 가즈키도 취직해서 독립했고, 불단은 당연하고 아버지가 필요한 물건은 전부 우리 집에 가져가도 돼요."

"가즈키……?"

아버지가 고개를 갸웃했다.

"아버지 손자 이름을 잊으시면 안 되죠."

"그렇지……. 딱히 잊은 건 아니다. 네가 갑자기 잔소리만 늘어놓아서 잠시 혼란스러웠을 뿐이야. 여기서 혼자 살아도 불편한 것 하나 없다. 아무리 그래도 나고야에는 안 간다! 갈 수가 없단 말이다!"

여느 때와 같이 뻣성을 내는 아버지를 보면서 문득 그때의 말이 떠올랐다.

'해야 할 일이 있다.'

마가키 쇼타의 판결이 나온 날에 나고야에 가자고 권했더니 아버지가 그렇게 말하며 거절했다. 해야 할 일이라는 것이 무엇인지 물었지만 아버지는 대답하지 않았다. 이제 와서 그 말이 마음에 걸린다.

"아버지. 해야 할 일이라는 게 뭐예요?"

마사키의 질문에 아버지가 이쪽을 보며 고개를 갸웃했다.

"마가키 쇼타의 판결을 알려드렸을 때 나고야에 가자고 했더니 아버지가 그러셨잖아요. 해야 할 일이 있다고요, 센 말투로요."

"내가 그런 말을 했다고?"

"네. 그래서 여기 계시고 싶은 건 줄 알았어요. 잊을 정도의 일이라면 나고야로 가셔도 되잖아요."

"너도 참 끈질기구나. 나는 어디에도 안 간다."

마사키는 한숨을 쉬며 몸을 일으켰다. 먹다 남은 배달 도시락을 싱크대로 가져가려고 집어 들자 그 밑에 매직으로 글자가 적혀 있었다.

휴대전화

어느 도망자의 고백

"휴대전화라니요?"

식탁에 적힌 글자를 손으로 가리키며 묻자, 아버지가 그것을 들여다보며 생각에 잠긴 듯 끙끙댔다. 잠시 후 생각났다는 듯이 "아아……" 하고 고개를 끄덕인다.

"너희가 오면 부탁하려고 했다. 휴대전화가 필요해."

"그렇다고 식탁에 적을 것까지는 없잖아요."

유성 매직으로 쓴 것 같아 지우기도 힘들 것 같았다.

"잊어버리면 안 되니까."

아버지가 움츠러든 기색도 없이 말했다.

그나저나…….

"갑자기 왜요?"

그동안 휴대전화를 개통하자고 여러 번 권했지만 사용법을 익히는 게 번거롭다며 거절당했다.

"따르릉 소리가 나도 전화기 있는 곳까지 가기가 귀찮아. 휴대전화가 있으면 그냥 가지고만 있으면 되잖느냐."

"정기적으로 충전은 해야 하지만요."

아버지가 휴대전화를 갖는 것은 찬성이다. 만에 하나 아버지가 길거리를 헤매게 될 경우에 대비해 GPS 앱을 설치해두는 것도 좋을지도 모른다.

"알겠어요. 내일 하루 휴가를 냈으니 휴대전화를 계약하고 사용법을 가르쳐드릴게요."

작업 종료를 알리는 벨이 울렸다.

주위에 앉아 있던 사람들은 그 소리를 듣고 기계처럼 동작을 딱 멈췄다. 하나같이 무거운 한숨을 내쉬고 자리에서 일어나 문을 향해 갔다.

이대로 일을 끝내도 전혀 상관없지만, 마가키 쇼타는 테이블에 남은 전단지와 볼펜을 셀로판 비닐에 담아 의자 옆에 둔 골판지 상자에 넣었다. 눈앞에 있던 것을 싹 치운 다음에 가방을 들고 일어나 뻐근해진 어깨를 돌리면서 대기실로 향했다.

대기실에서 말없이 다른 아르바이트생들과 기다리고 있자 인력사무소의 남성 직원이 와서 순서대로 작업 확인 전표를 나눠주었다. 1층의 안내 창구로 가서 전표를 내고 봉투를 받아 내용물을 확인한 뒤, 밖으로 나가서 눈앞에 서 있는 마이크로버스에 올라탔다.

비어 있는 통로 쪽 좌석에 앉은 뒤 봉투에서 돈을 꺼내 지갑으로 옮기고 가방에 집어넣었다. 잠시 후 버스가 출발했다.

이 창고에서 일한 지 2주일이 되었다. 일용직 인력사무소에서 소개받은 곳으로, 주요 업무는 광고물 봉입이나 피킹과 포장 같은 일이다. 오늘 업무는 휴대전화 회사의 판촉용 전단지와 로고가 들어간 볼펜을 셀로판 비닐에 넣는 것이었다.

오전 8시 30분에 작업을 시작해 도중에 한 시간 휴식을 취하고 오후 5시 30분에 작업이 종료할 때까지 계속해서 그 동작을 반복한다. 일당은 교통비를 포함해서 8천800엔.

여기서 일하는 아르바이트생은 60명 정도다. 연령층은 고등학생쯤 되는 젊은이부터 환갑을 훌쩍 넘긴 노인까지 다양하고, 남녀 비율은 대체로 반반이다. 출근하면 절반 이상은 처음 보는 얼굴이며 낯익은 사람과 마주쳐도 기껏해야 가볍게 인사하는 정도로 말을 섞는 일은 없다.

작업 중에는 모두 묵묵히 손을 움직일 뿐 말소리도 없고, 셀로판 비닐의 바스락 소리가 이따금 울릴 뿐인 무미건조한 일터다.

마치 로봇이 된 듯 단순한 동작을 반복하다 보면 교도소에서 작업을 하던 기억이 되살아난다. 그때도 모두 입을 다물고 그저 작업하는 데에만 몰두했다.

형기를 마치면 이런 일에서 해방될 줄 알았지만, 지금의 자신은 그 무렵과 아무것도 달라지지 않았다. 또다시 꽉 막혀 앞이 보이지 않는 느낌을 음미하는 나날이었다.

오미야에 있는 인쇄소의 면접에는 합격했지만 쇼타는 그곳의 채용을 거절했다. 면접관과의 대화도 나름 분위기가 좋았고 쇼타도 호감을 느꼈지만, 그 후 대학을 중퇴한 이유를 끈질기게 묻기에 적당히 얼버무리다 보니 무서워졌다. 이력서에는 당연히 교도소 복역에 대해서는 적지 않았다. 하지만 이 인쇄소에 입사한다 해도 언젠가는 과거에 저지른 죄와 교도소 복역 사실이 드러나 그만두게 되지 않을까 하는 생각이 들었다.

두려워서 아직 확인하지는 않았지만, 어머니의 말대로 인터넷상에는 여전히 자신의 이름과 범죄 내용이 실린 기사와 글이 여기저기 떠돌아다닐 것이다.

결국 정규직 일자리는 포기하고, 불편한 일이 생기면 바로 그만둬도 급여에 영향이 없는 일용직 일자리를 선택했다.

"이봐, 자네."

옆에서 목소리가 들려 쇼타는 고개를 돌렸다.

패딩 점퍼를 입은 마흔 살 전후의 남자가 이쪽을 바라보고 있었다. 일터에서 내 자리의 대각선 앞에 앉아 있던 남자였다.

"성실하네."

그 말뜻을 잘 알아듣지 못했다.

"딱히 할당량이 있는 것도 아닌데, 아주 독하게 일하던데?"

그런 뜻인가. 딱히 독하게 일한 것은 아니다. 이 남자가 게으름을 피웠을 뿐이라고 마음속으로 지적했다.

여기서 일하면서 다른 아르바이트생을 신경 쓴 적은 없지만 이 남자는 작업 속도가 심하게 느려서 눈에 띄었다. 다른 사람이 열 봉지를 완성할 때 다섯 봉지도 겨우 한다는 느낌으로, 작업 중에 하품을 하거나 고개를 돌리는 등 산만하게 굴어 조금

어느 도망자의 고백

짜증이 났다.

"학생이야?"

남자의 물음에 "아니요……" 하고 대답했다.

"여기에 일하러 자주 와?"

"두 주 됐어요."

"그래? 나도 전에는 자주 왔는데, 오늘은 한 달 만에 왔어. 아이고, 피곤해……."

"그렇군요……."

"하루 종일 입 꾹 다물고 봉입 작업만 하다 보니 진짜 기분이 축축 처진다니까. 지금 이렇게 자네랑 말하고 나서야 내가 기계가 아니었구나 싶어 안심이 돼."

그 기분을 모르는 것은 아니다. 쇼타 자신도 여기서 일하기 시작한 이후 인력사무소 직원이 아닌 사람과 대화하는 것은 이번이 처음이다.

"나는 마에조노라고 하는데, 자네는?"

이름을 밝히지 않을 수가 없어 "마가키입니다" 하고 대답했다.

"마가키 군이구나, 한동안 여기서 신세 지게 될 테니 앞으로 잘 부탁해. 뭐, 그런데 자네처럼 한창때 젊은이가 이런 데 오는 걸 권하지는 않는데. 여기가 묘하게 축축한 일터거든."

그런가? 하는 마음에 쇼타는 마에조노를 보며 고개를 갸우뚱했다.

"번쩍번쩍 광나는 신입이 들어와도 어느새 잔뜩 녹이 슬지."

그런 뜻이구나 싶어 납득이 갔다.

"일을 가릴 처지가 아니라서요……."

쇼타는 그렇게 대답하며 마에조노에게서 시선을 피했다.

오미야역에서 다섯 번째 정거장인 기타모토역에서 내려 가까운 편의점에 들렀다.

바구니를 챙겨 편의점 안을 둘러보다 잡지 가판대 앞에서 걸음을 멈췄다. 수영복 차림의 젊은 여자가 표지인 잡지가 눈에 띄어 그라비어 화보 페이지를 팔랑팔랑 넘겨보았다.

출소한 지 3주가 넘었지만 아무런 욕구도 솟지 않는다.

감방 동료 중에는 교도관의 눈을 피해 자위행위를 하는 자도 있었지만 쇼타는 그런 욕구에 휩싸인 적이 없다. 교도소에서 지내는 동안 한 번도 사정하지 않았고, 지금 이 수영복 화보를 봐도 아무 감흥이 없는 자신을 보며 동물로서 필요한 기능이 그 사건으로 인해 결여된 것이 아닌가 하고 약간 불안해졌다.

쇼타는 잡지를 도로 가판대에 꽂아놓고 그 자리를 벗어났다. 따뜻한 차 음료 두 개와 닭튀김 도시락과 아침에 먹을 샌드위치를 바구니에 넣고, 계산대에서 값을 치르고 점원에게 부탁해 전자레인지에 데운 도시락을 받아 편의점을 나왔다.

집에 도착해 열쇠로 102호실의 문을 열고 안으로 들어갔다.

날림으로 지은 벽에서 웃풍이 스며들어 밖에 있을 때보다 더 서늘했다. 쇼타는 다다미 여섯 장이 깔린 방으로 가서 형광등과 전기난로를 켜고 테이블에 도시락을 펼쳐놓고 식기 전에 얼른 먹었다.

7시에는 저녁을 다 먹고 할 일이 아무것도 없었다.

구마모토에서 지내는 것도 그리 편치 않다는 어머니의 말에, 오락을 위한 TV나 라디오를 사고 싶다는 말은 도저히 나오지 않았다.

일하기 시작해 나름대로 돈이 모이면 사려고 마음먹었지만 아직 그 정도까지는 모으지 못했다.

소리도 없고 이야기할 상대도 없다.

아무런 즐거움도 없이 헛된 시간을 보내다 적당히 졸음이 오면 잠자리에 든다. 그리고 아침 일찍 일어나 전철과 마이크로버스를 갈아타고 아무런 즐거움도, 보람도 없는 작업을 한다.

사회에 나와서도 교도소에 있었을 때와 변함없는 생활을 하고 있다. 아니, 그 무렵이 그나마 어떤 소리가 있고 누군가와 이야기를 했다. 자유는 거의 없었다고 해도 틀린 말이 아니지만 지금의 생활보다는 살아 있다는 실감이 났던 것 같다.

가방에서 휴대전화를 꺼내 인터넷에 접속했다. 적당히 인터넷 기사를 보며 시간을 때웠다.

기사를 읽는 것도 싫증이 나서 인터넷 창을 닫았다. 아무 생각 없이 휴대전화를 만지작거리다 연락처 화면을 불러왔다.

버튼을 누르면서 화면에 나열된 이름을 바라보았다. 이제 자신과는 상관없는 사람들. 저장되어 있어도 아무런 소용이 없는데 삭제하지 못하고 있다.

구리야마 아야카의 이름이 눈에 들어와 오늘도 거기서 손끝을 멈췄다.

아야카는 지금 어떻게 지내고 있을까.

전화번호를 바꾸지 않았다면 이대로 통화 버튼을 누르면 그녀의 목소리를 들을 수 있다.

물론 그렇게 할 수 있을 리 없다.

어머니에게는 말하지 못했지만, 굳이 기타모토에서 방을 구하기로 한 이유는 하나다. 아야카가 살았던 고노스 근처에 있고 싶기 때문이었다.

스스로도 어처구니없다고 생각한다.

아야카가 아직도 고노스에 산다는 보장도 없을뿐더러, 가령 아직 근처에 살고 있다 해도 그녀를 볼 낯이 없다. 만에 하나 그녀를 어디선가 마주친다 해도 먼저 말을 걸지 못할 것이 틀림없다.

그럼에도 불구하고 멀리서라도 그녀가 지금 어떻게 사는지 엿볼 수 있다면 좋겠다고, 그런 우연이 찾아오기를 몰래 바라고 있었다.

그녀는 지금 어떻게 살고 있을까.

그녀와 이야기하고 싶다. 아니, 그건 도저히 이루어지지 않겠지만, 누구라도 좋으니 이야기를 나누고 싶다.

편의점 점원의 담백한 인사가 아닌, 인력사무소 직원의 업무 지시가 아닌, 수상쩍은 중년 남자의 불평과 잔소리가 아닌, 아주 잠깐이라도 좋으니 이 못 견디게 외로운 마음을 누군가 채워주었으면 좋겠다.

누군가와 어울리고 싶다…….

아야카 밑에 표시된 이름에 눈길이 멈추었다.

'사야마 유야'.

아르바이트 가게에서 가장 친했던 녀석이다.

문자 화면으로 바꿔서 주저하면서 메시지를 입력했다.

문자메시지 주소가 바뀌었지만 나 마가키 쇼타야. 갑자기 이런 문자 보내서 미안해. 잘 지내?

쇼타는 송신 버튼에 손가락을 대고 망설였다.

자신과 상종하고 싶지 않으면 어차피 답장을 보내지 않을 것이다. 눈 딱 감고 송신 버튼에 댄 손가락에 힘을 주었다.

마이크로버스에서 내려 오미야역 개찰구를 빠져나간 뒤 쇼타는 평소와 다른 플랫폼을 향해 계단을 내려갔다. 들어온 전철에 올라탔다.

사야마에게서 답장이 온 것은 문자를 보내고 나서 사흘 뒤의 일이었다.

연락이 늦어서 미안. 요즘에는 주로 LINE을 써서 문자메시지는 거의 확인을 안 하거든. 나는 여전한데, 너는 어때?

문자에는 이렇게 쓰여 있었다. LINE이 뭔지 몰라 인터넷에서 찾아보니 요즘 커뮤니케이션의 수단으로 주로 사용하는 SNS인 모양이다.

쇼타는 답장을 받고 곧바로 사야마에게 사과의 메시지를 보냈다. 사건을 일으키기 전에 함께 술을 마신 탓에 경찰에서 조사를 받게 하고 폐를 끼친 것이 아니냐고.

사야마는 '신경 쓰지 마' 하고 오히려 쇼타를 여러모로 걱정하는 듯한 메시지를 보내주었다. 이윽고 만나자는 말이 나와 오늘 저녁 이케부쿠로에 있는 선술집에서 만나기로 했다.

이케부쿠로역이 가까워질수록 마음이 초조해졌다. 문자 내용으로 봤을 때 사야마가 변한 것 같지는 않았다. 자신을 꺼리는 기색도 없고, 동갑인데도 여전히 남을 잘 보살펴주는 성격이 문자에 나타나 있었다. 하지만 전철을 타고 난 뒤 얼굴이 딱딱하게 굳어진 것이 내내 느껴졌다.

이케부쿠로역에서 내려 플랫폼을 지나 개찰구로 향했다. 집에 가는 전철을 탈 때는 조금이나마 웃는 얼굴이 되어 있기를 바라며 개찰구를 빠져나갔다.

역 출구를 나와 일루미네이션이 번쩍이는 거리를 걸으며 선술집을 찾았다. 망년회 시즌이라 그런지 오가는 사람들 대부분이 밝고 즐거워 보였다. 그 일만 없었더라면 나도 지금쯤 저런 따뜻한 울타리 안에서 들떠 있었으리라.

문자로 알려준 선술집 간판을 발견하고 문을 열었다. 쇼타는 다가온 점원에게 일행이 있다고 말한 뒤 가게 안을 한 바퀴 돌아보았다. 안쪽 다다미석에 앉아 있는 정장 차림의 사야마를 발견하고 가까이 가다가 같은 테이블에 있는 두 남자를 보고 흠칫 걸음을 멈췄다.

사야마 옆과 대각선 맞은편에 구보와 야스모토가 앉아 있었다. 두 사람 다 동갑에 아르바이트 동료였지만 그리 친한 사이는 아니었다. 가능하면 오늘은 사야마와 둘이서 이야기하고 싶었다.

사야마가 쇼타를 알아보고 "오오" 하고 손을 올렸다.

그냥 돌아갈 수도 없어 쇼타는 억지로 미소를 지으며 세 사람에게 다가갔다.

"오랜만이야!"

사야마 일행이 하이파이브를 하자며 손을 들어 쇼타는 한 명한 명과 손바닥을 맞추었다.

"오늘도 일하느라 수고 많았다!"

장난스러운 구보의 말로 환영받으며 쇼타는 다다미석에 올라가 사야마의 맞은편에 앉았다.

"네가 얘네들도 보고 싶어 할 것 같아서 불렀어. 좀 일찍 도착해서 먼저 마시고 있었지."

테이블에는 이미 세 사람의 생맥주와 안주가 몇 가지 차려져 있었다.

"마가키는 뭐 마실래?"

사야마가 그렇게 물으며 메뉴판을 건네주었다. 그날 이후 술은 입에도 대지 않았지만, 여기서 술을 주문하지 않으면 그 사건을 상기시켜서 분위기가 무거워질지도 모른다.

"그럼 우롱하이❖."

주문한 우롱하이가 나오자 넷이서 조끼를 들고 건배했다. 오랜만의 술이라 취기가 오르지 않도록 살짝 맛만 보았다.

"사야마가 그러는데, 나온 지 3주쯤 되었다며? 그동안 연락도 안 하고 매정하네, 진짜!"

벌써 취기가 돌았는지 구보가 흥분해서 소리치듯 말했다.

❖ 우롱차에 소주를 섞은 술.

"기차 화통 삶아 먹었냐. 그렇게 흥분해서 영업하면 손님이 도망가지 않아? 야, 이 녀석은 옛날이랑 똑같지?"

사야마가 옆에 앉은 구보를 농담조로 타이르고 쇼타에게 동의를 구했다. 듣고 보니 구보는 술을 마시러 가면 늘 흥분 상태였던 것이 떠올라, 고개를 끄덕이면서 저도 모르게 미소가 흘렀다.

그리 친하지는 않았지만, 분위기가 무거워지지 않도록 구보 나름대로 배려해주는 것 같아 고마웠다.

"아게오에 살아?"

옆에 앉은 야스모토의 질문에 쇼타는 그에게 시선을 주었다.

"아니, 기타모토의 연립주택에서 혼자 살아."

"기타모토면 본가에서 멀지 않네."

사야마의 말에 쇼타는 그에게 시선을 되돌렸다.

"이제 거기에 본가는 없어. 부모님은 이혼했고 엄마랑 누나는 구마모토에서 살아. 나더러 그리로 오라고 하긴 했는데……."

"부모님이 이혼하셨으면 너는 어머니 성을 쓰는 거야?"

사야마가 거듭 물었다.

"아니……. 엄마랑 누나는 성을 무라카미로 바꾸었고 나한테도 그렇게 하라고는 했는데……."

쇼타는 고개를 가로저었다.

"지금은 아직 '마가키'야……."

"그렇구나. 일은 하고 있어?"

"응……. 지금은 인력사무소에서 일용직 일을 하고 있어. 너희는 다 취직했지?"

정장 차림의 세 사람이 고개를 끄덕였다. 사야마는 은행원, 구보는 대기업 건설사의 영업직, 야스모토는 광고회사에 근무하며 작년에 결혼했다고 한다. 저마다 출신 대학도 직종도 다르지만, 사회인이 되어서도 정기적으로 만나고 있다고 한다.

"다들 대단하다. 나는 하루 벌어 하루 먹고살기도 빠듯한데."

그들의 이야기를 들을수록 쇼타는 자신이 엄청나게 뒤처져 있다는 것을 깨달았다.

아니, 뒤처진 것이 아니다. 다시는 만회할 수 없는, 영원히 좁힐 수 없는 차이가 자신과 그들 사이에 존재한다는 것을 깨달았다.

"생활이 안정되면 구직 활동을 하면 되지."

사야마의 말에 쇼타는 애매하게 앓는 소리를 냈다.

"그런 일이 있었으니까…… 어디 기업에서 일하기는 힘들 것 같아."

분위기를 무겁게 만들고 싶지 않았지만 무심코 그 말이 튀어나왔다.

"물론 음주 운전은 좋지 않지만 운이 나쁘기도 했잖아. 사람인 줄 몰랐다며?"

"응……."

"아직 스물다섯 살이니 인생을 포기한 것처럼 말하지 마."

사야마가 그렇게 말하고 격려하듯 다시 조끼를 부딪쳐왔다.

"고마워……."

"뭐, 그런데 네 기분도 알겠어. 지금은 인터넷이 있으니까 한 번만 실패해도 재기하기가 어렵지. 기업 인사담당자는 면접한 사람의 이름을 인터넷에서 검색해본다고 하더라."

야스모토에 이어 구보가 입을 열었다.

"꼭 어디 기업에 들어가야 하는 건 아니잖아. 그야말로 지금은 인터넷이 있으니까 아무도 안 만나면서 할 수 있는 일도 얼마든지 있어. 너는 게이호쿠대학에 들어갈 만큼 머리가 좋잖아."

"그것도 맞는 말이네. 프로그래머나 주식 딜러도 있고, 찾아보면 더 많을 것 같아."

구보의 의견을 계기로 아무도 만나지 않고도 할 수 있는 직업 이야기로 분위기가 달아올랐다.

쇼타는 나는 앞으로 일용직밖에 못 하는구나 싶어 비관하고 있었는데 그들의 말에 용기가 솟았다.

"그래. 그동안 힘들었겠지만 앞으로는 얼마든지 만회할 수 있어."

여기 오기 전까지는 상상도 못 했던 친구들의 격려에 그만 눈물이 날 것 같아 쇼타는 "잠깐 화장실 다녀올게" 하고 자리에서 일어났다.

화장실 세면대에서 세수를 하고 손수건으로 물기를 닦았다. 화장실을 나와 자리로 향하는 도중 사야마의 목소리가 들려 걸음을 멈추었다.

"……오늘 와줘서 고마워. 2차는 내가 쏠게."

"당연하지. 엄청 뜯어먹을 거니까 각오해."

구보의 웃음소리가 들렸다.

"그나저나 어떻게 너한테 연락할 생각을 다 하지?"

그들의 대화를 들으며 쇼타는 다다미석 바로 뒤에 이러지도 저러지도 못하고 서 있었다.

"……나는 얼마나 놀랐겠냐? 나 혼자 만나면 돈 빌려달라고 할까 봐……. 여기는 적당한 데서 마무리하고 셋이서 다시 마시러 가자."

쇼타는 발소리를 내지 않게 조심하며 다시 화장실로 향했다.

_____ 4

초인종 소리가 들려, 노리와 후미히사는 식탁 가장자리에 걸쳐놓은 지팡이를 짚고 일어섰다. 넘어지지 않도록 한 걸음씩 내

디디며 현관으로 향했다. 자물쇠를 풀고 문을 열자 눈앞에 중년 남자가 서 있었다.

"노리와 씨, 오랜만에 뵙겠습니다. 고구레입니다."

눈앞의 남자가 살가운 미소를 띠며 말했다.

"뉘신지?"

후미히사가 당황하여 묻자, 눈앞의 남자가 고개를 기울였다.

"아…… 저는 '호프 탐정사무소'의 고구레입니다. 어제 전화 드렸더니 사무소까지 오시기 힘드시다며 가능하면 집으로 와 달라고 하셨죠."

무슨 소리를 하는지 당최 모르겠다.

"저…… 여기 서서 말씀드리기도 뭣하니 실례 좀 하겠습니다."

후미히사의 허락 없이 남자가 신발을 벗고 복도로 올라섰다. 하는 수 없이 식당으로 안내하자 남자는 냉큼 의자에 앉아 가방 에서 봉투를 꺼냈다.

후미히사가 맞은편에 앉자, 남자가 봉투에서 서류 다발을 꺼 내 식탁에 펼치며 이쪽으로 내밀었다. 새하얀 종이에 '조사 보 고서'라는 제목이 있고 그 밑에 '작성자 고구레 마사토'라고 적 혀 있었다.

"반년 전에 의뢰하셨는데 시간이 많이 흘러 죄송하게 되었습 니다만, 드디어 보고드릴 수 있는 데까지 조사를 진행했습니다. 마가키 쇼타에 관한 조사 보고서입니다."

마가키 쇼타…….

그 이름에 반응했다. 어디선가 들어본 적이 있는 이름이다. 아니, 어디선가가 아니라 나에게 중요한 이름이다.

잠시 기억을 더듬어 생각해냈다.

그렇다. 나는 마가키 쇼타가 지금 어디에 있는지 조사해달라고 탐정사무소에 의뢰했다. 그 무렵의 일은 뚜렷이 기억나지 않지만 분명히 눈앞의 남자가 응대했을 것이다.

"기억나셨나 보군요."

후미히사가 "예……" 하고 고개를 끄덕이자, 남자가 뭔가를 알아차린 듯이 "보세요, 여기 분명히 적어두셨잖습니까" 하고 웃었다.

후미히사는 남자가 가리킨 곳에 적혀 있는 글자를 읽었다

내일 3시, 호프 사무소, 중요한 용건

"미안합니다……. 요즘 건망증이 심해져서."

후미히사는 미안해하며 머리를 긁적였다.

"아이고, 아닙니다. 자주 있는 일인걸요. 그런데 내일이라는 건 언제를 기준으로 내일인지 헷갈리니 가능하면 달력에 적으시는 걸 추천합니다. 아, 그렇지!"

남자가 손뼉을 치더니 가방에서 긴 통처럼 생긴 것을 꺼냈다.

둘둘 말린 그것을 식탁 위에 쫙 펼쳐놓았다. '2015년 달력'이라고 되어 있고 아래쪽에 '호프 탐정사무소'라고 쓰여 있다.

남자가 달력을 넘겨 '1월'이라고 쓰인 곳을 펼쳤다.

"오늘이 며칠이었죠?"

남자가 물었다.

"글쎄……."

남자가 손목시계를 보았다. 그러고는 "1월 7일이군요" 하고 말하고 식탁에 있는 매직을 들었다. 1, 2, 3, 4, 5, 6의 칸에 가위표를 그렸다.

"매일 아침 일어나셨을 때 다음 칸에 가위표를 그리시면 좋습니다. 그럼 가위표의 다음이 오늘 날짜가 되니까요."

"과연…… 그래서 오늘은 1월 7일인 거로군."

"맞습니다. 내일 아침에 일어나셨을 때 7이라 쓰인 칸에 가위표를 그리세요. 내일은 몇 월 며칠이죠?"

"1월 8일."

후미히사가 대답하자 눈앞의 남자가 만족스럽게 고개를 끄덕였다.

"늘 애용해주시고 계시니 이 달력은 선물로 드리겠습니다. 자, 편하게 사용하십시오."

남자가 그렇게 말하고 달력을 식탁 옆으로 치웠다.

"그럼 본론으로 들어가겠습니다. 여기를 보시죠."

남자가 서류를 가리킨 것을 보고 후미히사는 식탁에 놔둔 안경을 쓰고 봤다.

어띤 문에서 나온 참인 젊은 남자의 사진이 실려 있었다.

젊은 남자의 사진 밑에 '조사 대상자 마가키 쇼타'라고 쓰여 있다.

의뢰 시의 정보.

1989년 7월 26일 출생.

본적 : 사이타마현 히다카시 니호리 27-1.

2009년 11월 21일 시점의 주소 : 사이타마현 아게오시 혼초 8-7-6.

후미히사는 서류를 받아 들고 이어서 읽었다.

2009년 11월 21일 미명, 사이타마현 아게오시 스가야 3가 부근 도로에서 횡단보도를 건너고 있던 노리와 기미코(81세)를 차로 치어 숨지게 하고, 그대로 도주한 용의로 동년 11월 24일에 아게오 경찰서에 체포된다. 2010년 2월 15일, 사이타마 지방법원 판결 공판에서 징역 4년 10개월 형이 선고된다. 그 후 피고인 측과 검찰 측 모두 항소하지 않아 형이 확정. 2014년 12월 3일, 가와고에 소년교도소를 출소.

그 글자를 눈으로 좇다 보니 지금껏 흐릿했던 기억이 선명해졌다. 동시에 가슴에 둔한 통증이 느껴졌다.

"마가키 쇼타가 교도소에서 나왔단 말이군요?"

후미히사가 묻자 눈앞의 남자가 고개를 끄덕였다.

"네, 조사하는 데 무척 애를 먹었습니다. 마가키 쇼타의 부모
님은 3년 전에 이혼해 아버지는 그간 살아온 아게오의 집을 팔
고 요코하마 시내로, 어머니는 마가키 쇼타의 누나와 함께 구마
모토 시내로 이사했습니다. 거기까지는 쉽게 알아냈습니다만,
마가키 쇼타가 언제 출소하는지, 또 아버지와 어머니 중 누구와
연락하는지를 도무지 알 수가 없어서……. 다만 조사 비용을 넉
넉히 마련해주셨기 때문에 의뢰를 받고 나서 반년간 쌍방의 움
직임을 감시할 수 있었습니다. 그래서 출소 시에 입회한 어머니
를 확인할 수 있었고 그 후 마가키 쇼타의 움직임도 쫓을 수 있
었습니다."

"그, 그래서, 마가키 쇼타는……."

지금 어디에 있단 말인가.

눈앞의 남자가 서류를 넘겨 사진 여러 장과 글자가 있는 종
이를 보여주었다.

"마가키 쇼타는 지금 이 연립주택에 혼자 살고 있습니다."

낡은 2층짜리 연립주택의 사진과 문에서 나온 참인 젊은 남
자의 사진이 있다.

주소는 사이타마현 기타모토시 후루이치바 2가, 코퍼스미요

시 102호실, 이라고 쓰여 있다.

"여기에 살고 있단 말입니까?"

"그렇습니다. 다음 페이지에 구체적인 행동에 관해 기록했습니다만, 인력사무소의 일용직으로 일합니다. 월요일부터 금요일까지 아침 7시 30분경에 집을 나서 오미야역 앞에 정차한 마이크로버스를 타고 가미노다에 있는 창고로 갑니다. 야근이 있다가 없다가 하는지 귀가 시간은 대중없습니다만, 일이 끝나면 대체로 곧장 집으로 옵니다. 주말에는 거의 집에 있거나 가끔 근처 도서관에 가는 정도입니다."

"그렇습니까……."

후미히사는 고개를 끄덕이고 사진에 담긴 젊은 남자에게 시선을 고정했다.

"이것으로 조사를 종료해도 괜찮으시겠습니까."

그 목소리에 정신이 들어 후미히사는 고개를 들었다.

"지불해주신 조사 비용은 아직 반도 못 썼습니다. 이것으로 조사를 종료해도 된다면 나머지는 돌려드리겠습니다. 다만, 만약 저희 힘이 필요하시다면 가능한 범위 내에서 더 알아봐드릴 수는 있습니다……."

누구의 힘도 필요 없다. 나 혼자서, 아니, 아무도 모르게 완수해야 하는 일이다.

"제 사무소에서는 범죄 가해자의 추적 조사에 특히 주력하고 있습니다. 그동안 범죄 피해를 입으신 분이나, 또 그 가족분에게 많은 의뢰를 받았고, 그분들의 희망에 부응하도록 노력해왔습니다. 반년 전에 노리와 씨는 사모님을 죽게 한 남자의 행방을 알고 싶다고 하셨죠. 그것을 알게 되신 지금, 앞으로 당신이 무엇을 바라시는지에 대해 저는 큰 관심을 가지고 있습니다."

쓸데없는 참견이다. 내가 무엇을 바라든 눈앞의 남자와는 관계없다.

"외람되지만 앞으로 노리와 씨 혼자서는 바라시는 바를 이루어내기가 조금 힘들지 않을까 생각합니다. 제게 중요한 일을 의뢰해놓으시고 그런 저를 잊어버리신 것도 그렇고요."

듣고 보니 마가키 쇼타의 행방에 대한 조사를 의뢰한 기억이 통째로 사라져 있었다.

이렇게 중요한 일을……

마사키와 구미에게 건망증이 심하다고 잔소리를 듣긴 했지만 그래도 믿기지가 않는다.

"지불한 돈을 다 쓸 때까지 이대로 조사를 진행했으면 좋겠군요."

그렇게 말하면서도 이 남자에게 얼마를 지불했는지가 생각나지 않는다.

"감사합니다. 그럼 이대로 마가키 쇼타의 소행 조사를 계속하겠습니다만, 그것으로 괜찮으십니까?"

"예……. 그리고 당신한테 하나 부탁하고 싶은데."

"네, 말씀하시죠."

눈앞의 남자가 몸을 쑥 내밀었다.

"일주일에 한 번, 나한테 연락해서 오늘 한 이야기를 해줬으면 합니다."

"오늘 한 이야기, 말입니까?"

"내가 마가키 쇼타의 행방을 찾아달라고 당신한테 의뢰한 것과 그 남자가 5년 전에 한 일 말입니다. 요즘 아들과 딸한테 건망증이 심하다는 말을 들어서……. 설마, 이런 중요한 일을 잊어버릴 것 같지는 않지만……."

말하면서 점점 자신이 없어졌다.

"알겠습니다. 어려운 일도 아니군요. 그 휴대전화로 연락을 드리면 되겠습니까?"

남자가 후미히사의 가슴팍에 손가락질을 하기에 시선을 떨어뜨렸다.

"예……."

목에 걸려 있는 휴대전화를 보면서 말했다.

"그 휴대전화의 번호가 어떻게 되나요?"

"모릅니다."

"잠깐 실례하겠습니다."

남자가 손을 뻗어 후미히사의 목에 걸려 있는 휴대전화를 가

어느 도망자의 고백

져갔다. 바지 주머니에서 납작한 나무패처럼 생긴 시커먼 물건을 꺼내더니 거기에 대고 손가락을 움직인다.

"노리와 씨의 휴대전화 번호를 저장했고, 제 번호도 저장해두었습니다."

남자가 그렇게 말하고 끈이 달린 휴대전화를 돌려주었다.

"이 3이라고 빨간색으로 쓰인 버튼을 누르면 제 스마트폰으로 연결됩니다. 눌러보시죠."

시키는 대로 그 버튼을 누르자 남자가 다른 쪽 손으로 쥔 나무패처럼 생긴 것에서 소리가 흘러나왔다.

"여보세요, 뭔가 말씀해보시죠."

남자가 그것을 귀에 대고 말했다. 후미히사는 휴대전화를 귀에 대고 시선을 서류로 되돌렸다. 마가키 쇼타가 살고 있다는 연립주택 사진을 봤다.

"하나 더 부탁하고 싶습니다만……."

"네, 뭔가요?"

"여기 가보고 싶습니다."

"알겠습니다. 차로 왔으니 지금 같이 가시죠."

후미히사는 남자가 시키는 대로 '종료' 버튼을 눌렀다. 가방을 들고 일어선 남자의 재촉을 받으며 지팡이를 짚고 일어나 현관으로 갔다.

"바로 코앞까지 차를 가져올 테니 여기 앉아서 기다리시죠."

후미히사가 현관에 있는 받침대에 걸터앉자 남자가 밖으로
나갔다. 신발을 다 신었을 무렵에 남자가 돌아와서 후미히사는
지팡이를 짚고 일어섰다. 신발장 위에 있는 열쇠를 챙겨 밖으로
나갔다. 열쇠로 문을 잠근 뒤 남자를 따라 집 앞에 서 있는 흰색
차로 향했다. 남자가 뒷좌석 문을 열어주어, 좌석에 손을 짚고
몸을 굽히며 올라탔다.

남자는 밖에서 문을 닫고는 운전석에 앉아 차를 출발시켰다.

밝은 햇살을 받으며 15분쯤 달린 뒤 차가 낡은 2층짜리 연립
주택 앞에 섰다.

"다 왔습니다. 1층 오른쪽에서 두 번째 방, 102호실이 마가키
쇼타의 방입니다."

남자가 가리키는 쪽을 바라보았다.

저곳에 마가키 쇼타가 살고 있다.

건물 계단에 걸려 있는 간판이 눈에 들어왔다. '빈방 있음'이
라는 글자와 '기타모토 부동산'이라는 회사명과 전화번호가 쓰
여 있었다.

───────5

책장에 꽂힌 책 중에 《고령자의 영양 관리 가이드》라는 제목

을 발견하고 구리야마 아야카는 손을 뻗어 책을 뽑았다. 페이지를 팔랑팔랑 넘겨보고 확실히 도움이 될 것 같다고 느꼈지만 뒤표지를 보니 꽤 고가였다.

어떻게 할까 고민하면서 책을 손에 들고 서점에 놓인 의자에 앉았다. 그토록 바라던 관리영양사[✽]가 되어 예전에 비해 수입은 늘었지만, 앞으로의 일을 생각하면 최대한 허리띠를 졸라매야 한다. 내용을 조금 더 확인하고 나서 결정하자는 생각에 페이지를 넘겼다.

"어라" 하는 목소리가 들려 아야카는 고개를 들었다. 눈앞에 정장 차림의 남성이 서 있었다.

"구리야마 씨 맞지?"

옛날에 같은 곳에서 아르바이트를 했던 사야마다.

"오랜만이에요."

아야카가 인사를 하자 사야마가 당연하다는 듯 비어 있는 옆자리에 앉았다. 아야카가 읽고 있던 책을 들여다본다.

"영양사가 되었구나."

사야마의 말에 아야카는 고개를 끄덕였다.

"오케가와에 있는 병원에서 일해요."

올해 봄까지는 초등학교에서 급식을 만들었지만 관리영양사

✽ 영양사의 업무에 더해 환자를 위한 영양지도, 건강 유지 증진을 위한 전문지식과 기술을 요하는 직업.

가 된 것을 계기로 이직했다.

"나도 2년 전에 은행에 취직해서 여기저기 안 가는 데가 없어. 그러고 보니 그 녀석한테 연락 없었어?"

그 말에 가슴이 뜨끔했다.

그 녀석…… 쇼타를 말하는 것이리라.

"아뇨."

"그래……. 실은 얼마 전에 연락이 와서 만났거든."

놀라서 사야마의 옆얼굴을 쳐다봤다.

"그래요? ……잘 지내는 것 같던가요?"

뭐라 해야 할지 몰라 무난한 말로 대꾸했다.

"뭐, 잘 지내기는 하는데, 예전에 우리가 알던 마가키가 아니었어."

무슨 뜻일까.

"인상이 거칠어졌더라, 눈초리도 날카롭고……. 구보랑 야스모토도 같이 있었거든. 다들 앞으로 힘내라고 격려해줬는데 자포자기한 것 같았어."

"자포자기……."

"응. 어차피 자기 앞날은 뻔하다는 둥 교도소에 있었을 때가 지금보다 생활하기에는 더 편했다는 둥 하더라니까……. 자꾸 그러니까 우리도 할 말이 없어서 거기서 마무리했지 뭐."

사야마의 말을 들으며 쇼타가 마음에 걸렸다.

"구리야마 씨는 아직 고노스에 살아?"

사야마의 질문에 아야카는 고개를 끄덕였다.

"녀석은 지금 기타모토에서 혼자 살고 있대. 어디선가 마주 칠지도 모르니까 조심해. 우리는 셋이서 만난 덕에 돈 빌려달라 는 소리는 안 들었거든……."

뭐라 대답할 말이 없어 아야카는 손목시계에 눈길을 주었다.

"죄송해요. 그만 가봐야겠어요."

아야카는 의자에서 일어나 사야마와 헤어진 뒤 책을 책장에 되돌리고 서점을 나왔다. 잰걸음으로 오미야역 개찰구를 향해 갔다.

고노스역에 내려선 뒤 마음을 진정시키려 애쓰며 집으로 걸 음을 옮겼다.

아직 가슴의 두근거림이 가라앉지 않는다. 사야마와의 예기 치 못한 재회로 인해 잊고 지냈던 그 무렵의 기억이 한꺼번에 쏟아지듯 떠올랐다.

옛날에 사야마의 대학 친구가 쇼타의 공판을 방청해서 어떤 진술을 했는지 들은 적이 있다.

쇼타는 음주 상태인데도 불구하고 차를 몰았던 이유에 대해 그냥 드라이브가 하고 싶었다고만 진술했다고 한다.

아야카를 감싸고 있음을 알고 죄스러운 기분이 들었지만, 그 이후에는 쇼타도, 그 사건에 대해서도 가급적 다시 생각하지 않으려 노력했다.

교도소에 들어간 쇼타를 면회하러 가지도 않고 편지를 쓰지도 않았다.

아야카 자신이 서시른 죄로부터 도망쳤다고 하면 그럴지도 모른다. 하지만 그 사고로부터 5년 동안 그럴 여유는 없었다.

쇼타의 일에 관여함으로써 자신의 무거운 죄를 직면해야 했다면 도저히 버티지 못했을 것이다.

아야카는 대로변에 있는 건물에 들어가 엘리베이터를 타고 2층으로 향했다. '푸른잎 어린이집'의 문을 열고 안으로 들어가 근처에 있던 보육교사에게 인사했다.

"다쿠미 군, 엄마가 데리러 오셨어."

보육교사의 목소리에 이끌리듯 다쿠미가 "엄마!" 하고 외치며 함박웃음을 지으며 이쪽으로 달려왔다.

아야카는 그 자리에 쭈그려 앉아 가슴에 뛰어드는 다쿠미를 꼭 끌어안았다.

———————6

초인종을 누르고 잠시 기다리자, "예" 하는 노리와 후미히사의 목소리가 들렸다.

"나가오카입니다."

"아아…… 문은 안 잠갔으니 들어오게."

나가오카 신지로는 대문을 지나 현관문을 열고 안으로 들어갔다. "실례하겠습니다" 하고 말하며 신발을 벗고 복도로 올라가 달그락 소리가 들리는 식당 문을 열었다. 의자에 앉은 채 이쪽을 돌아본 노리와를 보고 놀랐다.

노리와를 만나는 것은 반년 만인데 그새 많이 야위었다.

"일부러 오라고 해서 미안하네."

"아닙니다……" 하고 대답하며 신지로는 노리와의 맞은편에 앉았다.

어젯밤 노리와에게 연락이 왔다. 부탁하고 싶은 것이 있으니 조만간 집에 와달라는 것이었다.

"건강은 좀 어떠십니까?"

신지로가 묻자, 노리와는 "그저 그렇지" 하고 대답했다.

"어제 전화로는 저한테 부탁할 게 있다고 하셨는데 어떤 건가요?"

"어, 그래……."

노리와가 몸을 내밀고는 입을 다물었다. 이쪽을 바라보며 연신 고개를 갸웃거린다.

"나가오카, 자네한테 전화한 건 기억나는데…… 무슨 용건이었더라? 이것 참 큰일이군, 요즘 건망증이 심해져서."

정기적으로 연락을 주고받는 마사키에 따르면 최근 아버지의 건망증이 심해져 치매가 의심된다고 했다. 병원에 모시고 가려 해도 한사코 거부하고, 그런데도 진찰을 받아보자고 설득하면 자신을 치매 환자 취급하지 말라며 뺏성을 내서 어떻게 하면 좋을지 고민된다고 했다.

식탁에 있는 낙서가 눈에 들어왔다. 검은 매직으로 '휴대전화', '내일 3시, 호프 사무소, 중요한 용건', '집 보증인' 등이 쓰여 있다.

아무래도 잊어버리면 안 되는 용건을 여기에 쓴 것 같다.

"이······ '집'과 '보증인'이라는 건 뭔가요?"

신지로가 글자를 손으로 짚고 물어보자, 노리와가 그쪽으로 눈길을 주었다. 글자를 가만히 바라보던 노리와가 갑자기 고개를 들었다.

"그래, 맞아······. 자네한테 그걸 부탁하려고 불렀지."

그제야 용건이 생각난 듯하지만 글자가 무얼 뜻하는지 잘 알 수 없었다.

이 집은 자가다. 혹시 실버타운 같은 시설의 보증인이 되어달라는 걸까. 아니, 그렇다면 내가 아니라 노리와의 자식인 마사키나 구미가 있지 않은가.

"저한테······ 집 보증인이 되어달라니 무슨 말씀이신지?"

신지로의 말에 반응했는지 노리와가 지팡이를 짚고 일어섰다. 진열장으로 가서 이 서랍 저 서랍을 여닫으며 뭔가를 찾고 있다. 드디어 찾아냈는지 이쪽으로 돌아와 종이 한 장을 신지로 앞에 내려놓고 다시 맞은편에 앉았다.

임대 물건의 전단지다. 코퍼스미요시 104호실이라고 쓰여 있고 월세는 3만 8천 엔이다.

"여기 살고 싶네……. 그런데…… 보증인이 없으면 안 된다 더군. 돈은 있는데……."

노리와는 89세다. 아무리 저렴한 방이라도 집주인이 쉽게 빌려주지는 않을 것이다.

아흔에 가까운 노인이 혼자 산다고 하면 고독사의 염려도 될 테고 치매로 인해 가스 불 끄는 것을 잊거나 수돗물을 계속 틀어놓는 등의 문제도 발생할 수 있다.

애초에…….

"왜 여기서 살고 싶으신 겁니까? 이런 훌륭한 주택이 있는데요."

"이런 넓은 집에 혼자 있다 보면 여간 적적한 게 아니야."

노리와가 중얼거리듯 말했다.

"나고야에 가실 생각은 없으신지요? 마사키 군은 그랬으면 하는 것 같더군요."

아버지가 걱정되어 나고야에서 같이 살자고 설득하고 있지만 들은 척도 하지 않는다며 전화로 하소연을 했다.

"자식한테 짐이 되고 싶지 않아."

"짐이라뇨, 그렇게 생각 안 할 겁니다."

"그리고 말이야……."

노리와가 운을 떼고 전단지에 눈길을 주었다. 잠시 그것을 보다가 고개를 들었다.

"이 집으로 이사 오기 전에 기미코와 살았던 연립주택과 외관이며 구조가 비슷해."

"그렇습니까?"

마사키가 태어난 것을 계기로 이 단독주택을 구입했다고 들었다. 그전까지는 같은 사이타마현 와라비에 살았다고 한다.

"나도 이제 살날이 얼마 남지 않았을 테지. 그 무렵을 떠올리며 살고 싶네."

마사키가 태어나기 전에 살았던 집에는 기미코뿐만 아니라 두 살 때 죽은 후미코와의 추억도 있을 것이다.

"마사키나 구미한테 부탁해도 허락하지 않을 테지."

"이 집은 어떻게 하실 겁니까?"

"물론 남겨둬야지. 자네한테 폐 끼칠 일은 없네. 꼭 좀 들어주면 안 되겠는가?"

노리와가 머리 숙여 부탁하자 신지로는 전단지를 보며 신음했다.

그가 오래 살기를 바라는 신지로 입장에서는 먼 훗날의 일이라고 생각하고 싶지만, 지난 1년간 노리와의 기억력이 심하게 떨어진 것은 부정할 수 없다.

얼마 안 되는 시간일지라도 이 낡은 집에서 살다 보면 그 무렵의 이런저런 추억을 되살릴 수 있지 않을까, 혹은 머리에서 기억이 소멸되는 속도를 조금이라도 늦출 수 있지 않을까 하고 기대하고 있을지도 모른다.

확실히 마사키와 구미에게는 알리고 싶지 않을 것이다.

노년에 접어든 아버지가 자신들과 함께 살기보다는 자신들이 태어나기 전의 누나 혹은 언니와 함께 살았던 추억에 젖고 싶어 한다는 것을 알면 나름대로 충격을 받을 것이 틀림없다.

신지로는 자신에게 큰 영향을 주었고 많은 은혜를 베풀어준 노리와의 간청을 들어주고 싶었다. 그러나 마사키와 구미에게 비밀로 하고 자신이 보증인이 되는 것은 몹시 부담스럽다. 게다가 만약 연립주택에 있을 때 노리와에게 무슨 일이 생기면 그 원망을 다 어찌 들을까.

신지로는 고개를 들어 노리와를 바라보았다. 노리와가 간청하는 표정으로 이쪽을 바라본다.

신지로에게 이런 표정을 보이는 것은 처음이었다.

"알겠습니다. 마사키와 구미에게는 말하지 않고 제가 보증인이 되겠습니다. 다만 몇 가지 조건이 있습니다."

"뭔가?"

"제가 집 열쇠를 하나 보관하고 있겠습니다. 그리고 정기적으로 방문해서 선생님 상태를 확인하고 싶습니다."

다행히 4년 전에 정년퇴직해서 지금은 시간에 여유가 있다. 같은 사이타마현인 만큼 일주일에 한두 번은 상태를 보러 갈 수 있을 것이다.

"어떠십니까. 괜찮으십니까?"

신지로가 묻자, 노리와가 "알겠네" 하고 고개를 힘차게 끄덕였다.

———————7

쇼타는 마이크로버스 좌석에 앉은 뒤 가방에서 책을 꺼내 펼쳤다.

버스 안이 어둑하긴 해도 책을 읽지 못할 정도는 아니다. 원래 책 읽는 것을 그리 좋아하지 않아서인지 짬이 날 때 잠깐 읽는 것이 오히려 집중이 잘된다.

쇼타는 책을 뚫어져라 보며 머릿속에서 이해하려 애썼다. 그러나 긴장을 살짝 늦추기만 해도 지난번 선술집에서 있었던 일이 떠올랐다.

화장실에서 돌아오자, 사야마 일행은 그 전까지 했던 것처럼 쇼타에게 연신 격려의 말을 건넸다. 그러나 그들의 본심을 들어 버린 이상 도저히 아무렇지도 않은 척을 할 수가 없어 일부러 될 대로 되라는 식으로 쏟아붓고 혼자 가게를 나왔다.

괜히 만날 생각을 했다며 깊이 후회했지만, 그래도 앞으로 사회에서 살아가는 데 있어 약간의 수확을 얻었다고 스스로를 위로했다.

그들의 말처럼 조직에 속하지 않아도, 이름을 밝히지 않아도 돈을 벌어 생활할 수 있다. 그렇게 기운을 북돋우고, 휴무였던 그저께 도서관에 가서 주식과 외환에 관한 책을 몇 권 빌렸다.

밑천이 없으면 아무것도 못 하지만, 여기서 돈을 모으는 동안 지식을 흡수해서 언젠가 사야마 일행이 부러워할 만큼 풍족한 생활을 할 것이다. 나는 이런 데 틀어박혀 있을 만한 사람이 아니다.

그 일만 없었더라면…….

아무리 음주 운전을 했다 해도 비가 오지 않고 그때 나나가 울지 않았더라면, 그런 일은 일어나지 않았을 것이다. 나는 운이 나빴을 뿐이다.

"수고. 뭘 그렇게 읽어?"

남자의 목소리에 정신이 든 쇼타는 옆을 돌아봤다.

패딩 점퍼를 입은 마흔 전후의 남자가 쇼타가 들고 있는 책을 들여다보고 있다. 아마 이름이 마에조노였을 것이다.

"투자에 관심 있어?"

"아뇨, 도서관에 갔더니 그냥 눈에 띄어서 빌렸을 뿐이에요."

쇼타는 그렇게 대답하고 책을 가방에 넣었다.

"그런데 오늘 볼일 같은 거 있어? 술 마시러 안 갈래?"

마에조노의 얼굴을 보면서 쇼타는 망설였다. 마흔 전후의 아저씨와 술을 마셔봤자 말이 잘 통하지는 않을 것이다. 하지만 모처럼 권해주었는데 매정하게 거절하는 것도 미안하다.

"네. 조금이라면."

버스가 오미야역 앞에 정차했다. 쇼타는 버스에서 내려 마에조노를 따라 근처 선술집에 들어갔다. 빈 테이블석에 마주 앉아서 생맥주와 저렴한 안주를 몇 가지 주문했다.

사야마 일행과 만났을 때 금주를 깬 이후 집에서도 마셨기 때문에 죄책감은 느끼지 않게 되었다.

생맥주 두 잔이 나오자, "그럼 우리의 만남에" 하고 말하고 마에조노가 조끼를 부딪쳐왔다.

"여태껏 직장 사람을 술자리에 권한 적이 없는데 마가키 군하고는 꼭 마시고 싶더라니까."

마에조노가 그렇게 말하며 생맥주를 맛있게 들이켰다.

"왜 저 같은 놈하고 술을 마시고 싶은데요? 같이 마셔도 별로 재미있지도 않을 텐데요."

"마가키 군하고밖에 나눌 수 없는 이야기가 있거든."

쇼타는 히죽거리며 얼굴을 들이대는 마에조노를 미심쩍어하
며 쳐다봤다.

그가 얼굴을 더 바싹 들이대더니 귓가에 대고 "마카키 군, 전
과 있지?" 하고 말하기에, 쇼타는 흠칫 놀라 몸을 뒤로 뺐다.

눈앞에서 히죽거리며 술을 마시는 마에조노를 보면서 가슴
에 퍼지는 씁쓸함을 느꼈다.

"얼마 전에 일을 가릴 처지가 아니라고 했잖아. 그 말이 마음
에 걸려서 말이야, 마가키라는 이름으로 이것저것 검색해봤지."

무슨 목적이 있어서 술 마시러 오자고 한 걸까. 그것을 약점
잡아 돈이라도 뜯어낼 속셈인 걸까.

"그렇게 무서운 얼굴 하지 마. 딱히 아무한테도 말할 생각 없
으니까."

마에조노가 그렇게 말하며 점원이 가져온 안주에 젓가락을
뻗었다. 그가 맛있게 먹는 모습을 봐도 전혀 입맛이 당기지 않
는다.

"나도 자네랑 같아."

"같다니요?"

쇼타는 고개를 갸웃거렸다.

"자네처럼 전과가 있다고. 하루하루 지겨운 일상을 푸념하면
서 풀고 싶은데, 그런 경험이 없는 사람하고는 이야기가 잘 안
통하잖아."

"무슨 짓을 했어요?"

"상해치사. 스물한 살 때 일하던 곳의 상사가 열받는 소리를 해서 후려갈겼지. 그래서 3년의 실형으로 이치하라행. 마가키 군은?"

어느 교도소에 갔다 왔는지 묻는 것이리라.

"가와고에요……. 마에조노 씨는 나이가 어떻게 되세요?"

"서른여덟. 출소해도 좀처럼 괜찮은 일자리가 없어서 말이야, 지금 같은 일터를 전전하게 되었지. 그나저나 인터넷에서 무지하게 욕먹고 있더구먼. 나 때는 인터넷이 그렇게까지 보급되지 않아서 그런 일은 없었는데."

"자업자득이죠, 뭐……."

쇼타는 그렇게 중얼거리고 생맥주를 마셨다.

"그래도 그렇지 열받잖아. 인터넷에 그런 소리나 뇌까리는 놈들은 자기가 정의인 줄 착각하고 있어. 잘난 척하면서 '이런 놈한테는 사형이나 때려'라고 손가락 놀리지 말라고 한마디 해주고 싶다니까."

그런 글이 있다는 것을 알고 마음이 울적해졌다.

"뭐, 사람을 죽게 했으니까…… 4년 10개월은 가볍다고들 생각하겠지요."

마에조노도 마찬가지로 사람을 죽게 했지만 3년이라고 했다.

"저…… 마에조노 씨는 출소하고 나서 피해자 가족분을 만나셨어요?"

쇼타의 물음에 마에조노가 "아니" 하고 고개를 가로저었다.

"왜?" 하고 되묻기에, 변호사가 피해자 유족을 찾아가 직접 사죄할 것을 권했다는 이야기를 했다.

"그게 합의 조건이었어?"

"아뇨……."

"그럼 갈 필요 없네."

마에조노가 무뚝뚝하게 말했다.

"그래도 될까요?"

"생각을 해봐. 만나러 가봤자 유족한테 욕이나 들어먹겠지. 그랬다가는 다시 일어설 수도 없거니와 노동 의욕을 잃을 뿐이야. 그리고 자네가 죽게 한 사람은 81세의 할머니라며? 얼마 전에 TV에서 봤는데, 지금 여자의 평균수명은 87세 정도래. 그 사고가 없었다 해도 그리 오래 살았을 가능성은 낮다는 거지. 그런데 자네는 20대라는 귀중한 시기에 5년 가까이 감방에서 썩었으니 수지가 안 맞을 만큼의 속죄를 한 셈이야. 더 이상 시간을 낭비하는 일은 하지 마."

마에조노의 이야기를 듣다 보니 지금까지 고민했던 것이 어리석게 느껴졌다.

"마가키 군, 여기서 배가 어느 정도 차면 가게를 옮길까? 근처에 괜찮은 룸살롱이 있거든."

괴롭기만 한 시간을 보내왔다. 조금은 흥청망청 놀아도 될 것
이다.

"네, 그렇게 하죠……."

쇼타는 고개를 끄덕이고 생맥주를 들이켰다.

———————— 8

전철이 기타모토 역에서 멈추고 문이 열렸다. 좌석에 앉은 채
머뭇거리고 있는 사이 문이 닫히고 전철이 움직이기 시작했다.
창밖에 흐르는 땅거미를 바라보며 아야카는 무거운 한숨을 내
쉬었다.

어떻게 해야 좋을지 모르겠다.

오미야에서 사야마와 재회하고 나서 사흘 뒤, 고민 끝에 쇼
타의 어머니 휴대전화에 전화를 걸었다. 번호는 바뀌지 않았다.
어머니는 5년 만의 연락에 몹시 놀란 눈치였지만, 쇼타의 주소
를 물었더니 흔쾌히 가르쳐주었다. 다만 연락처를 물었다는 것
을 아직 쇼타에게 말하지 말아달라고 부탁했더니, "알겠어요"
하고 대답한 목소리가 조금 쓸쓸하게 느껴져 미안한 마음이 들
었다.

그 시점에는 쇼타를 만날지 말지 알 수 없었다. 그러고 나서

닷새가 지난 지금도 고민하고 있다.

아야카는 5년 전 자신의 몸에 깃든 아이를 어떻게 할지에 대한 선택을 결국 쇼타의 판결이 나올 때까지 미루었다. 집행유예를 선고받고 바로 풀려나기를 바랐기 때문이다. 쇼타와 제대로 대화해서 결단할 생각이었지만 쇼타는 교도소에 5년 가까이 들어가게 되었다.

면회를 강력히 요청했다면 가능했을지도 모르고 쇼타의 부모님에게 사정을 밝히고 말을 전해달라고 하는 방법도 생각했지만, 결국 아무것도 하지 못했다. 앞으로 5년 가까이 교도소에서 지낼 쇼타에게 임신 사실을 알리는 것은 가혹한 일처럼 느껴졌기 때문이다.

아야카는 혼자 결단할 수밖에 없었다. 그리고 낳기로 했다.

쇼타와의 아이라서가 아니다. 혼자 아이를 키우다 보면 많은 어려움이 있을 것이다. 다만 자신의 몸에 깃든 생명을 잃고 싶지 않다는 마음이 컸다.

도치기현에 사는 부모님에게 알렸더니 맹렬한 반대가 돌아왔다. 상대가 누구냐며 추궁당했지만 밝힐 수 없었다.

누구와의 자식인지도 모르는 아이를 낳겠다면 부모 자식의 연을 끊겠다고까지 하여 막막했던 아야카는 도쿄에 사는 열 살 많은 사촌 언니 미사를 찾아가 상의했다. 그녀 또한 싱글맘으로 여덟 살짜리 아들이 있다. 그녀의 도움을 받아 전문학교를 졸업한 뒤 다쿠미를 낳고 반년쯤 쉰 다음 초등학교 영양사 일을 구했다. 그곳에서 3년간 일하면서 열심히 공부해 관리영양사 자격증을 따고 지금의 병원으로 이직했다.

분주한 생활 속에서 가급적 쇼타나 그 사건을 떠올리지 않으려 했지만, 사야마의 이야기를 듣고 나서는 정말 그래도 되는 걸까 하는 고민이 날로 더해졌다.

'어차피 자기 앞날은 뻔하다는 둥 교도소에 있었을 때가 지금보다 생활하기에는 더 편했다는 둥 하더라니까.'

설마 음주 운전을 할 줄은 몰랐지만, 아야카가 그런 문자를 보낸 탓에 쇼타의 인생이 크게 변해버린 것은 틀림없는 사실이다.

다쿠미를 낳을 때 맹세했듯이 쇼타에게 자기 아이가 있다는 것을 알릴 생각은 없다. 다쿠미가 커갈수록 아빠를 궁금해하고 질문하는 일도 많아졌지만 그럴 때마다 간신히 둘러대고 있다.

전철이 고노스역에서 멈춰 아야카는 자리에서 일어섰다. 플랫폼을 지나 개찰구로 향했다.

저 개찰구를 빠져나가면 머리를 식히자. 오늘 저녁은 뭘 만들지, 다쿠미와 뭘 하고 놀지 생각하는 것이다.

앞으로도 변함없이 다쿠미와 둘이서 살아갈 것이다.

다만…….

개찰구를 빠져나가려다 걸음을 멈췄다. 뒤따라 걷고 있던 사람들이 방해된다는 듯이 아야카를 밀어젖히고 개찰구를 빠져

나갔다.

다만, 마음속에서는 다쿠미의 아빠가 성실하게 살았으면 하는 바람이 있다.

그 계기를 제공한다면 지금밖에 없는 것이 아닐까.

아야카는 발길을 되돌려 오미야 방면 플랫폼으로 향했다. 도착한 전철에 올라타 기타모토역에서 내렸다.

휴대전화로 지도를 보면서 걷다 보니 그럴듯한 연립주택이 나왔다. 당장에라도 무너질 것 같은 낡은 2층짜리 연립주택으로, 녹슨 철 계단에 '코퍼스미요시'라는 간판이 걸려 있다. 여기가 틀림없다. 쇼타의 방은 102호실이다.

아야카는 102호실 문 앞으로 가서 초인종을 눌렀다. 응답이 없다. 집에 없는 모양이다.

쇼타가 어떤 생활을 하고 있는지 모르기에 집에 언제 돌아오는지도 알지 못한다.

다음에 다시 올 생각에 걸음을 옮겼다가 이쪽으로 다가오는 남자를 발견하고 걸음을 멈췄다.

눈이 마주치자 상대도 놀란 듯이 멈춰 섰다.

이쪽을 바라보는 눈초리는 날카롭고 볼이 홀쭉하며 입가에는 수염이 아무렇게나 자라 있다. 얼굴 전체에 피폐함이 배어 있다.

바로 예전 얼굴과 겹치지 않았지만, 쇼타다.

"어, 어떻게…… 여기에……."

쇼타가 동요한 듯 말했다.

"어머니께서 가르쳐주셨어."

"엄마?"

쇼타가 고개를 갸웃했다. 그러더니 이내 납득한 듯 고개를 작게 끄덕인다.

"……그래서, 도대체 뭔데?"

쇼타의 통명스러운 어조에 아야카는 말문이 막혔다.

쇼타가 가까이 오더니 아야카 옆을 말없이 지나쳐 집으로 향했다. 열쇠를 꺼내 문을 열려고 했다.

"모르겠어."

아야카의 말에 쇼타가 문고리에서 손을 떼고 돌아보았다.

"뭘 하고 싶은지, 무슨 이야기를 하면 좋을지 모르겠어. 다만 얼마 전에 같은 가게에서 아르바이트했던 사야마 씨를 우연히 만나서, 그래서……."

"내 이야기가 나왔나 보지?"

아야카는 고개를 끄덕였다.

"자기 앞날은 뻔하다는 둥 교도소에 있었을 때가 지금보다 생활하기에는 더 편했다는 말을 했다고. 그래서……."

"녀석들이 마음에도 없는 위로를 하니까 나도 모르게 본심이 나왔을 뿐이야. 그렇잖아. 나한테 밝은 미래 따위는 없어."

"그……그렇지 않아. 아직 스물다섯 살이니까 앞으로 열심히……."

"쉽게 말하지 마!"

가로막는 듯한 말에 아야카는 흠칫 놀라서 입을 다물었다.

"81세 노인을 차로 친 것도 모자라 200미터나 끌고 가서 죽였다는 소리나 듣는 나를 흔쾌히 고용해줄 회사가 있을 것 같아? 그런 나와 가정을 꾸리고 싶어 하는 사람이 있을 것 같아?"

아무 말도 못 한 채 살기 띤 쇼타의 눈을 바라보았다.

"그런 나와 친구가 되고 싶다는 사람이 얼마나 있겠어?"

쇼타의 말이 칼끝이 되어 가슴을 찔렀다. 이곳에 각오도 없이 오는 게 아니었음을 뼈저리게 느꼈다.

"옛날 일을 떠올리고 싶지 않으니까 이제 오지 말아줘."

쇼타는 그 말을 남기고 문을 열고 도망치듯 안으로 들어갔다.

———————9

불단 앞에 앉아 기미코와 후미코의 영정 사진을 보고 있는데 누군가 말을 붙였다.

노리와 후미히사는 그쪽으로 눈길을 주었다. 거실에 들어온 나가오카가 이쪽으로 걸어온다.

"말씀하신 옷가지는 가방에 넣어서 차에 실었습니다. 선생님
이 준비되시는 대로 출발하도록 하죠."

"알겠네."

후미히시는 대답하고 불단 쪽으로 손을 뻗었다. 기미코와 후
미코의 영정 사진과 위패를 하나씩 집어 들고 가방에 넣었다.

"잊으신 물건은 없습니까?"

나가오카가 묻기에 가방 속을 다시 확인했다. 봉투에 넣은 서
류와 휴대전화, 그것을 사용하는 데 필요한 충전기도 들어 있다.

완벽하다 싶어 곁에 둔 지팡이에 손을 얹은 순간 중요한 것
을 잊은 것이 생각났다.

"미안한데, 먼저 차에 가 있게. 금방 갈 테니."

"알겠습니다."

나가오카가 고개를 끄덕이고 거실을 나갔다. 장지문이 닫힌
것을 확인하고 후미히사는 지팡이를 짚고 일어섰다.

그걸 어디에 두었더라 하고 애써 기억을 떠올리며 일단 벽장
으로 향했다.

벽장 장지문을 열고 아랫단 안으로 기어들어 갔다. 어두컴컴
한 가운데 손에 잡히는 대로 상자를 죄다 열어보았다. 잠시 그
러고 있자 상자 속에 넣은 손끝에 헝겊 너머로도 알 수 있는 딱
딱한 감촉이 느껴졌다. 그것을 손에 들고 뒷걸음질하면서 벽장
에서 나왔다.

보자기로 싸맨 그것을 가방에 넣고 어깨에 멨다. 지팡이를 짚은 손에 힘을 실어 일어섰다.

현관에서 신발을 신고 밖으로 나가 열쇠로 문을 잠갔다. 눈앞에 서 있는 차로 가자, 나가오카가 뒷문을 열어주었다. 후미히사가 좌석에 앉은 뒤 나가오카가 문을 닫고 운전석에 올라타 차를 출발시켰다.

"새로운 생활이라는 건 기분을 신선하게 해주나 봅니다. 집에서 나오시는 선생님의 발걸음과 눈빛이 여느 때보다 힘차게 느껴지는군요."

"그런가."

"네. 그동안 드시던 배달 도시락은 일단 중지시켰습니다. 기타모토 쪽에도 같은 회사의 영업소가 있길래 연립주택 쪽으로 배달되도록 조치해놓았어요. 매일 4시쯤 배달된다고 하니 그 시간에는 가급적 댁에 계셔주십시오."

"알겠네……."

연립주택 앞에 도착해 나가오카가 큼직한 가방 두 개를 들고 운전석에서 내렸다. 뒷좌석 문을 열어주어 후미히사는 가방과 지팡이를 들고 차에서 내렸다. 나가오카와 함께 눈앞의 건물로 향했다.

나가오카가 열쇠로 문을 연 뒤 후미히사는 안으로 들어갔다. 현관에 들어서자마자 부엌이 있고 작은 진열장과 냉장고가 놓여 있었다. 부엌 안쪽에 다다미 네 장 반 크기의 방이 있고 더 안쪽에는 다다미 여섯 장 크기의 방이 있었다. 작은방에는 아무것도 없지만 큰방에는 가재도구가 웬만큼 갖추어져 있있다.

"일단 필요할 것 같은 가재도구를 마련했습니다만, 선생님 취향에 맞으실지 모르겠군요."

그 목소리에 돌아보니 곁에 있던 나가오카가 손에 들고 있던 가방 두 개를 다다미 위에 내려놓았다.

"사는 데 지장 없으면 뭐든 좋네."

집에서 필요한 것을 옮겨 올까도 싶었지만, 마사키와 구미가 본가에 왔을 때 수상히 여기지 않도록 나가오카에게 구입을 부탁했다.

"선생님, 여기 남은 돈입니다. 그리고 이건 집 열쇠입니다."

나가오카가 내민 봉투와 열쇠를 받았다.

"그럼 저는 이만 실례하겠습니다. 뭐 불편하시거나 어려운 일 있으시면 바로 연락해주십시오."

"알겠네. 고마워."

후미히사는 현관까지 가서 나가오카를 배웅하고 문을 닫았다.

어깨에 멘 가방을 바닥에 내려놓고 기미코와 후미코의 영정 사진과 위패를 꺼냈다. 어디에 둘까 고민했지만 큰방에는 진열장 같은 것이 없다. 여기밖에 없다는 생각에 부엌 진열장 위에 두었다.

가방에서 보자기 꾸러미를 꺼냈다. 묵직한 무게를 느끼며 진열장 서랍에 넣었다.

내가 과연 이 한을 풀 수 있을까. 오랜 세월 동안 가슴에 응어리져 풀리지 않는 이 한을.

마가키 쇼타를 만나야 한다.

그가 죄의식에 몸부림치고 고통받고 있는지 아닌지를 확인한 뒤에 이 한을 풀지 말지를 정할 것이다.

내가 죽기 전까지 이 한을 풀어야 한다. 반드시 한풀이를 해서 뜻을 이루어야 한다. 그렇지 않으면 나는 저세상에 가도 기미코와 후미코를 만날 수 없으리라.

후미히사는 영정 사진에 눈길을 돌렸다. 이쪽을 향해 미소 짓는 기미코와 후미코를 바라본다.

그렇지 않은가?

———————— 10

마이크로버스에서 내려 역으로 가고 있는데, 뒤에서 부르는 소리가 났다.

마가키 쇼타는 걸음을 멈추고 뒤를 돌았다. 히죽거리며 다가

오는 마에조노를 보며 그가 왜 여기에 있을까 의아해했다.

전에 선술집에서 먹고 마신 뒤 룸살롱에서 술을 두 시간쯤 더 마셨지만, 가게에 들어갈 때는 더치페이 하자고 말해놓고 막상 계산할 때가 되자 돈이 없다고 했다. 일당은 집세로 내야 쫓겨나지 않는다며 룸살롱 비용을 대신 내달라고 부탁하는 바람에, 하는 수 없이 1만 5천 엔이나 빌려주게 되었다. 그런데 다음 날부터 마에노조는 일터에 오지 않았다.

전과자인 자신을 이해한다며 접근한 것은 비싼 가게에서 뜯어먹기 위해서였나 싶어 쇼타는 참으로 불쾌한 일주일을 보내던 참이었다.

"이런 데서 뭐 해요?"

쇼타는 싸늘하게 물었다.

"뭐 하긴, 자네를 기다렸지. 생각해보니까 연락처도 안 받아놨지 뭐야. 여기서 기다리면 만날 수 있겠다 싶었지."

또 돈을 뜯어내려는 게 아닌가 싶어 경계했다.

"돈을 빌려놓고 안 갚았잖아."

마에조노가 지갑에서 1만 엔권을 꺼내 내밀었다.

"그것 때문에 기다린 거예요?"

그대로 떼어먹히는 줄 알았기에 의외였다.

"그렇다니까. 더 빨리 갚고 싶었는데, 일이 바빠서 시간이 나야 말이지."

"다른 일을 하고 있어요?"

마에조노가 고개를 끄덕였다.

"한잔하러 안 갈래? 오늘은 반드시 내가 살게."

아까 꺼낸 지갑 속에 지폐가 두둑이 들어 있었다. 뜯어먹힐 염려는 없을 것 같다.

지난번 갔던 선술집에 들어가 전과 같은 자리에서 마에조노와 마주 앉았다. 술을 몇 잔 들이켜는 사이 마에조노가 지금 무슨 일을 하는지 이야기하게 되었다.

"마가키 군도 여기서 일하지 않을래? 젊은 인재를 모집하는 중이거든."

"무슨 일인데요?"

쇼타가 물었다.

"소소한 영업. 6시간 근무에 일당은 3만 엔. 지금 거기랑은 비교도 안 되게 쏠쏠한 일이지."

아무리 생각해도 건전한 일은 아닌 것 같다.

"우리 같은 경력을 가진 놈들도 많아서 괜히 신경 쓰지 않아도 되고, 화기애애한 즐거운 직장이야."

"아니…… 저는, 일단 지금 하는 일을…….

다시 교도소에 들어가면 버티지 못할 것이다.

"그래? 아쉽네. 만약 마음이 바뀌면 언제든지 연락해. 소개할 테니까. 아, 마가키 군 휴대전화 번호 알려줘."

마에조노가 주머니에서 휴대전화를 꺼냈다. 연락처를 가르쳐주기가 껄끄러웠지만 거절할 이유가 생각나지 않았다. 하는 수 없이 서로 휴대전화 번호를 교환했다.

"한 군데 더 들를까?"

"아뇨……. 이제 더는 못 마실 것 같아요."

너무 깊이 관여하지 않는 편이 낫다고 머릿속에서 경종이 울렸다.

"술집 말고 여기."

마에조노가 주머니에서 종이를 꺼내 테이블에 올려놓았다. 근처에 있는 퇴폐 안마방 할인권이다.

"어때?"

아까까지는 머릿속에서 집에 갈 핑계를 생각했건만 할인권을 보니 고민이 되었다.

요 며칠 동안 느닷없이 사람의 살갗과 온기가 그리웠다. 아야카와 마주친 탓일까.

아야카가 머리에서 떠나질 않는다. 오랫동안 그리워했지만 실제로 눈앞에 나타나자 어떻게 대해야 할지 몰라 막되게 굴고 말았다.

마지막 질문에 대답해주지 않은 그녀의 모습이 머릿속에 아른거려 그날 이후 서글픈 감정에 시달리고 있다.

결국 선술집을 나와 마에조노와 함께 근처 퇴폐 안마방에 들어갔다.

할인권만 주는 줄 알았더니 "늦었지만 출소한 거 축하해" 하고 마에조노가 쇼타의 몫까지 내주었다.

접수처의 파이프 의자에 앉아 기다리고 있자 마에조노가 먼저 방으로 불려갔다. 혼자 남은 쇼타는 딱히 할 일이 없어서 근처에 놓인 잡지를 손으로 팔랑팔랑 넘겼다.

성욕이 쌓였을 터인데 여자의 알몸 사진을 아무리 봐도 흥분되지 않았다.

불안한 마음으로 기다리고 있자 접수처에 대놓은 가명이 불렸다. 점원의 재촉을 받으며 방으로 향했다. 문을 노크하고 열자 어둑한 방에서 캐미솔 차림의 여자가 맞아주었다.

"안녕하세요. 루미라고 해요."

쇼트커트의 예쁘장한 여자였다. 그녀가 내 손을 잡고 좁은 침대에 앉혔다. 오랜만에 느끼는 사람의 부드러운 살갗과 온기에 심장이 쿵쾅댔다.

"이름이 뭐예요?"

여자가 쇼타 앞에 무릎 꿇고 앉아 옷을 벗기며 물었다.

"스기모토요……."

접수처에서 댔던 가명을 그대로 말했다.

"스기모토 씨는 몇 살이야?"

"스물다섯."

"아, 그렇구나. 루미랑 동갑이네. 몇 월생?"

"7월."

"그래? 나는 8월이니까 스기모토 씨가 조금 선배네."

여자가 미소를 지으며 쇼타의 속옷에 손을 댔다.

속옷이 벗겨진 그곳을 내려다봤지만 역시 반응이 없다.

"술을 많이 마셨으니까 잘 안 되더라도 신경 쓰지 마."

"아, 그런 소리 하기 없기. 스기모토 씨는 루미 스타일이니까 열심히 해줄게."

알몸이 된 쇼타의 허리에 수건을 두르고는 여자가 일어나서 캐미솔을 벗었다.

몸매는 가는데 가슴은 상상했던 것보다 풍만했다. 흰 살결에 예쁜 분홍색 유두가 욕정을 자극한다.

여자도 수건을 두르고 쇼타를 밖에 있는 샤워실로 이끌었다. 여자가 몸 구석구석을 씻어주는 사이에 쇼타의 그것이 조금씩 부풀어 오르는 것을 알 수 있었다.

"이것 봐, 문제없잖아."

여자의 손길에 몸을 맡기며 따뜻한 물줄기를 맞았다. 간단히 씻겨준 뒤 먼저 가 있으라는 여자의 말에 쇼타는 방으로 돌아갔다. 좁은 침대에 천장을 보고 누웠더니 여자가 들어왔다. 몸에 수건을 두른 채 쇼타의 몸에 올라타 얼굴을 가까이 가져온다. 몸을 내맡기고 입을 맞추자 여자가 입속에 혀를 집어넣어 쇼타의 혀를 휘감았다. 여자는 휘감았던 것을 입에서 꺼내 쇼타의 상체를 혀끝으로 부드럽게 애무했다.

눈을 치뜨고 자신을 보는 큼직한 눈동자에 쇼타는 그녀가 왜 이런 일을 할까 생각했다. 길거리를 다녀도 흔히 볼 수 없는 예쁜 여자다. 윤락 업소 외에 다른 곳에서 일할 수 없는 이유라도 있는 걸까. 아니면 일반적인 일로는 벌 수 없는 큰돈이 필요한 사정이 있는 걸까.

여자의 오른손에 눈길이 멈추었다. 하얀 손목에 흉터가 줄줄이 가 있다. 사연 있는 여자인 듯하다.

여자가 허리에 두른 수건을 풀고 쇼타의 그것을 입에 머금었다. 온몸에 쾌감이 차올라, 그것이 단단해지며 우뚝 섰다. 쇼타는 쾌감의 파도에 휩쓸려 눈을 감았다.

과거의 친구를 잃었다 해도, 원하면 누군가와 어울릴 수 있다. 마에조노나 이 순간 자신을 다정하게 치유해주는 여자처럼.

여자가 아야카만 있는 것도 아니다. 아야카를 잃어도 자신에게 어울리는 여자가 어딘가에 반드시 있을 것이다.

스스로도 잊고 싶어 하는 과거를 모르는 여자가……, 만약 내 죄를 알게 되어도 대수롭지 않게 여기는 여자가…….

"으윽……으으……."

쾌감이 절정에 달하려던 그 순간 감은 눈꺼풀 뒤로 노인의 얼굴이 떠올랐다.

이쪽을 향해 뻗어온 가느다란 손에 심장을 움켜잡혀, 눈을 뜨고 상체를 일으켰다. 시야에 비친 여자가 입에 문 것을 뱉고 놀란 듯이 고개를 들었다.

"왜 그래?"

여자의 목소리를 들으며 쇼타는 어둑한 실내를 둘러봤다.

그 노인은 어디에도 없다. 있을 리가 없다.

"아니…… 아무것도 아니야."

쇼타는 대답하며 자신의 사타구니를 봤다. 조금 전의 터질 듯한 팽팽함은 온데간데없이 시들어 있었다.

오미야역에서 마에조노와 헤어지고 쇼타는 전철에 올라탔다. 좌석에 앉고 가방에서 책을 꺼내 펼쳤다.

마에조노에게는 덕분에 충분히 즐겼다고 했지만, 쇼타는 결국 사정하지 못했다. 노인의 망령을 본 뒤에도 시간이 끝날 때까지 여자는 최선을 다해주었지만 쇼타의 그것은 전혀 반응하지 않았다.

어떻게 하면 그 망령을 보지 않을 수 있을까. 언제쯤이면 마음에 얽힌 사슬이 풀릴까.

문득 선술집에서 마에조노가 해보지 않겠냐고 권한 일 이야기가 뇌리를 스쳤다.

'우리 같은 경력을 가진 놈들도 많아서 괜히 신경 쓰지 않아

도 되고, 화기애애한 즐거운 직장이야.'

확실히 그런 사람들과 같이 있으면 숨 막힐 듯한 이 고통에서 조금은 벗어날 수 있을지도 모른다.

내 죄를 안다 해도 대수롭지 않게 여기는 사람이나 나보다 더 심한 짓을 저지른 사람과 어울리면 이토록 괴로워할 일도 없지 않을까.

게다가 6시간 일하는데 일당이 3만 엔이라고 한다. 매일 책을 읽으며 아무리 지식을 흡수해도 지금의 일을 하는 이상 큰돈은 모이지 않는다. 이런 꽉 막혀 앞이 보이지 않는 느낌과 생활고 속에서 언제까지고 발버둥 칠 수밖에 없다.

_____ 11

어스름 속에서 여성이 이쪽을 향해 걸어온다…….

돌연 여성의 몸 한쪽에 빛이 들이쳐 그쪽을 보았다. 헤드라이트 불빛이 여성을 향해 다가가는데도 그녀는 알아차리지 못했는지 계속 이쪽으로 걸어온다.

여기로 오면 안 돼. 당장 되돌아가.

지금껏 흐릿했던 여성의 얼굴이 드러났다.

나는 이 여성을 안다. 아니, 아는 정도가 아니라 매우 소중한 사람이다. 그러나 도무지 이름이 생각나지 않는다.

이름을 부르지 못한 채 여기로 오면 안 된다고 목이 터져라 외쳤다.

그리나 내 목소리가 전혀 들리지 않는지 여성이 활짝 웃으며 이쪽을 향해 뛰어온다.

엄청난 충격음과 여성의 비명이 들린 순간, 빛에 휩싸이면서 여성의 모습이 희미해져간다.

잠시 후 시야에 흐릿한 광경이 비친다. 어딘가의 방에 있는 듯하다. 고개를 돌려보니 빛이 들어오는 창문이 보였다.

아무래도 꿈을 꾼 모양이다.

노리와 후미히사는 이불에서 몸을 천천히 일으켰다. 사방을 둘러보고 당황한다.

여기가 어디지? 내가 왜 이런 데서 자고 있을까.

혼란스러워하며 기억에 없는 방 안을 돌아다녔다. 부엌에 있는 진열장에 시선을 멈추고 다가갔다.

그 위에 올려둔 두 개의 사진을 바라보았다. 머리가 희끗희끗한 여든 살 전후로 보이는 여성이 이쪽을 보고 미소 짓는 사진과 작은 아이의 흑백 사진이었다.

이 두 사람은 도대체…… 아니, 나는 이 두 사람을 잘 안다.

기억해내려 머리를 쥐어짰다.

그렇다. 아내인 기미코와 첫째 딸인 후미코다.

후미코는 두 살 때 죽었고 아내인 기미코는······.

뭔가가 퍼뜩 떠올라 후미히사는 진열장 서랍을 열었다. 안에 들어 있는 봉투에서 서류를 꺼내 훑어보았다.

대충 훑어본 뒤 크게 낙심했다. 이런 중요한 것을 이제껏 잊고 있었다니 스스로도 당최 믿기지가 않는다.

이런 상태로는 앞날이 걱정이다 싶어 한숨이 절로 나왔다.

후미히사는 걸음을 옮겨 컵에 물을 담아 안쪽 방으로 갔다. 좌식 테이블에 컵을 내려놓자 상판에 뭔가 적혀 있는 것이 보였다.

달력에 가위표

무슨 뜻일까 잠시 생각하다 벽에 걸린 달력을 쳐다봤다. 1월 14일까지는 칸에 가위표가 되어 있다.

아차, 하고 생각나 테이블에 둔 매직을 들고 달력으로 갔다. 14일 다음인 15일 칸에 가위표를 그렸다. 오늘은 1월 16일이다.

16일 칸에 '구미 본가'라고 적혀 있다.

그 글자의 뜻을 잠시 생각해보았다. 구미······ 내 딸이다. 본가······ 그렇다. 언제였는지 잊었지만 구미가 전화를 해 이날 저녁에 기타아게오에 있는 본가에 들르겠다고 했다. 올해 설날에 일이 있어서 못 왔기 때문에 사위인······ 이름은 기억나지 않지만, 아무튼 부부가 얼굴을 비치겠다고 했다.

거기까지 기억해낸 것에 만족하며 부엌에 갔다. 어제 저녁에 먹다 남긴 도시락을 냉장고에서 꺼내 마저 먹었다.

저녁까지 시간은 있지만 일찌감치 집에 가 있는 편이 나을 것이다.

식사를 마치고 싱크대에서 도시락 통을 씻고 외출 준비를 시작했다. 진열장 위의 두 사진과 곁에 있는 글자가 적힌 물건을 가방에 넣고 집을 나섰다.

열쇠로 문을 잠그고 지팡이를 짚으며 걸음을 옮기자 뒤에서 무슨 소리가 났다. 뒤돌아보니 내 집의 옆옆집에서 젊은 남자가 나오고 있었다.

아까 본 서류의 사진 속 남자임을 바로 알아보았다.

마가키 쇼타.

마가키가 문을 열쇠로 잠그고 내 옆을 지나쳐 갔다.

후미히사는 지팡이를 짚으며 마가키의 뒤를 열심히 따라갔다. 마가키의 뒷모습이 점점 멀어지지만 놓치지 않도록 부지런히 걸음을 옮겼다.

숨이 차올라 더 이상 빠르게 걷는 것은 한계임을 느끼기 시작했을 때 남자의 모습이 건물 안으로 사라졌다.

후미히사는 걸음을 멈췄다. 호흡을 가다듬고 다시 마가키 쇼타가 사라진 쪽으로 걸어갔다. 건물에 들어가 사방을 둘러보았다. 곳곳에 책장이 늘어서 있다. 도서관이다.

어느 도망자의 고백

후미히사는 관내를 돌다 책장 앞에 서 있는 마가키를 발견했다. 책을 뽑아 읽고 있는 마가키에게 자연스럽게 접근했다.

남자의 옆얼굴을 살펴보니 진지한 표정으로 책을 읽고 있었다. 시선을 조금 옮기니 《편하게 벌 수 있는 주식 투자株式投資》라는 제목이 눈에 들어왔다.

뒤의 네 글자는 한자가 어려워서 무슨 뜻인지 모르지만, 앞의 글자는 이해할 수 있다.

이 남자는 자신이 범한 죄로 인해 고통받고 있지 않는 걸까.

아니, 지금 판단하기에는 이른 것이 아닐까. 모처럼 이 남자 옆에서 생활하고 있다.

이 남자에 대해 더 알아야 한다. 그러기 위해서는 어떤 계기가 필요하다.

하지만 지금은 때가 아니라는 생각에 후미히사는 그 자리를 벗어났다.

_____ 12

구리야마 아야카는 역에서 나와 어둑한 길을 지나 쇼타의 집으로 향했다.

고민한 끝에 다시 만나러 가기로 했지만, 쇼타에게 어떻게 이야기할지는 아직 머릿속에서 정리하지 못했다.

옛날 일을 떠올리고 싶지 않다는 것은 쇼타의 본심이리라. 그리고 그것을 떠오르게 하는 아야카를 만나고 싶지 않다는 것도.

자신의 죄를 알고 있는 아야카가 가까이 있으면 쇼타는 항상 죄책감에 시달리며 살아야 한다. 그것은 아야카도 마찬가지다. 이대로 쇼타의 존재를 잊고 그 사건을 잊어버리는 편이 서로에게 좋지 않을까 하는 생각이 들었다.

다만 정말 그래도 괜찮겠느냐고 또 하나의 내가 마음에 강력히 호소한다. 다쿠미라는 세상에서 가장 소중한 존재가 있는 한 쇼타도, 그 사건도 잊지는 못할 것이다. 적어도 그리 쉽게 도망쳐서는 안 되지 않을까.

집 앞에 도착한 아야카는 102호실 초인종을 눌렀다. 응답이 없다. 어쩌면 문구멍으로 자신이 온 것을 확인하고 집에 없는 척을 하는 걸지도 모른다고 생각해 문을 두드리면서 "쇼타, 있어?" 하고 여러 번 불렀다.

문득 가까이서 인기척을 느끼고 아야카는 그쪽을 봤다.

지팡이를 짚은 노인이 이쪽을 물끄러미 보고 있다. 듬성듬성한 흰머리에, 깊은 주름과 검버섯이 가득한 얼굴. 아흔 살에 가까운 나이가 아닐까. 옆옆집의 활짝 열린 문에서 빛이 새어 나오는 것으로 보아 그 집 주민인 듯하다.

"밤늦게 시끄럽게 해서 죄송합니다."

아야카가 사과하고 잠시 후, 노인이 지팡이를 땅에 짚고 발길을 되돌려 빛이 새어 나오는 쪽으로 걸어갔다.

걸음걸이가 위태로워 지켜보고 있자 노인이 문 바로 앞에서 넘어졌다.

"괜찮으세요?"

아야카는 노인에게 뛰어가 몸을 부축해 일으켜 세웠다. 노인은 아픈지 얼굴을 찡그리고 다리를 질질 끌다시피 하면서 집 안으로 들어가려 했다.

"실례인 줄은 알지만 저도 같이 들어갈게요."

아야카는 양해를 구하고 집으로 들어갔다. 노인이 샌들을 벗는 것을 돕고 같이 복도를 올라서서 몸을 부축하며 더 안쪽으로 들어갔다. 다다미 여섯 장 크기의 방에 좌식 의자가 있어 일단 노인을 그곳에 앉히고 다친 곳은 없는지 살펴봤다. 오른쪽 팔꿈치에 피가 나고 있었다.

"구급상자 있나요?"

아야카의 물음에 노인은 멍한 눈을 하고 고개를 갸웃했다.

부엌에 진열장이 있지만 허락 없이 찾아보는 것도 예의가 아닌 것 같았다.

역에서 여기로 오는 길에 약국이 있던 것이 생각나 아야카는 일어섰다.

"약을 사 가지고 금방 올게요."

아야카는 현관으로 가서 신발을 신으며 부엌 진열장을 흘끗 살폈다. 진열장 위에 나이 지긋한 여성의 컬러 사진과 성별을 알 수 없는 작은 아이의 흑백 사진이 놓여 있다. 그 뒤로 위패가 있는 것으로 보아 영정 사진인 모양이다. 아내와 자식일까 하는 생각을 하며 집을 나섰다.

약국에서 소독약과 거즈와 큰 반창고를 사서 집으로 돌아와 노인에게 말을 건네며 상처를 치료했다.

"쓰리지 않으세요?"

아야카의 물음에 노인이 고개를 갸웃했다.

"여기, 아프지 않으세요?"

거즈를 댄 팔꿈치를 가리키며 표현을 달리해서 다시 묻자, 노인이 고개를 끄덕였다.

"혼자 사시나 봐요?"

"으응……."

"성함이 어떻게 되세요?"

"야마다……."

"야마다 씨는 여기서 오래 사셨어요?"

"얼마 안 되었……을걸……."

애매한 대답이었다. 아마 경도의 인지 장애를 앓고 있지 않을까. 아야카가 일하는 곳은 고령자 의료에 충실한 병원이라 그런 사람들이 눈에 많이 띈다.

어느 도망자의 고백

집에 있는 가재도구가 새것 같으므로 이사한 지 얼마 안 되었을 것이다. 노인을 보며 왜 이곳에서 살게 되었을까 상상했다.

테이블 위에는 먹다 남은 배달 도시락이 놓여 있다. 이 나이에 혼자 사느라 많이 힘들겠구나 싶었다.

반창고를 붙이고 "옷이 얇은 것 같은데 춥지 않으세요?" 하고 물었다.

야마다가 고개를 끄덕이기에, 아야카는 다다미방 위에 널려 있는 스웨터를 손으로 집어 야마다의 곁에 두었다. 그러고는 소독약과 반창고 상자를 가방에 넣고 일어났다.

"어디 아프시면 병원에 가셔야 해요."

아야카가 말하자, 노인이 고개를 끄덕이고 "고맙네" 하고 말했다.

현관에 가서 신발을 신고 집에서 나왔다. 문을 닫고 뒤돌아봤을 때 쇼타가 이쪽으로 오고 있는 것이 보였다.

눈이 마주치자 쇼타가 흠칫 놀란 듯 걸음을 멈췄다. 이쪽으로 등을 돌리고 걷기 시작한 쇼타에게 "기다려!" 하고 소리쳤다.

"할 이야기가 있어."

아야카가 말하자, 쇼타가 이쪽을 돌아보았다. 하는 수 없다는 표정으로 가까이 왔다.

"뭔데?"

쇼타의 날카로운 눈초리에 몸이 움츠러들었다.

"금방 끝날 이야기가 아니야. 추우니까 집에 들여보내줘. 거절해도 계속 올 거야."

쇼타가 한숨을 쉰 뒤 주머니에 손을 푹 찔러 넣고 문으로 향했다. 주머니에서 꺼낸 열쇠로 문을 열고 말없이 안으로 들어갔다. 아야카도 쇼타의 뒤를 따랐다.

아까 그 집과 똑같은 구조다. 가재도구도 거의 같지만 옆집에는 있던 TV와 진열장이 없었다. 깔아놓고 치우지 않은 이불 위에 쇼타가 책상다리로 앉고, 아야카는 좌식 테이블을 사이에 두고 맞은편에 앉았다. 테이블 위에는 편의점 도시락과 빈 페트병과 주식에 관한 책이 놓여 있었다.

"……그래서?"

쇼타가 턱에 손을 대고 몸을 내밀었다.

"친구가 될게."

이쪽을 바라보며 쇼타가 의아해하는 얼굴로 고개를 갸웃했다.

"지난번에 쇼타, 네가 그랬잖아. 너랑 친구가 되고 싶다는 사람이 얼마나 있겠느냐고."

아야카가 덧붙여 말하자 쇼타가 코웃음을 쳤다.

"연인 사이로는 돌아갈 수 없지만 친구라면 될 수 있다, 이런 뜻인가?"

"앞일은 어떻게 될지 몰라."

언젠가 다쿠미와 쇼타에게 진실을 밝히는 날을 상상한 적도 있다. 다만 지금은 그렇게 할 수 없는 데다 너무 많은 것을 바라서는 안 된다고 생각했을 뿐이다.

"동정하지 마."

쇼타가 그렇게 말하며 손으로 내치는 시늉을 했다.

"동정 아니야."

"그럼 뭐 때문에 나 같은……."

"그날 운전을 한 건 내가 보낸 문자 때문이었잖아."

쇼타의 말을 가로막듯이 말했다. 잠시 서로를 쳐다보았지만 쇼타는 대답하지 않았다.

"'지금 당장 날 보러 오지 않으면 헤어질 거야' 하고 문자를 보내서, 술을 마셨는데도 운전하기로 한 거잖아. 재판에서는 그 이야기를 하지 않은 것 같지만."

어떻게 알고 있느냐는 듯이 쇼타가 미간을 찌푸렸다.

"그래서 죄책감을 느낀다는 건가?"

"내가 그 문자를 보낸 탓에 쇼타의 인생이 크게 바뀌었잖아. 아무 생각 없을 리 없잖아."

"운전할 생각을 한 건 나고, 그 사람을 친 것도 나야. 아야카, 너와는 관계없어."

"관계없지 않아. 나, 알고 있었어……. 그날 밤 쇼타가 아르바이트 끝나고 사야마 일행이랑 술 마신 거."

쇼타가 놀란 듯이 눈을 휘둥그렇게 떴다.

"셋이서 선술집에 들어간 걸 봤어. 그걸 알고도 그 문자를 보낸 거야."

"왜……."

"나에 대한 쇼타의 마음을 확인하고 싶었어. 음주 운전을 할 줄은 몰랐지만, 택시를 타거나 몇 시간씩 걸어서라도 나를 보러 와줄지 아닐지……. 중요하게 할 이야기가 있었으니까."

그렇게 말하자 쇼타가 뭔가 생각났다는 듯이 시선을 들었다. 바로 되돌리고 입을 열었다.

"그러고 보니 내가 약속을 직전에 취소했을 때, 중요한 이야기가 있다고 했지. 뭐였어?"

말해야 할지 순간 망설였다.

"옛날 일이라 잊어버렸어. 어쨌든 내가 쇼타를 시험하는 짓을 해서 그런 일이 생긴 거야. 그 사실은 내 안에서는 변하지 않아. 앞으로도 죄의식을 품고 살아가겠지. 그러니까…… 나를 위해…… 나 스스로가 마음 놓고 행복해도 된다고 생각할 수 있도록 쇼타가 다시 일어섰으면 좋겠어. 그렇게 되도록 친구로서 돕고 싶어."

똑바로 쳐다보며 말하자 쇼타가 고개를 숙였다.

"안 될까?"

그 물음에 반응하듯 쇼타가 고개를 들었다.

"……알겠어."

쇼타가 중얼거리듯 대답했다.

_____ 13

버스가 오미야역 앞에서 멈추자 마가키 쇼타는 읽고 있던 책자를 가방에 넣었다. 버스에서 내려 아르바이트생 몇 명과 가볍게 인사를 나누고 역으로 들어갔다.

아야카와 친구가 된 지 2주째다. 관리영양사로 열심히 일하는 아야카를 볼수록 이대로 일용직을 계속해도 될까 하는 의문에 뭔가 자격증을 따야겠다 싶어 조금 전까지 알아보던 참이었다. 하지만 가령 자격증을 딴다 해도 그 후의 일을 생각하면 역시 망설여졌다.

자격증을 딴다면 가급적 다른 사람과 만나지 않는 일이 좋다. 기업이나 조직에 속하지 않고 혼자서 할 수 있는 일 말이다. 예를 들어 법무사나 세무사 같은 일은 어떨까 싶었지만, 의뢰인이 쇼타의 이름을 듣고 그 사건을 알아차릴 가능성이 있다. 인터넷에 글을 올리기라도 하면 고생해서 딴 자격증도 물거품이 된다.

결국 마가키 쇼타로 사는 한 불안감에서 벗어난 상태로 취업하는 것은 어려울 것이다.

괜히 고집부리지 말고 어머니의 무라카미 성을 사용해야 하지 않겠느냐고 또 하나의 내가 마음속에서 호소한다.

아버지에게는 미안하지만, 앞으로 인생을 다시 시작하기 위해서는 그렇게 할 수밖에 없지 않을까.

전철역 매표소 근처로 가자 밖에서 기다리고 있는 아야카가 보였다.

"미안. 오래 기다렸어?"

가까이 가면서 말을 건네자, 아야카가 "나도 방금 왔어" 하고 고개를 가로저었다.

다시 친구가 되고 나서 네 번째로 만나는 것이다. 퇴근한 아야카와 카페에서 한 시간 정도 차를 마시고 전철을 타고 집에 갈 뿐인 시간이다.

딱 그뿐인 관계일지라도 지금까지의 무미건조한 생활이 조금 밝아진 기분이다.

카페에 들어가려는데 바지 주머니에서 진동이 느껴졌다. 휴대전화를 꺼내보니 어머니의 전화였다.

"미안, 잠깐 전화 좀."

쇼타는 아야카에게 양해를 구하고 전화를 받았다.

"여보세요…… 쇼타니?"

어머니 목소리가 들렸다.

"응. 어쩐 일이야?"

어딘지 모르게 가라앉은 듯한 목소리에 가슴속이 술렁거렸다.

"이바라키현의 네 큰아버지한테서 연락이 왔는데, 오늘 아침에, 네 아빠가 돌아가셨다는구나."

머릿속이 새하얘졌다.

"여보세요…… 쇼타, 듣고 있니?"

"아, 응……. 어…… 어떻게 된 일이야?"

겨우 말을 쥐어짰다.

"석 달 전부터 간암으로 입원했나 봐. 네 아빠가 우리한테는 절대로 알리지 말라고 했대……. 모레 5시에 요코하마의 장례식장에서 쓰야를 행한다는구나……."

어머니가 담담한 어조로 쓰야와 장례 일정과 장례식장을 알려주었다.

"나는 안 갈 건데, 아쓰코는 참석할 거야. 그러니 너도……."

"아니…… 나는 안 가……. 친척들을 볼 낯이 없어."

"무슨 소리 하는 거니? 네 아빠와 마지막으로 인사하는 자리잖니."

"응…… 그건 알아……. 그런데 분명히 다들 날 만나고 싶어 하지 않을 거야. 일단 연락해줘서 고마워. 그럼……."

뒷부분은 재빨리 말하면서 전화를 끊었다.

아버지가 돌아가셨다.

휴대전화를 바라보며 새삼 그 사실을 곱씹었다.

"무슨 일이야?"

그 목소리에 정신이 들어 쇼타는 아야카를 봤다.

"오늘 아침에, 아빠가 돌아가셨대."

아야카가 눈을 동그랗게 떴다.

"간암이었대. 나 때문에 술독에 빠져 지냈나 봐."

부모님이 이혼하고 어머니와 누나가 구마모토에서 지내는 것은 얼마 전에 이야기했지만, 아버지가 술독에 빠졌다는 이야기를 하는 것은 처음이다.

"장례식은 언제야?"

"모레가 쓰야고, 글피가 장례식과 고별식이래……. 엄마는 안 가고 누나만 가나 봐."

"쇼타는?"

"엄마가 장례식장이 어딘지 알려줬는데……."

"안 가려고?"

"모레하고 글피도 일하러 가야 해……."

그것이 이유는 아니다.

"아버지 장례식에 가는 거랑 일하러 가는 거, 둘 중에 뭐가 더 중요해?"

쇼타는 그런 것쯤은 안다는 뜻으로 아야카를 노려보았다.

"무슨 낯으로 가라는 거야. 내가 오기를 바라는 사람은 아무도 없어. 누구보다 아빠가 제일 바라지 않을 거야……."

쇼타는 그렇게 말하고 입술을 깨물었다.

"정말 안 가도 되겠어? 이번이 아버지 얼굴을 볼 수 있는 마지막 기회인데도?"

아빠…….

눈물이 쏟아질 것 같아 얼른 눈을 감았다.

"쇼타!"

아야카가 어깨를 붙잡고 흔드는 바람에 쇼타는 오열을 터뜨렸다.

택시가 장례식장에 도착했을 때는 정오가 지나 있었다. 장례식은 10시부터라고 했으니 이미 출관을 마쳤을지도 모른다.

택시비를 낸 후에도 차에서 내릴 기미가 없는 쇼타를 택시 기사가 의아한 눈길로 쳐다봤다. 뒤늦게 차에서 내리자 바로 문이 닫히고 택시가 떠났다. 쇼타는 납덩이처럼 무거운 발걸음으로 땅을 밟으며 건물로 향했다.

요코하마역에 3시간 전에 도착했지만 도저히 장례식장에 갈 용기가 나지 않았다. 어제도 일을 쉬었지만 결국 쓰야에는 참석하지 않았다.

자동문이 열리고 바로 오른편에 있는 접수처로 향했다. 접수처에 혼자 서 있던 여성이 쇼타와 눈이 마주치자 놀란 듯이 살짝 뒤로 물러났다. 쇼타보다 한 살 아래인 사촌 여동생 사유리다.

"상심이 크시겠어요."

사유리가 굳은 얼굴로 말하고 쇼타가 내민 부의금 봉투를 받았다. 쇼타는 떨리는 손으로 방명록에 겨우 이름을 적어 넣은 뒤 사유리가 손짓으로 가리킨 왼쪽 문으로 향했다.

안으로 들어간 순간 제단에 걸린 아버지의 영정 사진이 눈에 들어왔다. 술독에 빠져 세상을 뜬 것이 농담처럼 느껴질 듯한, 방송에서 활약하던 시절의 기운 넘치는 얼굴의 아버지다.

출관 준비를 하고 있는지 스무 명 정도의 사람들이 관을 둘러싸고 손에 든 꽃을 그 속에 넣고 있었다.

그중 한 여성이 이쪽으로 얼굴을 돌리는 바람에 쇼타는 온몸이 뻣뻣하게 굳었다. 누나인 아쓰코의 시선을 알아차린 주변 사람들도 차례로 이쪽을 향해 고개를 돌렸다. 하나같이 놀란 표정을 하다가도 정신을 가다듬은 듯이 관으로 시선을 돌리고 꽃을 넣었다.

쇼타는 관에 가까이 가기는커녕 벽 쪽으로 물러나, 출관 준비와 아버지 영정 사진을 번갈아 보고 있을 수밖에 없었다.

관 속에 꽃을 다 넣고, 쇼타의 모습을 의아한 눈길로 살피던 승려가 사람들에게 고인과 마지막 인사를 나누도록 권했다.

관 속을 향해 뭔가를 말하던 아쓰코가 이쪽으로 고개를 돌렸다. 손수건으로 눈가를 닦으며 쇼타에게 다가왔다. 쇼타의 소맷부리를 꽉 잡고는 잡아끌듯이 관 쪽으로 데려갔다.

"아빠랑 제대로 작별 인사해."

차가운 목소리에 반응해 쇼타는 관 속을 바라보았다.

형형색색의 꽃에 둘러싸인 아버지 얼굴이 바로 눈앞에 있다. 볼이 홀쭉하고 눈이 퀭해서 영정 사진 속 사람과는 마치 딴사람 같은 혈색을 잃은 아버지. 그러나 틀림없이 20년간 함께 살아온 아버지였다.

어렸을 때부터 공부하라고 잔소리하던 아버지. 시험에서 좋은 점수를 받았을 때는 환하게 미소 짓고 쇼타의 머리를 힘차게 쓰다듬던 아버지.

그러던 아버지가 이제 숨을 쉬지 않고 더 이상 쇼타에게 말을 걸어주지 않으며 쇼타의 이야기를 들어주지도 않는다.

죄송해요……, 그 한마디 말조차 이제 닿지 않는다.

쇼타는 관 속으로 오른손을 뻗었다. 딱딱하고 차가운 아버지 볼에 손끝이 닿는 순간, 가슴속에서 격한 감정이 치밀어 올랐다. 목구멍에서 폭발하듯 터져 나왔다.

스스로도 뜻을 알 수 없는 소리를 지르며 관에서 물러나 장례식장을 뛰쳐나왔다. 눈물이 앞을 가리는 와중에도 애써 화장실을 찾아 뛰어들었다. 화장실 칸에 들어가 문을 닫고 변기에 엎드려 목 놓아 울었다.

죄송해요…… 죄송해요…… 나 때문에 죄송해요…….

어머니에게는 여러 번 한 말을 아버지에게는 한 번도 하지 못했다.

아버지에게 사죄하고 싶었다. 왜 여태껏 하지 않았을까. 면회를 와주지 않아도 내가 편지를 보낼 수는 있었다. 출소하고 나서 아버지 휴대전화에 전화를 걸 수도 있었다. 그런데 나는 아무것도 하려고 들지 않았다.

아무리 울어도, 아무리 부르짖어도, 아무리 원통해해도 이미 늦었다.

세상을 떠난 사람에게는 아무것도 전할 수 없고, 세상을 떠난 사람의 마음은 그 무엇도 전해지지 않는다.

그런 당연한 것을 이제야 깨달았다.

누군가 화장실 문을 두드려 쇼타는 고개를 조금 들었다.

"괜찮니?"

큰아버지 목소리였다.

"……괜찮아요."

"너한테 줄 게 있다."

"알겠어요. 금방 갈게요."

바깥문을 열었다 닫는 소리가 들려 쇼타는 소맷부리로 눈물을 닦으며 일어섰다. 세면대에서 얼굴을 씻고 화장실을 나왔다.

큰아버지에게 갔더니 윗도리 안주머니에서 봉투를 꺼내 건네주었다. 봉투 앞면에 뱀이 기어가는 듯한 글씨로 '마가키 쇼타 앞'이라고 쓰여 있다.

"네 아빠가 눈을 감은 뒤 병실에서 찾았다. 네 주소를 몰라서 못 보냈는지, 아니면 보낼지 안 보낼지 고민하는 사이에…… 그리된 건지는 모르겠지만."

봉투는 봉해진 상태였다. 보내는 사람 칸에는 아버지 이름과 요코하마 주소가 쓰여 있었다.

"아쓰코하고 같이 차 타고 가서 아빠를 보내드리렴."

큰아버지가 그렇게 말하고 영정 사진과 위패를 안고 있는 아쓰코에게 눈길을 보냈다.

아쓰코에게 조심스럽게 다가가자 표정의 변화 없이 위패를 내밀었다. 쇼타는 그것을 두 손으로 감싸듯 들고 아쓰코를 따라 건물에서 나갔다.

남자들이 영구차에 관을 싣고 상주인 큰아버지가 인사를 한 뒤 쇼타는 아쓰코와 함께 차에 올라탔다. 아쓰코는 조수석에, 쇼타는 그 뒷좌석에 앉았다. 옆에 있는 관을 보고 있자 차가 출발했다.

"이런 상황에서 말하고 싶지는 않은데……."

아쓰코의 목소리가 들려 쇼타는 관에서 조수석으로 시선을 옮겼다.

"앞으로 만날 일이 없을 테니 지금 말할게. 우리 가족은 너 때문에 불행해졌어. 그런데 가장 불행한 건 우리도, 더욱이 너도 아니야."

그 말이 가슴에 무겁게 울렸다.

아버지가 그랬듯이 노리와 기미코라는 여성에게도 인생이 있었다. 그대로 살아 있었더라면 전하고 싶은 것이 많았을 테고, 그녀가 뭔가 전해주기를 바라는 사람도 많았으리라.

그 기회를 내가 빼앗았다.

게다가 노리와 기미코의 가족이나 친했던 사람들은 아마 내가 아버지에게 한 것처럼 그녀의 마지막 얼굴을 보지도 못한 채 화장해야 했다.

나는 얼마나 큰 죄를 저지른 걸까.

그로 인해 나는 교도소에 5년 가까이 들어가게 되었지만 그 큰 죄에 상응하는 벌이었을까.

"누나가 동생한테 해주는 마지막 말이야."

쇼타는 고개를 푹 숙이고 관에 한 손을 갖다 댔다.

나는 앞으로 어떻게 해야 할까.

지금껏 살아온 가운데 아버지에게 가장 묻고 싶은 질문에 대한 답은 영원히 들을 수 없다.

집으로 돌아온 쇼타는 아무런 기력도 일지 않아 방바닥에 주저앉았다.

관 속의 아버지 얼굴이 머리에 박혀 떠나지 않는다.

이제 아버지와 이야기할 수 없다. 이제 내 말은 아버지에게 닿지 않는다.

화장터를 나와 이곳에 돌아오기까지 수없이 반복한 생각을 다시금 곱씹었다.

윗도리 안주머니에 넣어둔 봉투를 꺼냈다. 봉투에 쓰인 '마가키 쇼타 앞'이라는 글자를 바라본다. 내가 아는 아버지는 달필이었다. 성치 않은 몸이지만 어떻게든 손을 움직였을 것이다.

그런 상황에서 내게 어떤 편지를 썼을까.

개봉하려다 손을 멈췄다.

아버지가 내게 어떤 말을 남겼는지 알고 싶다. 하지만 읽기가 너무 무섭다.

만약 나를 탓하는 내용이 쓰여 있다면, 나를 낳은 것을 후회하는 내용이 쓰여 있다면 나는 평생 다시 일어서지 못할 것이다.

초인종 소리가 울려 쇼타는 봉투를 테이블 위에 놓고 일어섰다.

아야카일까. 쇼타가 걱정되어 온 걸지도 모른다.

현관에 가서 문을 열자 눈앞에 지팡이를 짚은 노인이 서 있었다. 심하게 굽은 허리로 그곳에 서 있는 것만으로도 괴로운 듯이 몸을 바르르 떨고 있다. 얼핏 보기에 아흔 살은 되어 보였다.

"저…… 무슨 일이세요?"

쇼타가 물었다.

"104호실의 야마다라고 하는데…… 이걸…… 부탁해도 되겠는가?"

노인이 그렇게 말하고 지팡이를 쥐지 않은 손을 들어 보였다.

상자에 든 형광등이었다. 아마 이 연립주택의 주민으로, 형광등을 갈아달라는 것이리라.

"알겠습니다. 잠깐 기다리세요."

쇼타는 안쪽 방으로 들어가 열쇠를 챙겨 집을 나섰다. 열쇠로 문을 잠그고 비틀비틀 걷는 노인을 따라갔다. 문을 연 노인의 권유로 쇼타는 104호실에 들어갔다. 노인은 안에서 현관문을 잠그고 샌들을 벗고 안쪽 방으로 향했다. 쇼타도 뒤따라가자 다다미 여섯 장 크기의 방 형광등이 깜빡이고 있었다.

노인에게 상자를 받아 들고 새 형광등을 꺼내 갈았다. 헌 형광등을 건네자, 노인이 "고맙네" 하고 환한 얼굴로 말했다.

"대접할 게 아무것도 없는데, 귤이라도 먹고 가지."

노인이 손으로 테이블을 가리키고 좌식 의자에 앉았다.

소쿠리에 한가득 담긴 귤을 본 순간, 어떤 광경이 뇌리에 되살아났다.

쇼타는 고개를 끄덕이고 노인의 맞은편에 앉았다. 손을 뻗어 귤을 집어 바라보았다.

"귤을 싫어하나?"

그 목소리에 노인을 쳐다봤다. 고개를 가로젓고 귤껍질을 벗겼다.

쇼타는 그 정도까지는 아니지만 아버지는 귤을 많이 좋아했다. 특히 겨울이면 아버지가 고타쓰에 다리를 집어넣고 앉아 귤을 맛있게 먹는 모습을 자주 봤다.

아버지는 이제 귤을 먹지 못한다. 그 현실을 곱씹느라 좀처럼 귤을 입에 넣을 수가 없었다.

"법사가 있었나?"

노인의 물음에 귤에 시선을 고정한 채 고개를 끄덕였다.

"아버지 장례식이요."

"그래……. 그런 때 이런 부탁을 해서 미안하네."

"아뇨……. 아버지가 귤을 좋아하셨어요. 마지막으로 드신 게 언제였는지……."

생판 남에게 왜 이런 이야기를 하는지 스스로도 알지 못했다. 아니, 남이기 때문에 아버지 이야기를 할 수 있는 걸지도 모른다.

"임종을 지켰는가?"

고개를 내저은 순간 눈앞이 번져 보였다. 목구멍을 넘어오는 떨림을 애써 억누르려 했다.

아버지는 나 때문에 돌아가셨다. 내가 아버지 인생을 망치고 말았다.

그 일만 없었더라면 하고 싶은 일이 많았을 텐데. 그러기 위해서 젊은 시절부터 노력해왔을 텐데. 그리고 소중한 가족과 떨어져 술독에 빠져 지내는 일도 없었을 것이다.

"나였으면 좋았을 텐데……."

가슴 깊은 곳에서 말이 새어 나왔다.

죄 많은 내가 아버지 대신 죽었으면 좋았을 텐데…….

"무슨 뜻인가?"

뿌옇게 번진 시야 속에서 노인이 몸을 내미는 것을 알 수 있었다.

"아버지는 훌륭한 사람이었어요……. 나 때문에……."

쇼타는 더 이상 말을 잇지 못하고 그 자리에 엎드려 엉엉 울었다.

그런 쇼타를 노인은 한동안 내버려 두었다.

　어느 도망자의 고백

제 3 장

_____1

 나가오카 신지로는 기타모토역에서 내려 연립주택으로 향했다. 전철 안에서 그랬듯이 노리와 후미히사에게 어떻게 말을 꺼낼지 생각했다.

 노리와가 기타모토로 이사한 지 두 달 가까이 되었다. 지금까지는 일주일에 이틀 정도 노리와의 집을 방문해 그의 모습을 살폈지만, 앞으로는 그것도 어려워질 것 같다.

 며칠 전 교사 시절부터 친구로 지낸 오카자키에게 술 마시러 가자는 연락이 왔다. 오카자키는 신지로와 같은 해에 정년퇴직을 했지만, 한가롭게 지내는 자신과 달리 그 후 제 손으로 프리스쿨을 세웠다는 소식을 술자리에서 들려주었다.

프리스쿨은 등교 거부아를 위한 민간 시설로, 오카자키는 교사 경험이 있는 신지로에게 함께 일하자고 간곡히 부탁했다.

오카자키가 들려준 프리스쿨 이야기에 신지로는 상당한 흥미를 느꼈다. 그렇지 않아도 정년퇴직을 한 지 4년이 흘러 남아도는 시간을 주체하지 못하는 것에도 제법 지친 상태였다. 그 제안을 꼭 받아들이고 싶지만 노리와가 마음에 걸려 대답을 보류했다.

프리스쿨에서 일하게 되면 지금껏 그래왔듯이 노리와의 모습을 살피러 갈 수가 없다. 체력을 생각하면 한 달에 한두 번 찾아가는 것이 고작일 것이다.

최근 노리와의 모습을 보면 점점 불안해진다. 건망증이 심해졌는지 똑같은 질문을 반복하고 대화가 어긋나는 일도 많다. 어쩌면 익숙지 않은 생활을 한 탓에 치매의 진행이 빨라진 것이 아닐까 싶어, 마사키 남매에게 비밀로 하고 보증인이 된 것을 후회하기 시작했다.

그 말을 어떻게 꺼낼지 결정하지 못한 채 노리와의 집에 도착했다. 초인종을 여러 번 눌러도 응답이 없다.

"선생님, 계십니까? 나가오카입니다."

문을 두드리며 불러봤지만 역시 나올 기미가 보이지 않는다.

열쇠를 꺼내 구멍에 넣고 돌렸지만 문이 열리지 않는다. 원래 잠겨 있지 않았던 것이다. 다시 열쇠를 돌리고 안으로 들어갔다.

"선생님, 실례하겠습니다" 하고 말하며 복도에 올라섰다. 안쪽에서 큰 소리가 들린다. TV 소리인 듯하다.

안쪽의 큰방으로 가보니, 좌식 의자에 앉아 TV를 보고 있던 노리와가 이쪽으로 고개를 돌리고 흠칫 놀란 듯이 몸을 뒤로 뺐다.

"뉘십니까?"

딱딱하게 굳은 표정으로 묻는 노리와를 바라보며 신지로는 경악했다.

"선생님, 무슨 그런 농담을…… 나가오카예요."

신지로가 말하자, 퍼뜩 정신이 들었는지 표정이 밝아졌다.

"미안, 미안하네. 잠깐 장난을 쳐본 것뿐이야."

노리와는 그렇게 말하고 웃었지만, 조금 전의 놀란 표정은 장난이 아니었음을 알 수 있었다.

"건강은 좀 어떠십니까?"

신지로는 그렇게 물으며 집 안을 둘러보았다. 여기저기에 벗어 던진 옷이며 빈 페트병 등이 널려 있었다. 심지어 빈 컵라면 용기에는 동전이 가득 담겨 있었다. 예전부터 그러기는 했지만 더 많아졌다.

예전에는 동전이 왜 자꾸 늘어나는 걸까 이상했지만, 치매가 진행되면 계산이 서툴러지는 '계산 능력 저하' 증상이 나타난다는 것을 며칠 전 인터넷으로 알게 되었다.

"글쎄, 뭐더라…… 그거로군."

노리와가 그렇게 말하고 머리를 긁적였다.

"그거, 라 하시면?"

"글쎄, 여러 가지 말이네……."

대화가 어긋나고 있다.

"오늘은 선생님께 드릴 말씀이 있어서 왔습니다."

신지로는 그렇게 말하며 노리와의 맞은편에 앉았다. 노리와
는 신지로에게 관심이 없다는 듯 TV 쪽을 보고 있다.

"죄송합니다" 하고 말하며 좌식 테이블의 리모컨을 쥐고 음량
을 낮췄다. 그런데도 노리와는 TV에서 시선을 떼지 않았다.

"선생님."

큰 소리로 부르자 노리와가 고개를 천천히 돌렸다.

"지금까지는 일주일에 두 번 정도 찾아뵈었습니다만, 앞으로
는 그렇게 하기 어려워질 것 같습니다."

되도록 큰 소리로 천천히 말했다. 노리와가 이쪽을 보며 고개
를 기울였다.

"실은 친구가 프리스쿨에서 함께 일하지 않겠느냐고 해서…….
저도 꼭 그 제안을 받아들이고 싶습니다. 다만 거기서 일하기 시
작하면 예전처럼 이곳에 자주 못 오게 되어……."

"프리스쿨?"

"등교 거부아를 위한 시설입니다."

"등교 거부?"

"학교에 가지 못하는 학생들을 뜻합니다."

"왜 가지 못하나? 학교에?"

"이유는 다양합니다. 괴롭힘을 당하거나, 학교 공부를 따라가지 못하게 되거나, 가정 사정으로 갈 수 없게 되거나. 프리스쿨에서 일하는 것으로 새로이 제 뜻을 이루고 싶습니다."

"자신의 뜻을 이룬다……."

노리와가 중얼거리며 고개를 숙이더니 바로 시선을 되돌려 고개를 끄덕끄덕했다.

"그래서…… 이곳을 정리하고 기타아게오의 원래 집으로 가시면 어떻겠습니까?"

노리와가 고개를 갸웃했다.

"프리스쿨에서 일하게 되면 저는 이곳에 한 달에 한두 번밖에 못 오게 됩니다. 선생님이 조금 걱정됩니다."

"괜찮네."

"적어도 마사키나 구미에게 이곳에서 지내고 계시는 것을 알려두면……."

"그건 안 돼!"

노리와의 노성에 놀라 신지로는 뒤로 나자빠질 뻔했다.

"나는 여기서 한 발짝도 못 나가네. 나를 어린아이 취급하지

말게! 혼자 있어도 아무 문제없어. 더는 할 말이 없으니 그만 가
보게."

눈앞에서 꽥꽥 소리 지르는 노리와를 보면서 신지로는 당혹
스럽기 짝이 없었다.

_____ 2

겨우 마가키 쇼타에게 답장이 와서 바로 읽었다.

아무거나 상관없어.

구리야마 아야카는 그 답장을 보며 한숨을 내쉬었다. 뭐가 먹
고 싶은지 물었는데 '아무거나'라니, 도무지 의욕이 나질 않는다.

휴대전화를 가방에 넣고 슈퍼마켓을 돌아다니며 오늘 저녁
메뉴를 생각했다. 쇼타가 좋아하는 음식은 대체로 알고 있지만,
104호실의 야마다가 좋아할 만한 것을 상상하며 머리를 쥐어
짰다. 며칠 전에는 문어 미역 초무침을 나눠주었지만 거의 먹지
않고 남겼다. 그런 것은 입맛에 맞지 않는 모양이다.

어떤 음식을 좋아하는지 물어봐도 애매한 대답밖에 돌아오
지 않아서 이것저것 시도해볼 수밖에 없다.

처음 만났을 때는 이 정도까지는 아니었지만 지금의 야마다는 인지 장애가 많이 진행된 것 같다.

질문과 대답이 어긋나기만 하고 가족에 대해 물어도 대답하지 못한다.

한 달쯤 전부터 야마다를 핑계로 일주일에 두 번 정도 쇼타의 집에 드나들게 되었다. 늘 편의점 도시락만 먹고 있는 쇼타에게 직접 요리를 해주고 야마다의 집에도 나눠주고 있다.

아야카는 다쿠미와 저녁을 먹기 때문에 음식을 만들고 야마다에게 나눠주면 바로 돌아가지만, 지금으로서는 쇼타가 이상하게 여기는 것 같지는 않다.

쇼타는 오늘도 야근인 만큼 몸보신이 되는 돼지고기 생강구이를 만들기로 했다. 쇼타가 좋아하는 낫토도 잊지 않고 바구니에 넣었다. 그리고 단호박찜이라도 만들까.

식재료를 바구니에 넣고 마지막으로 과자 코너에 들렀다. 어린아이가 좋아할 만한 초콜릿을 골라 계산대로 갔다. 값을 치르고 슈퍼를 나와 쇼타의 집으로 향했다.

쇼타의 아버지가 돌아가신 지 한 달 반이 지났다. 장례식에서 돌아온 쇼타는 아버지의 죽음을 어떻게 느끼고 있는지 전혀 말해주지 않았지만, 마음속에서 뭔가 큰 변화가 있다는 것은 그 후의 생활상을 보면 알 수 있다.

장례식이 끝나고 사흘 뒤에 쇼타는 이전까지 했던 포장, 픽킹 작업에서 야간 경비원으로 일을 바꾸고, 일주일에 4일, 2시부터 6시까지 간병직 초임자 양성 과정을 수강하기 시작했다.

이제 곧 수료 시험이 있다고 했지만 합격할지에 대한 걱정은 하지 않고 있다. 쇼타라면 괜찮을 것이다. 그러나 실제로 그 분야에 취직할 수 있을지는 전혀 알 수 없다. 쇼타의 이름을 검색하면 지금도 인터넷상에 수많은 기사와 글이 떠돌아다닌다.

내가 어떻게 할 수 있는 문제가 아니다. 지금의 나는 가끔 집에 들러 저녁을 만들고 쇼타의 희망이 이루어지기를 바라는 것밖에 해줄 수가 없다.

집에 도착해 쇼타가 준 열쇠로 문을 열었다. 부엌 싱크대 옆에 장 봐온 봉투를 내려놓고 큰방으로 갔다.

좌식 테이블에서 공부에 열중하는 쇼타를 보고 말을 걸려다 말았다.

부엌으로 돌아와 앞치마를 두르고 저녁 지을 준비를 했다. 밥은 쇼타가 이미 전기밥솥에 해놓았다. 돼지고기 생강구이와 단호박찜을 각각 반찬통에 넣고, 보온성 머그잔에 된장국을 덜어 쟁반에 받쳐 들었다. 아, 하고 생각나 아까 산 초콜릿을 앞치마 주머니에 넣었다.

"잠깐 다녀올게."

아야카는 쇼타에게 말하고 쟁반을 들고 집을 나섰다. 104호실 초인종을 누르고 잠시 기다리고 있자, 문이 천천히 열리며 목에 휴대전화를 걸고 있는 야마다가 얼굴을 내밀었다.

"뉘십니까?"

야마다가 고개를 갸웃한다. 벌써 몇 번을 들락거렸는데도 기억하지 못한다.

"102호실 사람인데요, 음식을 좀 많이 만들어서 괜찮으시면 드셔보시라고 가져왔어요."

평소에는 이쯤에서 쟁반을 받아 들고 전에 받았던 반찬통을 돌려주지만, 야마다는 "거참 고맙네"라는 말만 남기고 집 안으로 들어갔다.

들어와도 좋다는 뜻 같았다.

"실례합니다."

아야카는 쟁반을 들고 안으로 들어갔다. 부엌 진열장 위에 놓인 두 개의 영정 사진 옆에 장식된 것이 눈에 들어왔다. 컵에 작고 하얀 꽃이 꽂혀 있다.

안쪽의 방으로 가보니 야마다가 "으쌰……" 하고 좌식 의자에 앉은 참이었다.

좌식 테이블 위에 있는 도시락 뚜껑을 열어보니 아직 먹기전이었다. 그 주위에 가져온 음식을 차렸다.

"부엌의 꽃이 참 근사하네요."

아야카가 말하자, 야마다가 도시락통에서 고개를 들었다.

"기미코가 흰 꽃을 좋아하거든……."

흐뭇한 미소로 말했다.

"사모님이세요?"

야마다가 고개를 끄덕인다.

"그런데…… 후미코를 데리고 친정에 가 있어서 오늘은 외롭 구먼. 빨리 왔으면 좋겠는데."

그런 야마다를 보며 애달픈 마음이 들었다.

기억에 혼란이 와서 그렇게 생각하는 것이리라. 저 영정 사진 이 그 두 사람이라면 아무리 기다려도 다시는 돌아오지 않건만.

"저…… 휴대전화 번호 교환하지 않으실래요?"

아야카의 말에 야마다가 고개를 갸웃했다.

"목에 걸고 계신 휴대전화 말이에요. 제 번호를 저장하고 야 마다 씨의 번호도 제 휴대전화에 저장할 테니 뭔가 곤란한 일이 생기면 언제든지 전화해주세요. 물론 곤란한 일이 없어도 누군 가와 대화하시고 싶어지면 언제든지 전화하셔도 돼요."

야마다가 고개를 끄덕여 아야카는 목에 걸고 있는 휴대전화 를 가져가 자신의 번호를 저장했다.

만약을 위해 사용법을 가르쳐주고 아야카는 "또 올게요" 하 고 쟁반을 들고 부엌으로 갔다.

주머니에서 꺼낸 초콜릿을 진열장 위의 흑백 사진 앞에 올리 고, 전에 가져왔던 반찬통을 챙겨 102호실로 돌아갔다.

감은 눈꺼풀 뒤로 빛이 들어와 눈을 떴다.

사방을 둘러봐도 기미코와 후미코의 모습이 없다.

이불을 들추고 곁에 있는 지팡이를 짚고 일어섰다. 무릎에 심한 통증이 스쳤다. 일본에 귀환하고 나서 10년 이상 지나도 무릎 속에 박힌 총탄 파편이 신경을 건드리고 있다. 지팡이를 짚고 옆 다다미방과 부엌에 가보았다. 없다. 욕실에도 화장실에도 없다.

이상하다…….

후미코를 데리고 장이라도 보러 갔을까. 아니, 그렇다면 내게 한마디 말이라도 하고 갔을 것이다.

혹시 하는 생각에 벽장으로 갔다. 벽장 꼭대기의 장지문을 열고 손을 넣어 더듬어도 늘 놓여 있던 곳에 그것이 없다.

설마, 기미코가 발견한 것은 아닐까. 그래서 후미코를 데리고 사야마의 친정에 갔을지도 모른다.

이러고 있을 때가 아니다. 기미코를 만나도 변명할 말이 생각나지 않겠지만 어떻게든 집으로 데려와야 한다.

나는 기미코와 후미코가 필요하다. 두 사람이 없으면 나는 살아갈 기운도 잃고 말 것이다.

초조감에 휩싸여 좌식 테이블 위에 있던 열쇠를 챙겨 현관으로 향했다.

문득 생각나서 큰방으로 돌아왔다. 작년에 기미코가 선물해 준 손뜨개 스웨터를 입고 집을 나섰다. 열쇠로 문을 잠그고 역을 향해 걸었다.

그런데 눈에 보이는 것마다 하나같이 기억에 없다. 걷고 또 걸어도 역이 나오질 않는다. 그뿐만 아니라 지나가는 차도, 하늘 높이 솟은 건물도, 지금껏 본 적이 없는 듯한 것뿐이다.

길 가는 사람에게 역으로 가는 길을 물었지만 그 사람이 무슨 말을 하는지 당최 알아들을 수가 없다.

여기는 일본이 아닌 건가? 마치 내가 자고 있는 사이에 세상이 변해버린 것 같다. 도대체 어떻게 된 일일까. 영문을 모르겠다.

길 가는 사람들에게 "여기가 대체 어딘가?" 하고 묻고 싶었지만, 그러면 이상한 사람으로 여길 것 같았다.

불안이 엄습해 울컥 눈물이 날 뻔했다. 그러나 그런 감정을 드러내서는 안 된다. 서른 넘은 다 큰 어른이 길바닥에서 우는 모습을 보이면 동네 사람들이 웃음거리로 삼을 것이다.

명색이 성직으로 불리는 교직에 몸담은 내가 그런 흉한 모습을 보일 수는 없다.

그러나 아무리 걸어도 역에 도착할 기미가 보이지 않는다. 잘 생각해보니 급하게 나오는 바람에 지갑을 집에 두고 나왔다. 일단 집에 들어갔다가 다시 나와야겠다고 생각했지만 어느 길로 가야 할지 모르겠다.

여기가 어디인지를 확인하고 싶어도 머릿속이 안개가 낀 듯부예서 어떻게 해야 할지 모르겠다.

이것은 꿈일까. 현실의 것으로밖에 느껴지지 않는 발의 통증도, 피로감도, 가슴이 옥죄이는 듯한 고통도 전부 꿈속의 일인 걸까.

기미코, 가까이 있으면 빨리 깨워줘…….

간절하게 바랐지만 도무지 꿈에서 깨질 않는다. 기미코도, 후미코도 아직 자고 있는 걸까.

지금이 대체 몇 시일까? 모르겠다……. 뭐든 좋으니 빨리 깨워줘.

시야 속에 벤치가 보여 일단 앉으려고 그리로 향했다. 그러나 좀처럼 가까워지지 않는다. 간신히 도착해 벤치에 앉았다.

꿈속인데도 발의 통증이 조금 누그러지는 것 같았다. 그대로 벤치에 앉아 꿈이 깨기를 기다렸다.

시야에 비치는 하늘이 파랑에서 주황으로, 그리고 칠흑 같은 어둠으로 바뀌어도 꿈에서 깨지 않는다. 도저히 꿈이라고는 믿기지 않는 추위가 살을 에고 신경을 못살게 군다.

어깨를 두드리는 손길에 놀라 고개를 들었다. 젊은 남자가 나를 내려다보고 있다.

"무슨 일이세요?"

남자가 내뱉은 말뜻을 알아들을 수 있었다.

"와라비역은 어느 쪽입니까?"

드디어 말이 통하는 상대가 나타났구나 싶어 물어보자, 남자가 고개를 갸우뚱했다.

"와라비역은 여기서 아주 멀어요."

"여기서 가장 가까운 역은 어디입니까?"

다시 물었다.

"기타모토역이요."

와라비에서 매우 먼 역이다. 내가 왜 그런 곳에 있을까.

"아내와 딸이 친정에 간 것 같은데 마중 가야 해. 그런데 급하게 나와서 지갑을 놓고 나왔지 뭔가. 일단 집으로 돌아가고 싶은데 어디로 가면 좋을지······."

조금이긴 해도 나보다 나이가 어려 보이는 사람에게 이런 질문을 해야 하는 상황이 창피하지만 어쩔 수가 없다.

"당신 집이라면 어딘지 압니다."

남자의 말을 듣고 고개를 갸웃했다.

모르는 남자가 어떻게 내 집을 알고 있을까 싶어 이상한 생각이 들었다.

"당신하고 같은 건물에 살거든요."

그런 뜻이었구나. 납득이 되었다. 우리 건물에서 이 남자를 본 적은 없지만, 이 남자는 나를 본 적이 있는 것이다.

"미안하지만 바래다주실 수 있나요?"

남자가 고개를 끄덕이는 것을 보고 벤치에서 일어섰다. 남자
가 입고 있던 윗도리를 벗어서 내 어깨에 덮어주었다.

그런 친절을 받는 것은 창피해서 거부감이 들었지만, 못 견
디게 추웠기 때문에 고맙다고 하고 남자의 뒤를 따라갔다. 조금
전까지 가라앉았던 발 통증이 다시 도졌다. 가슴의 옥죄임도 더
심해졌다.

한동안 걸어가자 눈앞에 2층짜리 연립주택이 보였다.

"여기 아닌데."

그대로 연립주택으로 가는 남자에게 말하자, 남자가 "이 건
물 104호실이에요" 하고 대답했다.

"그럴 리 없어."

내가 사는 곳은 이렇게 다 쓰러져가는 건물이 아니다.

남자가 문고리를 잡고 돌렸다. 문이 잠겨 있는 것을 확인했는
지 나를 보며 "열쇠는 갖고 계세요?" 하고 물었다.

열쇠는 갖고 있지만 이 집이 아니니 열릴 리가 없다.

남자에게 그 사실을 알려주려고 주머니에서 열쇠를 꺼내 열
쇠 구멍에 넣고 돌렸다. 딸각 소리에 놀라서 문고리를 돌렸다.
열렸다.

어떻게 된 일일까.

"밖은 추우니까 얼른 안으로 들어가서 몸을 녹이세요."

남자가 그렇게 말하고 내게 덮어주었던 윗도리를 가져가 입었다. 그 자리를 떠나려 하는 남자를 불러 세웠다.

"자네, 아까 이 건물에 산다고 했지?"

"저기 102호실이에요."

남자가 손가락으로 가리켰다.

"내 아내와 딸을 본 적이 있을 테지. 두 사람이 어디로 갔는지 짚이는 거 없는가?"

기미코는 이웃과 두루두루 잘 지내는 성격이다. 같은 건물의, 게다가 같은 층에 살고 있다면 어느 정도는 알고 지낼 것이다.

내 질문에 남자가 고개를 가로저었다.

그러나 어딘지 쓸쓸한 눈빛으로 보아 알고 있으리라는 감이 왔다. 어쩌면 기미코가 말하지 말라고 입단속을 했을지도 모른다.

"만약 내 아내를 만나면…… 빨리 돌아오라고 전해주게. 다시는 안 한다고. 두 사람을 위해 반드시 마음을 고쳐먹고 착한 사람이 된다고."

열심히 호소했지만 남자는 고개를 끄덕여주지 않았다.

"뭔가 도움이 필요하시면 언제든지 말씀해주세요."

남자는 그렇게 말하더니 이쪽에 등을 돌리고 걸음을 옮겼다.

길을 걷다 보니 '그룹홈 느티나무'라는 간판이 보였다.

쇼타는 그 앞에서 걸음을 멈추고 넥타이를 매만지고 나서 문을 열었다. 오른편에 접수처가 있고 그 안쪽에 널찍한 공간이 있다. 담화실인지 고령의 남녀 십수 명이 수다를 떨거나 TV를 보고 있는 것이 보였다.

접수처에 가서 말을 건네자 하늘색 작업복을 입은 젊은 여성이 응대해주었다.

"면접 약속을 잡은 마가키입니다."

"들어오세요."

신발을 벗고 슬리퍼로 갈아 신은 뒤 여성을 따라 널찍한 공간의 안쪽으로 들어갔다. '응접실' 문패가 걸린 문 앞에 멈춰 서서 여성이 노크를 하고 문을 열었다.

"면접 보기로 한 마가키 씨 오셨습니다."

소파에 앉아 서류를 보고 있던 중년 여성이 "들어와요" 하고 권하기에 쇼타는 가볍게 인사하고 방 안으로 들어갔다. 밖에서 문이 닫혔다.

"자, 앉아요."

"실례하겠습니다."

쇼타는 다시 인사를 하고 여성의 맞은편 소파에 앉았다.

"시설 원장인 모리야마예요. 바로 이력서를 보여주겠어요?"

쇼타는 가방 속에서 이력서가 든 봉투를 꺼내 모리야마에게 건네고 앉음새를 바로 했다.

봉투에서 이력서를 꺼내 본 모리야마가 바로 놀란 눈을 하고 쇼타를 쳐다봤다.

이력서에는 위험운전치사와 도로교통법 위반으로 체포되어 가와고에 소년교도소에 복역한 것 등을 솔직하게 썼다.

고민은 되었지만, 머지않아 들킬까 봐 겁에 질린 채 일하는 것보다 전과를 알고 있는 상태에서 채용해주는 곳을 찾는 편이 낫겠다는 생각에 결의한 것이다.

"위험운전치사와 도로교통법 위반으로 체포되었다고 적혀 있는데, 구체적인 사건 내용을 알려주겠어요?"

모리야마가 이력서를 테이블에 내려놓으며 아까와는 다른 딱딱한 음성으로 말했다.

"음주 운전을 하던 중 여성을 차로 치고 그대로 도주한 죄입니다."

모리야마가 어두운 표정으로 이쪽을 주시하던 시선을 이력서로 옮겼다. 잠시 보다가 뭔가 떠오른 것이 있는지 "마가키 씨라면……" 하고 중얼거렸다.

"예전에 TV 같은 데 자주 나오셨던 분의?"

고개를 든 모리야마의 질문에 쇼타는 "네, 맞습니다" 하고 대

어느 도망자의 고백

답했다.

"잘못 기억하고 있는 거면 미안해요. 아마…… 고령의 여성을 치고 200미터 가까이 끌고 가서 죽게 한……."

"네……."

"여기가 몇 번째죠?"

이 이력서로 면접을 몇 번 봤는지 묻는 것이리라.

"다섯 번째입니다."

"왜 간병 관련 일에 취직할 생각을 했어?"

지금까지는 이력서를 보여준 시점에서 예의 바르게 내쫓겼기 때문에 이런 질문을 받은 적은 없었다.

왜 그렇게 하고 싶은지 마음속을 살펴봤다.

"3D 업종으로 알려져 있어서 전과가 있어도 쉽게 채용해줄 줄 알았나?"

"아뇨……, 얼마 전부터 계속 생각했습니다. 나에게 가장 괴로운 일, 가장 힘든 일이 무엇일까 하고요."

날카로운 눈빛으로 이쪽을 바라보던 모리야마가 고개를 살짝 갸웃거렸다.

"그건 제가 죽게 한 81세 여성과 비슷한 사람들을 접하는 일이라고 생각했습니다. 제가 조금이라도 그 사람들의 도움이 될수 있을지 시험하고 싶었습니다."

"확실히 당신 말대로 괴로운 일이 될 거라 생각해. 동료는 물

251

론 여기 입소한 분들과 그 가족도 언젠가 당신이 과거에 일으킨 일을 알게 될지도 모르지. 차가운 시선을 받고 중상모략을 당하기도 할 거야. 특히 이곳에 입소한 분들은 감정을 그대로 드러내는 경우가 많거든."

"각오했습니다."

쇼타가 말하자, 모리야마가 다시 이력서를 보며 생각에 잠긴 듯 신음했다.

역시 이번에도 틀린 걸까.

새어 나올 것 같은 한숨을 애써 참고 있자, 모리야마가 고개를 들고 이쪽을 똑바로 쳐다봤다.

"알겠어요. 다음 주 월요일부터 올 수 있겠어?"

문에 가까이 가자 카레 냄새가 풍겼다.

이제부터 전할 소식에 마음이 들뜬 상태로 쇼타는 초인종을 울렸다.

바로 문이 열리고 앞치마를 두른 아야카가 얼굴을 내밀었다.

"다녀왔어."

"어서 와. 마침 저녁 준비 다 됐어."

쇼타는 신발을 벗고 복도로 올라섰다. 가스레인지에 다가가 냄비 속 카레를 확인했다. 맛있어 보인다.

"바로 먹을래?"

아야카가 묻기에 쇼타는 고개를 끄덕였다. 아야카가 접시를 꺼내 상 차릴 준비를 했다.

"요노시에 있는 시설에서 일하기로 했어. 정규직으로."

쇼타가 말하자 아야카가 이쪽으로 고개를 돌리고 "그렇구나" 하고 대답했다. 그리 기뻐하는 기색은 없다.

"사실대로 밝혔는데도 채용해주었어."

덧붙여 말하자 아야카가 "정말?!" 하고 함박웃음을 지었다. 그것을 보고 기쁨이 열 배가 되었다.

"왜 먼저 연락해주지 않았어? 그랬으면 축하 선물로 스테이크를 구웠을 텐데."

"아야카, 네가 만들어준 카레가 얼마나 맛있는데."

쇼타는 웃으며 말하고 큰방으로 갔다. 벗은 윗도리를 옷걸이에 걸고 좌식 테이블 앞에 앉아 TV를 켰다. 아야카가 드나들게 된 이후 재활용품점에서 구입한 16인치 TV다.

"그러고 보니…… 얼마 전에 104호실 야마다 씨를 밖에서 보고 집에 바래다드렸어."

쇼타가 말하자 아야카가 "집에 바래다드렸다고?" 하고 되물으며 방으로 왔다.

"응. 공원 벤치에 혼자 오도카니 앉아 있더라. 이런 밤에 공원에서 뭐 하나 싶어 걱정돼서 말을 걸었더니 집이 어딘지 잊어버린 것 같았어."

"그랬구나."

그때 야마다와 주고받은 대화가 떠올라 마음이 울적해졌다.

"왜 그래?"

아야카가 묻기에 쇼타는 머리를 흔들었다.

"아니…… 아내랑 딸이 친정에 간 것 같으니 마중 가야 한다 더라. 그래서 역으로 가려다 길을 헤맨 것 같아."

"부엌 진열장 위에 영정 사진이 두 개 있던데, 아마 아내랑 딸 일 거야. 딸 사진은 흑백인 걸로 보아 아주 오래전에 세상을 떠 난 것 같아."

형광등을 갈아주러 갔을 때 진열장 위에 두 개의 영정 사진 과 위패가 놓여 있었던 걸 얼핏 본 것 같기는 하지만 눈여겨보 지 않았다.

"그래? 몇 살 정도?"

"두세 살 정도."

한창 귀여울 때인데, 하고 야마다의 모습을 떠올리는 사이 마 음속이 어두워졌다.

"나도 이제 집으로 오려는데, 두 사람이 어디에 갔는지 모르 냐고 묻더라……. 다시는 안 한다고, 두 사람을 위해 반드시 마 음을 고쳐먹고 착한 사람이 될 테니까 빨리 돌아오라고 전해달 라고 했는데……. 뭐라 대답할 말이 없었어."

"다시는 안 하겠다니, 뭘?"

아야카의 질문에 쇼타는 "몰라" 하고 고개를 저었다.

그것이 어떤 일인지 나로서는 알 길이 없지만, 아내와 딸을 향해 깊이 후회하는 것만은 틀림없으리라.

"왠지 딱하네……. 얼마 전에 반찬 나눠드리러 갔을 때도 아내가 딸을 데리고 친정에 갔다고 믿고 있었어. 야마다 씨에게 카레랑 샐러드 좀 드리고 올게."

쇼타가 고개를 끄덕이자 아야카를 방을 나갔다. 잠시 후 현관문이 닫히는 소리가 났다.

새삼 야마다를 집에 바래다주었을 때의 일을 회상했다.

혼자뿐인 집에서 고독을 견디고 있는 야마다가 불쌍하다는 생각이 들긴 했지만, 동시에 내 노년은 더 비참하리라 상상했다.

과거를 숨기지 않는 한 일정한 직업을 가지지 못하고, 자식을 낳기는커녕 결혼도 못 한 채 즐거운 추억 하나 없이 이런 낡은 집에서 누구의 보살핌도 받지 못하고 고독사하는 것이 아닐까 하고.

아까까지만 해도 자신의 미래를 전혀 상상할 수조차 없었다. 하지만 지금은…….

내가 저지른 죄를 알고도 꺼리지 않을 사람이 달리 있을지도 모른다고, 조금 희망적인 기분이 되었다.

나도 언젠가 결혼해서 자식을 낳고 소중한 친구들에게 둘러싸여 행복한 삶을 살 수 있지 않을까 하고.

문득 TV에서 들려온 소리에 흠칫 놀라 그쪽을 보았다.

뉴스 화면에 '뺑소니 사건 용의자 체포'라는 자막이 나와 있다.

쇼타는 순간 리모컨을 쥐고 채널을 바꾸었다. 방 밖을 확인했다.

아야카가 없을 때라 다행이다.

———————5

초인종이 끈질기게 울려대는 통에 노리와 후미히사는 지팡이를 짚고 일어섰다. 부엌 싱크대에 둔 도시락통을 들고 문을 열었다.

"노리와 씨, 고구레입니다."

눈앞에 선 남자가 말했다.

"오늘 메뉴는 뭔가요? 어제 채소볶음은 조금 싱겁던데. 아무리 나이가 있기로서니 그렇게 싱거우면 밥반찬이 안 됩니다. 만드는 사람한테 잘 전해줘요."

불평하면서 도시락통을 내밀자 눈앞의 남자가 고개를 갸웃거렸다.

"저기…… 저는 '호프 탐정사무소'에서 온 고구레입니다. 일단 안으로 들어가겠습니다."

남자는 그렇게 말하며 도시락통을 받지 않고 멋대로 집 안으로 들어왔다.

"오늘 메뉴는 뭔가요?"

안쪽 방으로 들어가는 남자의 뒷모습에 대고 물었다. 어제 채소볶음은 조금 싱거웠다. 아무리 노인을 상대로 한 음식이라 해도 그렇게 싱거우면 밥반찬이 되지 않는다. 하지만 만들어준 사람의 성의를 생각해서 입 밖에 내지 않고 마음속에만 담아두기로 했다.

"아뇨, 모릅니다. 저는 도시락 배달원이 아니라서요."

남자가 이쪽으로 고개를 향하고 말했다.

아니라고?

듣고 보니 매일 도시락을 배달해주는 남자와 체격이 다른 것 같다. 매일 도시락을 가져다주는 남자…… 아니, 여자였던가…… 아무튼…… 어떤 복장이었는지는 잘 기억나지 않지만 모자를 쓰고 있었다. 그것만은 확실하다. 그런데 눈앞의 남자는 모자를 쓰지 않았다. 도시락 배달원이 아닌 것이다.

"그럼 오늘 저녁밥은 누가 가져다주나?"

"제가 아닌 것만은 확실합니다."

남자가 쾌활하게 웃고는 좌식 테이블 앞에 앉았다. 가방에서 뭔가를 꺼내 테이블에 올려놓는다.

"저는 도시락이 아니라 이걸 가져왔습니다."

굳이 말하지 않아도 테이블에 놓인 것이 도시락이 아닌 것쯤은 안다. 큰 봉투였다. 늙었다고 무시하나.

"……그래서, 오늘 저녁밥은 누가 가져다주나?"

"아마 조금 이따 누군가가 가져다주겠죠. 일단 앉으시죠."

남자가 손짓으로 재촉하기에 하는 수 없이 맞은편에 앉았다.

"지난 일주일간 마기키 쇼타의 소행 조사 보고서입니다."

남자가 봉투에서 종이 다발을 꺼내 펼치고 이쪽으로 돌려놓았다.

'아마'로는 곤란하다. 도시락이 오지 않으면 오늘 저녁에는 먹을 것이 없다. 하기야, 그리 배가 고픈 것도 아니니, 뭐 그렇다면야.

남자가 종이를 넘기고 사진을 가리켰다. 어떤 건물에서 젊은 남자가 나오는 사진이다.

"지난주와 지지난 주에도 말씀드렸지만 혹시 모르니 다시 말씀드리죠. 마가키 쇼타는 3주 전부터 요노에 있는 그룹홈에서 간병직원으로 일하고 있습니다. 그룹홈이 뭔지는 아시는지요?"

남자의 이야기를 들으며 고개를 갸웃했다.

"노리와 씨처럼 고령인 분들을 돌봐드리는 시설입니다. 시설 관계자와 입소자, 그 가족과 이야기를 하며 넌지시 물어봤더니 평판이 아주 좋더군요."

그게 뭐 어떻다는 건가.

내가 답답해하든 말든 상관 않고 남자는 "이번에 새로 알게 된 점은……" 하고 종이를 넘겼다.

여자 사진이 실려 있다. 젊은 여자다.

"이 여성은 구리야마 아야카라고 합니다만, 아십니까?"

남자의 물음에 "몰라" 하고 고개를 내저었다.

"그렇습니까……. 이 여성은 오케가와에 있는 병원에서 관리 영양사로 일합니다만, 종종 마가키 쇼타의 집에 옵니다. 두 사람이 어떤 관계인지는 아직 모르지만, 집을 드나드는 것으로 보아 나름 친밀한 관계라고 생각합니다. 참고로 이 여성은 혼자 다쿠미라는 네 살배기 아들을 키우고 있지만, 아이 아버지가 누구인지는 모릅니다. 주소는……."

"적당히 좀 하게! 이 남자와 여자가 대체 무슨 상관이라는 건가. 내 저녁밥보다 더 중요한가?"

"……그렇다고 생각합니다."

남자가 일어나서 방을 나갔다. 잠시 후 돌아온 남자가 내 코앞에 액자에 든 사진을 내려놓았다.

머리가 희끗희끗한 여성이 정면을 향해 미소 짓고 있다.

누구지…….

아니, 나는 이 여성을 안다. 무척 소중한 사람이다. 이름은…….

"노리와 기미코 씨. 당신의 부인입니다."

그렇다. 굳이 말하지 않아도 그 정도는 알고 있다.

기미코. 내가 진심으로 사랑하는 아내다. 잊을 리가 없다.

"기미코 씨는 5년 전에 마가키 쇼타가 운전하는 차에 치여 200미터 가까이 끌려가다 돌아가셨습니다."

그 말에 놀라 사진에서 남자에게 시선을 옮겼다.

"저는 당신에게 의뢰받아 마가키 쇼타가 지금 어디에 사는지 알아보고, 또 소행 조사를 계속하고 있습니다."

"기미코를 죽게 만든 남자가 지금 어디에 있는지 아는가?"

그렇게 묻자 남자가 애처로워하는 듯한 미소를 지었다.

내가 뭐 이상한 말이라도 했나?

"이 집의 옆옆집인 102호실에 살고 있습니다."

그렇게 가까이 살고 있다니. 이러고 있을 때가 아니다. 지금 당장 만나러 가야 한다.

일어서려는데 남자가 내 어깨를 붙잡고 막았다.

"지금 가셔도 집에 없습니다. 오늘은 아마 밤 8시쯤 돌아올 겁니다."

"그런가……."

지금부터 얼마나 기다려야 밤 8시가 되는 걸까.

"그럼 저는 이만 실례하겠습니다. 다음 주에 또 찾아뵙지요."

남자가 그 말을 남기고 방에서 나갔다.

젊은 남자의 사진을 바라보며 빨리 만나야 하는데, 하고 초조함에 휩싸였다. 이 남자를 만나서…… 이 남자를 만나서…… 나는 무얼 하려고 했던가.

잠시 생각했지만 모르겠다. 종이 다발을 봉투에 넣고 기미코의 사진과 함께 손에 들고 일어섰다. 지팡이를 짚으며 부엌으로 가서 진열장 위에 사진을 놓고, 봉투를 서랍 속에 집어넣었다.

문득 서랍 속의 보자기 꾸러미가 눈에 들어와 심장이 쿵쾅댔다. 왜인지는 모른다. 왜, 이렇게 등골이 오싹오싹할까.

보자기 꾸러미에 조심스레 손을 대보자 묵직함이 느껴졌다. 진열장 위에 놓고 보자기를 풀었다.

안에 든 물건을 본 순간 머릿속에 섬광이 스쳤다.

한 광경이 선명하게 떠오르더니 이어서 다양한 기억이 머릿속을 누비고 다닌다.

그렇다. 그 남자를 만나서 이 한을 풀어야 한다.

왜 그런 중요한 것을 잊고 있었단 말인가.

이제 절대로 잊어서는 안 된다.

그것을 손에 든 채 방 안을 돌아다녔다. 좌식 테이블 근처에 내버려 둔 가방이 눈에 들어와 가까이 갔다. 기미코가 사준 가방이다. 늘 애용하고 있으니 이 속에 넣어두면 잊지 않을 것이다.

가방 속에 넣었지만 그것만으로는 도무지 안심이 되지 않았다.

이것을 보면 내가 무얼 하려고 했는지 기억해낼 것이 틀림없다. 그러나 정작 그 상대를 잊어버리면 아무런 소용도 없다.

사방을 둘러보다 테이블 위에 둔 매직을 손에 들었다.

'일어나자마자 서랍 속을 볼 것' 하고 테이블에 적어 넣고 부엌으로 향했다. 진열장 서랍에서 아까 넣은 봉투를 꺼내 다짐한 것을 갈겨썼다.

<hr>_____6

쇼타는 등 뒤로 시선을 느끼고 뒤돌아보았다. 창가 테이블석에 혼자 앉아 있는 노부인이 바로 시선을 피했다. 나카이 지즈루라는 79세의 입소자다.

쇼타는 종이접기를 하고 있는 입소자들 틈에서 빠져나와 지즈루에게 다가갔다.

"나카이 씨도 저기서 같이 종이접기 하실래요?"

그렇게 권하자 지즈루가 손에 들고 있던 휴대전화에서 고개를 들었다.

"내가 왜 저 늙은이들하고 시답잖은 일이나 해야 하지?"

눈살을 찌푸리고 말하는 지즈루에게 쇼타는 "무척 재미있을 거예요" 하고 웃는 얼굴을 명심하고 대답했다.

"웃기는 소리. 성가시니까 자네도 저리 가버려."

손으로 홰홰 내쫓는 시늉까지 하기에 쇼타는 하는 수 없이 자리를 피했다. 종이접기를 하는 테이블로 돌아가던 중, 동료인

야마니시가 불러 "나카이 씨가 뭐라고 하셨어?" 하고 물었다.

"아뇨…… 뭐……."

쇼타는 뭐라 말해야 할지 몰라 말을 흐렸다.

"나카이 씨도 참 별스러운 양반이야. 자존심이 강해서 다른 입소자들하고 문제도 자주 일으키고."

"그런가요?"

"본인은 이런 데서 이런 사람들과 같이 있을 사람이 아니다, 그런 말을 자주 입에 담으셔. 다른 입소자들더러 '가난뱅이 주제에'나 '머리가 나쁘다' 같은 무시하는 말을 자꾸 하시고……."

쇼타는 아직 그런 광경을 본 적이 없다.

"딱히 부유한 것 같지도 않은데 말이야. 게다가 직원들한테는 '쓸모없다'거나 '월급 도둑'이라면서 툭하면 시비를 거신다니까."

"조금 전에는 성가시다고 하시던데요."

쇼타가 머리를 긁적이며 말하자 야마니시가 깊은 한숨을 내쉬었다.

"치매 때문에 아들 가족하고 같이 살기가 어려워져서 이곳에 들어오셨는데, 그런 자신을 받아들이기가 힘드신가 봐. 그런데 그렇게 행동하셔봤자 본인만 더 외로워지는데 말이야."

그렇게 말하고 야마니시가 자리를 뜨자, 쇼타는 뒤를 돌았다. 혼자 오도카니 앉아 휴대전화를 만지작거리는 지즈루를 바라보았다.

큰방에서 휴대전화가 울려 쇼타는 식칼을 쥔 손을 멈췄다. 식
칼을 도마 위에 내려놓고 큰방으로 갔다.

좌식 테이블 위의 휴대전화를 확인하니 어머니 전화였다.

"여보세요…… 쇼타? 잘 지내니?"

전화를 받자 어머니 목소리가 들렸다.

쇼타가 먼저 전화를 한 적은 없지만 어머니는 정기적으로 연
락을 하고 있다.

"응. 똑같아."

늘 하던 대로 대답한 뒤, 생활에 큰 변화가 생긴 것이 떠올랐다.

"그래…… 밥은 잘 먹고? 편의점 도시락이나 바깥 음식만 먹
으면 건강에 안 좋아. 아니면 엄마가 쌀이나 통조림 같은 거 조
금 보내줄까?"

어머니 말도 여느 때와 다름없다.

"괜찮아. 택배비 생각하면 여기서 사는 게 더 싸게 먹혀. 요즘
에는 밥도 곧잘 해 먹고 있어. 지금도 채소볶음을 만들려던 참
이야."

일주일에 이틀 정도는 아야카가 와서 만들어주고 있지만 그
말은 하지 않기로 했다.

"저기…… 3주 전부터 일을 새로 시작했어."

"그러니?"

목소리가 걱정스럽게 변했다. 사건이 알려져 부득이하게 직

장을 바꿔야 했다고 생각할지도 모른다.

"지금은 요노에 있는 그룹홈에서 일해."

"그룹홈이면 간병 일 말이니?"

"응. 정규직으로 채용되었어. 아직은 그냥 조수인데, 더 공부해서 언젠가 케어매니저 자격을 취득할 생각이야."

"그러니……."

어머니 목소리가 밝아질 기미가 안 보인다.

"5년 전 일을 솔직히 밝혔는데도 채용해주었어."

"그러니?!"

같은 말인데도 조금 전과는 목소리 톤이 완전히 달랐다.

"응. 물론 앞으로 이런저런 힘든 일도 있겠지만, 그걸 알고도 나를 신뢰할 수 있도록 노력해야지."

"그래…… 그렇지. 축하한다……. 정말 잘됐구나."

기쁨을 곱씹는 듯한 어머니의 떨리는 목소리를 들으니 눈시울이 조금 뜨거워졌다.

"그동안 엄마한테 너무 기대기만 했는데, 앞으로는 돈도 조금씩 갚을게."

"그건 신경 쓰지 않아도 돼. 네 장래를 위해…… 그냥…… 두렴……."

그러고 나서 두세 마디 나눈 뒤 전화를 끊었지만, 뒤로 갈수록 울먹이는 목소리라 잘 알아듣지 못했다.

쇼타는 휴대전화를 내려놓고 다시 부엌으로 갔다. 채소를 마저 썰고 고기와 함께 프라이팬에 볶은 뒤 간을 했다. 접시에 담으려다 문득 생각이 나 손을 멈췄다. 싱크대 하부 장에서 반찬통을 꺼내 채소볶음의 3분의 1 정도를 담아 뚜껑을 덮었다.

집 열쇠를 챙겨 반찬통을 들고 집을 나섰다. 열쇠로 문을 잠그고 104호실로 향했다.

초인종을 누를 생각에 조금 긴장이 되었다. 아야카는 종종 야마다에게 음식을 가져다주지만 쇼타가 가는 것은 처음이다.

초인종을 누르고 잠시 기다리고 있자 문이 열리고 야마다가 얼굴을 내밀었다.

"오, 자넨가."

스스럼없이 말하기에 조금 놀랐다.

"그렇지 않아도 오늘 밤에는 오겠다 싶었지. 자, 들어오게."

"네에……."

쇼타는 당황하며 집 안으로 들어갔다. 지팡이를 짚으며 큰방으로 향하는 야마다를 따라갔다.

큰방에 들어간 쇼타는 경악했다. 형광등을 갈았던 때에 비해 방이 꽤 어질러져 있었다.

"자, 앉게" 하는 말에 야마다의 맞은편에 앉았다.

마침 저녁을 먹고 있던 참인지 좌식 테이블 위에 배달 도시락이 놓여 있다.

어느 도망자의 고백

"이거, 만든 건데…… 괜찮으시면."

쇼타는 그렇게 말하며 도시락통 근처에 반찬통을 놓고 뚜껑을 열었다.

"하여간 나가오카 군은 너무 진지해서 탈이구먼. 학생들 생각을 열심히 하는 건 좋은데, 무슨 일이 있을 때마다 그렇게 침울해하면 몸이 버티질 못해."

아무래도 쇼타를 누군가와 착각한 모양이다.

케어매니저가 치매 환자의 잘못을 바로잡는 것은 좋지 않다고 가르쳐준 것이 생각나 "그렇죠" 하고 맞장구를 쳤다.

야마다가 반찬통에 젓가락질을 하며 채소볶음을 먹었다.

"간이 좀 세구먼. 아무리 젊기로서니 짜게 먹는 습관은 주의해야 하네. 아내는 그 부분을 특히 신경 써서 음식을 만들지. 그런데 맛도 훌륭하지 않은가? 자네라면 밥을 몇 공기든 먹을 테지."

"네…… 뭐…… 맛있으니까요."

이야기를 맞춰주었다.

"자네는 좋은 사람 없는가?"

"좋은 사람, 말인가요?"

"그래. 소중한 사람 말이야. 괜찮아, 다른 동료들에게는 비밀로 해줄 테니."

"있습니다."

아야카를 떠올리며 말했다.

"그렇군······. 안심이 돼. 그런 사람이 있으면 아무리 괴로운 일이 생겨도 살아갈 의지가 솟구치지. 빨리 결혼하게. 뭣하면 우리가 증인을 서줄 테니. 아내가 혼자인 자네를 늘 걱정하고 있으니 분명히 기뻐할 걸세."

야마다를 보고 있기가 가슴이 아파서 시선을 이리저리 옮겼다. 비로 곁에 놓여 있는 간색 스웨터가 눈에 들어왔다. 전에 이 집까지 바래다주었을 때 야마다가 입고 있던 것이다. 손뜨개인지 가슴 언저리에 'F.N'이라는 붉은 이니셜이 수놓여 있다.

"아, 그거······ 작년에 아내가 떠주었지 뭔가. 이니셜은 창피하니까 넣지 말라고 했는데 말이야."

야마다가 웃다시피 말했다. 얼마나 오래 입었는지 털실이 군데군데 풀려 있다.

스웨터를 보면서 이 사람의 아내는 어떤 여성이었을까 상상했다. 남편밖에 모르는 상냥한 사람이 아니었을까 하는 생각에 더 가슴이 아팠다.

———————— 7

본가에 도착한 노리와 마사키는 초인종을 누르지 않고 열쇠로 문을 열고 안으로 들어갔다.

어느 도망자의 고백

"아버지, 저 왔어요."

현관에서 불러보았지만 대답이 없다.

1층 부엌과 거실을 살펴봐도 아버지가 없다. 2층에 가봤지만 그곳에도 아버지는 없었다. 어디 외출한 걸까.

어제 전화로 2시쯤 도착한다고 했건만.

아버지와 제대로 이야기를 해야겠다는 생각에 오랜만에 휴일을 이용해 본가를 방문하기로 했다.

약 두 달 전까지는 본가에 잘 오지 못하는 마사키와 구미를 대신해 나가오카가 일주일에 이틀 정도 아버지 모습을 살피러 와주었다. 나가오카는 대화가 잘 이루어지지 않는 아버지를 대신해 마사키에게 전화해 아버지의 일상생활에 대해 알려주었다. 그러나 나가오카도 프리스쿨에서 일하게 되고 나서부터는 예전처럼 자주 아버지 집에 들를 수 없다고 했다. 마사키 자신도 본가에 오는 것은 넉 달 만이다.

며칠에 한 번은 아버지 휴대전화에 연락하고 있지만 대화가 어긋나기만 해 불안한 마음으로 전화를 끊게 된다.

아무래도 계속 혼자 살게 놔두는 것은 한계에 다다랐다고 판단해 어떻게든 나고야로 가자고 설득할 생각으로 왔다.

그런데 도대체 어디에 갔을까.

마사키는 어머니에게 향을 피우려고 거실로 들어갔다. 불단 앞에 앉은 순간 까무러치게 놀랐다.

어머니와 후미코의 영정 사진과 위패가 없다.

어떻게 된 일일까 싶어 마사키는 휴대전화를 꺼내 아버지에게 전화했다.

신호음을 무려 서른 번 정도 들었지만 아버지는 받지 않았다.

그러고 보니 아버지 휴대전화에 GPS 앱을 깔아둔 것이 생각나 지도를 불러왔다.

아버지 휴대전화의 위치는 기타모토시 후루이치바 2가라고 표시되었다.

왜 이런 곳에 아버지 휴대전화가 있을까.

혹시 치매 증상이 진행되어 이 부근을 헤매고 있는 것은 아닐까.

휴대전화 화면을 보면서 걷다 보니 낡은 2층짜리 연립주택 앞에 도착했다. 녹슨 철 계단에 '코퍼스미요시'라는 간판이 걸려 있다.

GPS 기호는 이 연립주택을 가리키고 있다. 건물 주변을 돌아다녀도 아버지 모습은 보이지 않았다.

어떻게 된 일일까. 아버지가 이 건물 안의 어느 집에 있다는 걸까. 어쩌면 이 집에 사는 친구를 찾아왔을지도 모른다.

어떻게 해야 할지 고민하다 마사키는 우선 아버지 휴대전화에 전화를 걸었다. 아버지가 받지 않는 것을 확인하고 손을 내렸다. 101호실 문에 귀를 바싹 댄 다음 순서대로 1층에 있는 집을 확인하기로 했다. 104호실 문 너머로 희미하게 벨소리 같은 것이 들려 걸음을 멈추었다. 전화를 끊자 소리가 멎었다. 다시 아버지에게 전화를 걸자 안에서 벨소리가 들렸다.

아무래도 이 집인 것 같다.

104호실의 초인종을 여러 번 눌렀지만 문이 열리는 일은 없었다.

휴대전화가 울려 마사키는 전화를 받았다. 나가오카였다.

"기다리게 해서 미안합니다. 방금 기타모토역에 도착했으니 곧장 연립주택으로 가겠습니다."

마사키는 나가오카와 통화를 끝내고 휴대전화를 주머니에 넣은 뒤 연립주택으로 향했다.

그 후 연립주택을 관리하는 부동산 회사에 가서 사정을 설명했다. 직원의 말에 따르면 아버지가 석 달쯤 전에 104호실을 계약했다는 것이다.

어떻게 된 일인지 혼란스러워 집 안을 확인하고 싶다고 했더니, 직원은 가족임을 증명하기 전에는 허락 없이 집에 들일 수 없다며 일단 보증인에게 연락해보겠다고 했다.

직원이 전화를 건 보증인은 나가오카였다. 최대한 빨리 집 안을 확인하고 싶었지만 나가오카가 오기 전까지는 어떻게 할 수가 없었다. 프리스쿨이 쉬는 날인지 나가오카는 바로 오겠다고 했다. 아버지가 휴대전화를 두고 외출했을 가능성도 있으니 나가오카를 기다리는 동안 연립주택 주변을 찾아보고 있었다.

저 앞에 나가오카인가 싶은 사람의 뒷모습이 보였다. 뛰어가면서 이름을 부르자 나가오카가 걸음을 멈추고 뒤돌았다.

"도대체 어떻게 된 일입니까?"

마사키의 물음에 나가오카는 민망한 얼굴로 "아니, 그게…… 걸으면서 이야기하죠" 하고 걸음을 옮겼다.

"숨겨서 미안하지만…… 선생님의 간청으로 보증인이 되었습니다. 그리고 당신과 구미에게는 비밀로 해달라고 하셔서……. 다만 역시 두 사람에게는 말해야 하는 게 아닐까 고민하던 참에……."

"아버지가 왜 그 연립주택을? 이 근처에 아버지의 관심을 끌만한 것이라도 있습니까?"

지금껏 취미다운 취미도 없었기 때문에 도저히 그렇게 생각되지는 않았지만, 달리 이런 곳에서 살아야 하는 이유가 생각나지 않는다.

"기타아게오의 집으로 이사하기 전에 살았던 연립주택과 외관이며 구조가 비슷하다고 하시더군요."

"그게 도대체……."

무엇을 뜻하는지 모르겠다.

"마사키 군에게는 말하기 어렵지만……."

나가오카가 말끝을 흐렸다.

"뭡니까? 말씀해주세요."

"그게…… 선생님은 이제 살날이 얼마 남지 않았을 테니 그무렵을 떠올리며 살고 싶다고 하셨습니다."

"그 무렵이라면, 기타아게오로 이사하기 전을 말씀하시는 겁니까?"

나가오카가 고개를 끄덕였다.

"어째서……."

"그 점에 관해서는 확실히 말씀하지 않으셨습니다. 다만 당신과 구미와는 50년 이상의 추억이 있지만 후미코와는 단 2년간의 추억밖에 없지요……. 그래서 그 추억에 조금이라도 젖고싶은 것이 아닐까, 저는 그렇게 해석했습니다."

하긴, 자신이 태어나기 전의 추억에 젖고 싶다는 말을 들으면기분이 썩 좋지는 않을 것이다. 게다가 인지능력이 현저히 저하된 지금 상태로 새로운 곳에서 지내겠다는 것에도 분명히 반대했을 것이다.

"두 사람의 양해도 없이 일을 벌였으니 저는 비난받아도 어쩔 수 없지만, 선생님은 용서해주지 않겠습니까."

"아니, 용서를 하고 안 하고의 문제가 아니라…… 나가오카씨에게 번거로운 일을 부탁드리기만 하고 잘 챙기지 않은 저도 죄송하게 생각합니다."

연립주택에 도착하자 나가오카가 열쇠를 꺼내 문을 열었다.

복도에 올라서자 바로 부엌이 나왔다. 진열장 위에 어머니와 후미코의 영정 사진과 위패가 놓여 있고 어머니가 좋아했던 흰 꽃이 장식되어 있다.

그 안쪽으로 다다미 네 장 반과 여섯 장 크기의 방이 이어졌다. 화장실과 욕실도 확인했지만 아버지는 없다.

벽은 날림으로 지어 웃풍이 스며들 것 같고 화장실은 수세식 변기이며 욕실의 욕조도 좁다. 기타아게오의 집에 비해 결코 살기 편한 집은 아니었다.

마사키가 태어난 것을 계기로 기타아게오의 집을 구입했다고 어머니에게 들은 적이 있다. 전혀 기억하지 못하지만, 자신도 아주 짧게 이런 연립주택에 살았구나 싶어 묘한 감회를 느꼈다.

좌식 테이블 위에 휴대전화가 놓여 있다. 그것을 집으려다 테이블에 글자가 적힌 것이 보였다. 그 글자를 눈으로 좇은 마사키는 고개를 갸웃했다.

일어나자마자 서랍 속을 볼 것

"무슨 뜻일까……."

누구에게랄 것도 없이 중얼거렸지만, 나가오카가 가까이 와서 테이블의 글자를 들여다봤다.

"뭘까요?"

마사키는 부엌으로 가서 진열장 서랍을 열고 안에 든 봉투를 꺼냈다. 봉투 표면에 갈겨쓴 글자를 보고 흠칫 놀랐다.

누가 기미코와 후미코를 죽였는지 잊지 말 것

도대체 무슨 뜻인지.

그 밑에 인쇄된 '호프 탐정사무소'라는 글자를 보고 더 혼란스러워졌다.

탐정사무소?

봉투 속에 들어 있는 서류를 끄집어냈다. 표지에 '조사 보고서'와 '작성자 고구레 마사토'라고 쓰여 있다.

마사키는 서류를 넘겨보았다. '조사 대상자 마가키 쇼타'라는 글자를 보고 얼굴에 핏기가 가셨다.

낡은 2층짜리 연립주택 사진과 문에서 나오는 마가키 쇼타의 사진이 실려 있다.

낯익은 연립주택이라는 생각에 확인해보니 이 건물 102호실에 산다고 되어 있다.

이게 도대체 무슨 일인지.

"왜 그럽니까?"

나가오카의 물음에 마사키는 조사 보고서라고 쓰인 서류와 봉투를 건넸다. 그것을 본 나가오카도 말을 잇지 못했다.

누가 기미코와 후미코를 죽였는지 잊지 말 것.

도대체 아버지는 무슨 생각을 하는 걸까. 여기서 도대체 무얼 하려고 하는 걸까…….

"이제 어떻게 하면 좋겠습니까."

마사키는 한숨과 함께 그 말을 토했지만 맞은편에 앉은 나가오카는 말없이 술을 홀짝일 뿐이었다.

근처에 마가키 쇼타가 살고 있음을 알지 못한 채 아버지를 그 집에 살게 한 책임을 느끼는지 술집에 들어온 이후 거의 입을 열지 않고 있다.

서류를 발견한 직후 두 사람은 구역을 나눠서 아버지를 찾으러 다녔다. 그런데도 결국 찾지 못해 파출소로 뛰어가 도움을 청했더니 그렇지 않아도 경찰서에서 아까부터 보호 중이라는 사실을 알아냈다.

경찰서로 데리러 가자, 오랜만에 만난 아버지가 "자네는 누군가?" 하고 물어 마사키는 심한 충격을 받았다. 겨우 아들임을 기억해낸 아버지에게 마사키는 왜 마가키 쇼타가 살고 있는 연립주택에서 지내는지 추궁했지만, "나는 거기 있어야 한다"라는 말뿐, 납득이 갈 만한 대답은 얻지 못했다.

이대로 기타아게오의 집으로 돌아가자고 설득했지만, 들은 척도 하지 않고 "나는 그 집에 돌아가야 한다! 빨리 돌려보내 줘!" 하고 고래고래 악을 쓰는 바람에 도저히 어떻게 할 수가 없었다. 그런데도 억지로 기타아게오의 집으로 데려가서 연립주택 열쇠를 빼앗았다.

하지만 기타모토에서 그리 멀지 않은 기타아게오에 살고 있는 한, 마가키 쇼타에게 접근을 꾀하는 것은 가능할 것이다.

아버지가 아무리 거부해도 이대로 강제로라도 나고야에 데려가야 하지 않을까.

아버지는 대체 무슨 생각을 하는 걸까. 이제 어떻게 해야 좋을까. 아무리 생각해도 해답은 떠오르지 않고 한숨만 나왔다.

"생각건대……."

그 목소리에 술잔을 입으로 가져가던 손을 멈추고 나가오카를 봤다.

"선생님은 마가키 쇼타를 어떻게 할 생각으로 그 연립주택으로 이사하신 게 아니라고 생각합니다."

"그럼 왜 굳이 거기로 이사하셨다고 생각하십니까?"

마사키가 되물었다.

"예를 들어…… 마가키 쇼타가 어떻게 살고 있는지 순수하게 궁금하셨을 수도 있습니다."

"그게 왜 궁금합니까?"

"자신의 소중한 사람을 죽게 한 사람이 그 후 제대로 살고 있는지 아닌지 확인하고 싶으셨던 게 아닐까요?"

얼마 남지 않은 시간을 그런 남자 때문에 허비하다니 자신의 머리로는 도저히 이해할 수가 없다.

"선생님과는 40년 넘게 알고 지냈습니다만, 제가 이제껏 접해온 누구보나도 엄격한 도덕관을 가지신 분입니다. 아무리 소중한 사람을 죽게 한 상대일지라도 복수할 생각을 하실 리가 없습니다. 게다가 봉투에 쓰인 것은 '누가 기미코와 후미코를 죽였는지 잊지 말 것'이었죠. 마가키 쇼타에게 복수할 작정이었다면 '누가 기미코를 죽였는지 잊지 말 것'이라고 쓰셨을 테지요."

듣고 보니 마사키도 그 말이 마음에 걸렸다.

왜 후미코의 이름까지 적고 누가 죽였는지 잊지 말라고 썼는지 영문을 모르겠다.

후미코는 누군가가 죽게 한 것도 살해한 것도 아닌, 병으로 세상을 떴다.

자신이 아는 한 그렇다. 아니면 부모님이 말해주지 않은 뭔가 다른 사정이 있었던 걸까.

"아버지 기억이 가물가물해져서 그런 게 아닐까요? 마가키 쇼타가 어머니뿐만 아니라 후미코도 같이 죽게 했다고 착각하실 수도 있잖습니까."

"절대 아니라고는 할 수 없지만…… 어쨌든 저는 선생님을 믿고 싶군요. 선생님 나름대로 생각하는 바가 있어서 그 집으로 이사하셨을 테지만, 그건 결코 복수 때문은 아닐 겁니다."

가족이 아니라서 그렇게 낙관적으로 생각할 수 있다는 말을 입 밖에 내지 않는 대신 눈으로 호소했다.

마가키 쇼타가 같은 건물에 살고 있음을 알았을 때, 법정 증언대에 선 마가키의 모친이 머리에 떠올랐다.

어쩌면 나도 같은 입장에 놓일지도 모르겠다고.

아니, 내 입장이야 어쨌든 적어도 어머니를 잃기 전까지 아버지는 훌륭한 인생을 살아왔다고 자식 된 마음으로 자랑스럽게 여겼다. 아버지는 교사로서 주변 사람들의 존경을 받고 나가오카를 비롯해 많은 사람들의 흠모를 받았다.

그렇기 때문에 만절晩節을 더럽히는 행위만큼은 절대로 하지 않았으면 한다. 그리고 남은 인생을 가급적 평온하게 보냈으면 한다.

그것이 아들로서 바라는 간절한 소원이다.

_____8

쇼타는 집으로 가던 중 케이크 가게 간판이 눈에 들어와 걸음을 멈췄다.

아야카는 오늘도 집에서 저녁을 만들어주고 있다고 했다.

음식을 해도 아야카가 쇼타의 집에서 먹고 가는 일은 없다. 아야카의 집에서 다시 식사 준비를 한다면 여기서 함께 먹고 가면 될 텐데, 하고 늘 생각하지만 그것이 아야카 나름의 선 긋기일 거라 생각해 굳이 말을 꺼내지 않고 있다.

친구로서 쇼타가 다시 일어서도록 돕고 싶지만 연인은 아니라고 한다.

다만 지금 이렇게 알차고 보람된 삶을 살고 있는 것은 아야카 덕분이다. 같이 식사하자는 말은 아직 꺼내지 못했지만 적어도 늘 음식을 해주는 것에 대한 보답으로 케이크라도 대접하고 싶다.

쇼타는 가게에 들어가 아야카가 좋아할 만한 케이크를 두 개 샀다. 가게를 나와 어두운 길을 걸으며 아까 나카이 지즈루가 보인 얼굴을 머릿속에 떠올렸다.

요 며칠 쇼타는 솔선해서 지즈루에게 말을 걸어보았다. 처음에는 "신입이라 제대로 일도 못하는 주제에" 하고 욕을 먹었지만, 그럼에도 불구하고 꾸준히 말을 거는 사이 그녀에 대해 많은 것을 알게 되었다.

지즈루는 도쿄에서 아들 가족과 함께 살았지만 치매가 진행된 탓에 반년 전에 그룹홈에 입소했다. 입소한 이후 아들 내외가 찾아온 것은 두 번뿐이다. 심지어 초등학생 손주는 한 번도 오지 않았다고 한다. 지즈루는 손주 사진을 휴대전화 대기 화면으로 해놓고 늘 들여다보았다.

쇼타는 그 사실을 알고 지즈루가 주변 사람들이 싫어할 만한 언행을 하는 이유는 가족을 만나지 못하는 외로움 때문이 아닐까 생각했다.

쇼타는 그저께 지즈루의 아들에게 연락해 조만간 손주와 함께 와달라고 부탁했다. 처음에는 아이처럼 변해버린 어머니 모습을 자식에게 보이고 싶지 않다고 거절했지만, 끈질기게 부탁하자 승낙해주었다. 그리고 오늘 손주와 함께 만나러 와주었다.

아들이 쇼타에게 연락을 받았다고 말했는지 지즈루는 쇼타의 손을 잡고 함박웃음을 띠며 고맙다고 말해주었다.

그 웃는 얼굴에 마음이 치유되어 그만 눈물이 날 뻔했다.

초인종을 누르자 바로 문이 열리고 아야카가 "어서 와" 하고 맞아주었다.

"다녀왔어."

신발을 벗고 안으로 들어가서 아야카에게 케이크 상자를 내밀었다.

"이게 뭐야?"

"오늘은 좋은 일이 있기도 했고, 또 매번 음식을 만들어준 답례야. 혹시 뭣하면 집에 가서 먹어도 돼."

그렇게 말하며 부엌에 가서 오늘의 요리를 들여다보았다. 닭

튀김과 톳조림이었다.

"좋은 일이라니 뭔데?"

아야카가 흥미를 느끼는 듯했다.

"나중에 말해줄게. 손부터 씻고 올게."

세면실에서 손을 씻고 있는데 초인종 소리가 들렸다.

이 시간에 누구일까. 104호실의 야마다일까.

쇼타는 세면실을 나와 현관으로 갔다. 문구멍을 들여다보며 "네, 누구세요?" 하고 물었다. 중년 남자가 서 있었다.

어디선가 본 기억이 있는 듯한······.

그렇게 생각하고 있자 밖에서 "노리와입니다" 하는 목소리가 들려 온몸이 얼어붙었다.

노리와······.

그렇다, 재판 때 방청석에서 자신을 노려보던 남자다.

어떻게, 여기에······.

"마가키 쇼타 씨 댁 맞죠? 잠깐 드릴 말씀이 있습니다만."

밖에서 더 묵직한 목소리가 들려 무심코 아야카를 보았다. 그녀도 그 이름을 들었는지 경직된 얼굴로 쇼타를 쳐다본다.

주저하며 문을 열자 남자가 현관에 들어왔다. 아야카를 흘끗 보고는 바로 쇼타에게 시선을 되돌렸다.

"밖에서 잠시 이야기 좀 할 수 있습니까?"

거절을 허락하지 않는 말투였기에, 쇼타는 신발을 신고 남자와 함께 밖으로 나가 문을 닫고 남자를 따라갔다.

무슨 이유로 여기에 왔을까. 애초에 어떻게 자신이 이곳에 살고 있는 것을 알았을까.

남자가 연립주택에서 조금 떨어진 곳에서 걸음을 멈추고 뒤돌았다. 남자와 눈이 마주치자 심장을 움켜잡힌 듯한 통증이 스쳤다.

"갑자기 찾아와 죄송합니다. 저는 노리와 기미코의 아들 마사키입니다."

남자가 딱딱한 표정인 채로 말했다.

"저, 저기……."

그 이상 말이 나오지 않았다.

"무례한 말인 줄은 알지만, 최대한 빨리 이 건물에서 나가주지 않겠습니까."

쇼타는 그 말이 무슨 뜻인지 몰라 고개를 갸우뚱했다.

"실은……."

남자가 운을 떼고 연립주택 쪽을 보더니 바로 이쪽으로 시선을 되돌렸다.

"우리 아버지가 이 건물 104호실에 살고 계셨어."

그 말에 놀라서 104호실 쪽을 봤다.

야마다, 그 노인이 노리와 기미코의 남편이라고……?

"석 달 전부터 살고 계셨는데, 나도 어제 처음 알았지."

"왜, 여기에……."

무심코 말이 튀어나왔다. 남자가 날카로운 눈초리로 고개를 가로저었다.

"모르겠어. 왜 저 집으로 들어왔는지 아무리 캐물어도 아버지는 치매 때문에 제대로 대답하지 못하시더군. 지금은 억지로 십에 계시게 하고 저 집 열쇠도 내가 보관하고 있는데…… 자네가 이 건물에 산다는 걸 알고 계시니 언제 어느 때 자네 앞에 나타날지 몰라."

그 노인이 왜 이 건물로 이사 왔을까.

당장 떠오르는 것은 노인의 아내를 죽게 한 것에 대한 복수다. 그 때문에 쇼타에게 접근했지만 치매로 인해 그 한을 풀지 못한 것이 아닐까.

형광등을 갈아주었을 때만 해도 치매로는 보이지 않았다. 그때는 쇼타의 아버지가 돌아가신 직후인 것을 알고 일단 계획을 보류하기로 마음먹은 것일지도 모른다.

남자가 윗도리 안주머니에서 봉투를 꺼내 쇼타에게 건넸다.

"뭡니까?"

쇼타가 물었다.

"30만 엔 들어 있어. 이걸로 하루빨리 다른 데로 이사 가줘."

쇼타는 그가 내민 봉투를 보기만 하고 받지 않았다.

"나도 자네한테 돈을 주고 싶지는 않아. 하지만…… 자네 때

　　　　어느 도망자의 고백

문에 이번에는 소중한 아버지까지 잃을 수야 없지.”

'자네 때문에 이번에는 소중한 아버지까지 잃을 수야 없지……'

그 말뜻을 곱씹었다. 자기 아버지가 쇼타에게 위해를 가해서 경찰에 체포될까 염려하는 것이다.

쇼타는 봉투에서 남자에게로 시선을 옮겼다.

“이 돈을 받을 수는 없습니다. 다만 최대한 빨리 저 집에서 나가도록 하겠습니다.”

“알겠어. 그렇게 해줘.”

남자는 봉투를 도로 안주머니에 넣고 쇼타를 한 번 쳐다본 뒤 걸음을 옮겼다. 그 모습이 보이지 않을 때까지 꼼짝 않고 있다가 뒤늦게 쇼타도 걸음을 내디뎠다.

현관문을 열자 불안한 눈빛으로 이쪽을 바라보는 아야카와 눈이 마주쳤다.

“아까 그 남자는…….”

바로 아야카가 입을 열었다.

“피해자의 아들…… 마사키 씨라고 했어.”

쇼타는 대답하며 신발을 벗고 안으로 들어갔다.

“대체 무슨 이야기를 했어?”

“이 집에서 나가달래.”

쇼타를 쳐다보며 아야카가 고개를 갸웃거렸다.

“104호실 야마다 씨는…… 아까 찾아온 노리와 마사키 씨의 아버지야."

믿기지 않는지 아야카가 눈을 동그랗게 떴다.

"어떻게…… 이 건물에……?"

"이유를 따져 물어도 제대로 대답을 못 하신다는데, 아마 아내의 원수를 갚기 위해서겠지. 나 때문에 이번에는 소중한 아버지까지 잃고 싶지 않다며 빨리 나가달라고 나한테 30만 엔이 든 봉투까지 내밀더라."

"그래서……."

"물론 돈은 거절했어. 내가 피해자 가족한테 돈을 어떻게 받겠어? 그래도 최대한 빨리 나가기로 약속했어. 이사 비용이 마련될 때까지 당분간 인터넷 카페에서 출퇴근할게."

쇼타는 힘없이 말하고 큰방으로 들어갔다.

————————9

기타아게오의 본가로 돌아가 식당에 들어가자 혼자 식탁에 앉아 있던 구미가 돌아봤다.

"아버지는?"

마사키가 묻자 구미가 "거실에서 주무셔" 하고 대답했다.

어제 아버지가 그 건물에서 지낸다는 것을 알고 바로 구미에게 연락했다. 오늘은 마가키 쇼타를 만나러 가는 것 외에도 해야 할 일이 몇 가지 있는데, 아버지를 혼자 두기가 불안해 구미에게 아침부터 와달라고 한 것이다.

"아버지는…… 어떠셨어?"

마사키가 구미의 맞은편에 앉으며 물었다.

"소용없었어."

구미가 고개를 절레절레 흔들었다.

"왜 그 집에서 살려고 했는지 아무리 물어도 대답 안 해주시더라."

"그랬구나……."

어쩌면 구미라면 뭔가 알아낼 수 있을까 기대했건만.

"그리고 나고야나 센다이에도 절대로 안 가시겠대……. 오빠는 어땠어?"

"일단 마가키 쇼타는 그 집에서 나가기로 했어. 돈은 받지 않았고."

"그래. 당연히 그래야지."

구미는 마가키에게 돈을 주는 것을 몹시 반대했지만 달리 방법이 없다고 납득시켰다.

"이제 어떻게 해야 하나……."

구미가 손으로 턱을 괴고 무거운 한숨을 내쉬었다.

"애들 아빠는 센다이 집에 놔두고 당분간 나만 여기에서 지내야 할까?"

"일은 어쩌려고? 이제 겨우 원하던 곳에서 일하게 되었잖아."

구미는 센다이로 이사한 뒤 전통 공예인 고케시❖에 관심이 생겨 지금은 그것을 만드는 공방에서 일한다. 취업하기까지 고생이 많았는지 채용이 결정되었을 때 아주 크게 기뻐했다. 그런 구미에게 공방 생활을 접고 이곳에서 지내달라고 할 수는 없었다.

"달리 방법이 없잖아. 얼마간 있다 보면 다시 돌아갈 수⋯⋯."

구미는 거기까지 말하고 아차 싶었는지 입을 닫았다. "미안해" 하고 민망해하며 사과했다.

"괜찮아."

구미가 아버지의 죽음을 바라는 게 아니라는 것은 잘 알고 있다.

더 이상 우리가 알던 아버지가 아니다. 병에 걸렸으니 어쩔 수 없지만, 자기 자식마저 잊어버리고 남에게 위해를 가하려고까지 했다. 그것을 말릴 길이 없다면 마사키도 구미처럼 생각할 지경이었다.

"조금만 더 지켜보자. 오늘 마가키 쇼타를 만나러 가기 전에 근처 요양 시설에 가서 방문 요양 보호사를 신청했어. 매일 오

❖ 머리와 몸통으로만 이루어진 목각 인형.

후 1시에 올 거야."

"그것만으로 괜찮을까?"

구미가 걱정스럽게 말했다.

"모레 중요한 회의가 있어서 나고야에 가야 하는데, 내일 전자 제품 대리점에 가서 홈캠을 사려고."

"홈캠?"

"휴대전화로 볼 수 있는 가정용 CCTV 같은 거 말이야. 아버지 모르시게 거실과 식당에 설치할 거야. 온종일 감시할 수는 없겠지만……."

"그래……. 그걸로 당분간 상황을 지켜볼 수밖에 없겠어. 나도 시간 날 때마다 확인할게."

아버지의 사생활을 침해할 수 있는 일이라 동의해줄까 불안했지만 구미는 그것도 어쩔 수 없다는 듯이 동의해주었다.

"앞으로도 오래도록 잘 부탁드립니다."

마사키는 거래처 사람에게 인사를 하고 회사를 뒤로했다. 거래처 회사가 입주한 건물에서 나와 오사키역으로 향했다.

손목시계를 확인하니 아직 5시 전이다. 오늘은 곧장 퇴근이라 7시 넘어서 집에 도착할 수 있을 것 같다.

전화가 걸려와 주머니에서 휴대전화를 꺼냈다. 화면에 표시된 이름 '구미'를 보고 기분이 가라앉았다.

기타아게오의 집에 홈캠을 설치하자고 제안한 것은 자신이지만, 그로부터 일주일간 툭하면 연락이 와서 조금 지긋지긋하다.

불단의 촛불을 계속 켜두고 지내서 위험하다는 둥 며칠 전에 만든 음식을 식탁에 내놓은 채 먹으면 탈이 난다는 둥 가지가지다.

"그래…… 무슨 일이야?"

마사키는 전화를 받았다.

"아까부터 계속 LINE 보냈잖아!"

구미가 악쓰듯 말했다.

"여태 거래처하고 회의 중이었는데 그걸 무슨 수로 봐?"

"큰일 났다고!"

그 말에 몸이 움츠러들어 걸음을 멈췄다.

"대체 무슨 일인데?"

"아까 계속 본가의 거실 영상을 보고 있었는데, 아버지가 가방에서 칼 같은 걸 꺼내서……."

"칼?"

"날밑 같은 게 보였으니 아마 칼일 거야. 가방에서 그걸 꺼내고 가만히 보면서 불단 앞에 잠깐 앉아 있었어. 두 시간 전의 일인데 그 후에 거실에서 없어졌고, 이후에는 식당에도 거실에도 아버지 모습이 안 보여. 그래서……."

"휴대전화에 연락해봤어?"

"했는데 안 받으셔."

"알겠어. 지금 도쿄에 있으니까 내가 살펴보러 갈게."

마사키는 전화를 끊었다. GPS 지도를 불러왔다.

GPS 기호가 빠른 속도로 이동하고 있다. 전철을 탄 모양이다. GPS 기호는 오미야 방면으로 가고 있었다.

_____ 10

입소자와 트럼프 놀이를 하고 있는데 동료인 아라키가 왔다. 이제 퇴근 시간이 다 되었다고 알려주었다. 끊기 적당한 데까지 카드놀이를 하고 쇼타는 입소자와 직원들에게 인사한 뒤 탈의실로 갔다.

탈의실 안으로 들어가서 오른손으로 어깨를 주물렀다. 중노동에 더해 익숙하지 않은 생활로 몸 구석구석 안 아픈 곳이 없다.

연립주택을 나와 인터넷 카페에서 숙박한 지 닷새가 지났다. 다리를 쭉 뻗고 푹 잘 수 없을 뿐만 아니라, 좁은 공간에서의 생활로 인해 과거 구치소에서 갇혀 지냈을 때의 기억이 되살아나 심장이 미친 듯이 쿵쾅댔다.

하루빨리 이런 생활에서 벗어나고 싶지만 목돈이 없어서 새

집을 찾지 못하고 있다. 최소한 반년은 지나야 이사 비용을 마련할 수 있을 것 같다.

탈의실에서 옷을 갈아입고 현관으로 향했다. 신발을 갈아 신고 밖으로 나가 역으로 걸어갔다.

문득 인도 끝에 지팡이를 짚고 서 있는 노인이 눈에 들어왔다. 목에 휴대전화를 건 노리와라는 것을 알아보고 소스라치게 놀랐다.

왜 이런 데 있지?

쇼타와 눈이 마주치자, 노리와는 어깨에 멘 가방에서 보자기 꾸러미를 꺼냈다. 보자기 속 물건을 손에 들고 뭐라고 중얼중얼하고 있다.

그것이 칼이라는 것을 알고 쇼타는 몸이 뻣뻣해졌다.

노리와가 칼을 들지 않은 손으로 지팡이를 짚고 이쪽으로 다가오는데도, 무서워서 발이 옴짝달싹하지 않는다. 쇼타의 이름을 연신 부르며 바로 눈앞까지 다가왔다.

"아버지! 뭐 하시는 거예요!"

부르짖는 소리와 동시에 노리와의 얼굴이 코앞에서 물러갔다. 뒤에서 누군가 노리와의 겨드랑이 밑으로 팔을 넣어서 몸을 붙들고 쇼타에게서 떼어놓았다.

아들인 마사키다.

"아버지, 그만두세요. 가요!"

마사키가 반대 방향으로 끌고 가려 하는데도, 노리와는 "누구냐, 너는! 놔! 나는 이 남자에게……" 하고 악을 쓰며 이쪽으로 오려고 안간힘을 썼다. 마사키가 더 세게 잡아당기자 노리와가 손에 쥐고 있던 칼을 떨어뜨렸다.

마사키가 그것을 흘끗 봤지만 주워 올릴 여유도 없이 아버지를 붙들고 조금씩 뒤로 물러났다. 쇼타와의 사이에 간격이 생기자 조금 전까지만 해도 격렬히 저항하던 노리와의 움직임이 딱 멎었다. 힘을 다 소진했는지 무릎을 꿇을 뻔한 노리와를 마사키가 부축했다.

"미안하군. 다시는 못 만나러 오게 할 테니 이번 일은 부디 원만하게 넘어가주지 않겠나?"

마사키는 그렇게 말하고 작게 머리를 숙인 뒤 빈 껍질이 된 듯한 아버지를 부축하며 뒤돌아 걸어갔다.

쇼타는 심장이 미친 듯이 쿵쾅대는 것을 느끼며 멀어지는 두 사람의 뒷모습을 지켜보았다.

쇼타는 몸에 진동이 느껴져 눈을 떴다.

바지 주머니에서 휴대전화를 꺼내 화면을 확인했다. '그룹홈 느티나무'였다. 출근 시간이 지나도 오지 않아 연락했으리라.

전화를 받지 않고 화면을 보고 있자니 이윽고 손안에서 진동이 멎었다.

나름대로 열심히 일했지만 이제 그곳에서 일하기도 틀렸으리라.

마사키는 노리와가 다시는 못 만나러 오게 하겠다고 했지만 그런 보장은 어디에도 없다.

쇼타는 휴대전화를 선반에 두고 가방에서 수건으로 감싼 것을 꺼내 무릎에 올려놓았다. 수건을 풀어 노리와가 떨어뜨리고 간, 날밑이 달린 길고 가는 칼을 새삼 바라보았다.

전체적으로 녹이 슬었고 날이 중간에 부러져 있다. 길이는 칼자루를 포함해 20센티미터쯤 될까. 칼날은 이가 빠져 잘 들지 않을 것 같지만, 그래도 이 칼에 찔리면 크게 다칠 것이다.

이런 위험한 물건을 갖고 있기는 꺼림칙하지만, 노리와가 또 접근하면 경찰에 신고할 때 증거로 삼기 위해 주워 왔다. 손이 닿지 않도록 수건으로 감싸놓았으니 노리와의 지문이 남아 있을 터다.

그나저나…….

늙은 몸에 채찍질을 하듯 그 낡은 연립주택에서 살기 시작해 어제는 자신의 직장 근처에서 내내 쇼타가 나오기를 기다렸으리라. 심상치 않은 집념을 느끼고 겁이 났다.

분명히 나를 뼛속 깊이 증오하고 있을 것이다.

애초에 노리와는 정말 인지 장애를 겪고 있을까. 어쩌면 앞으로 자신이 저지를 죄를 가볍게 하기 위해 그런 척을 하는 것은 아닐까 하고 지금은 억측마저 든다.

어젯밤 아야카에게 전화로 노리와를 맞닥뜨렸을 때의 이야기를 하자 그녀도 믿기지 않는다는 듯 말을 잇지 못했다. 아야카는 만나서 이야기하자고 했지만 거절했다.

그 연립주택이나 직장을 알고 있으니 아야카의 집도 노출되었을지도 모른다. 그것을 단서로 쇼타가 어디에 있는지 알아낼 수도 있는 것이다.

'더 이상 시간을 낭비하는 일은 하지 마.'

문득 그 말이 뇌리에 되살아났다.

언제였던가, 쇼타가 피해자의 가족을 만났는지 물었을 때 마에조노가 한 말이다. 나는 20대라는 귀중한 시기에 교도소에서 5년 가까이 지냈으니 수지가 안 맞을 만큼의 속죄를 한 셈이라고도 말했다.

그때부터 어떻게든 다시 일어서려고 모처럼 갱생의 길을 걷기 시작했건만, 왜 이런 형태로 멈춰야 하나. 왜 나만 이렇게 궁지에 내몰려야 하나.

똑같이 사람을 죽게 한 마에조노는 자기 죄를 뉘우치지 않고 초연하게 살고 있지 않은가.

마에조노를 떠올리다 보니 예전에도 해본 적 있는 생각을 다시금 하게 되었다.

저쪽에 가면 더 편해지지 않을까.

자신이 저지른 죄를 반성하지 않는, 그런 사람들에게 둘러싸여 생활하는 편이 훨씬 살기 편할지도 모른다.

—————————11

"자동 응답 서비스로 연결합니다. 삐 소리 후에 메시지를 남겨주세요……."

아야카는 안내 멘트를 들으며 메시지를 남겨야 할지 고민했다.

가능하면 메시지를 남기는 대신 직접 대화를 하고 싶지만 시간대를 바꿔가며 몇 번을 걸어도 연결되지 않는다.

삐 소리가 나고 아야카는 입을 열었다.

"저…… 코퍼스미요시에서 몇 번 뵌 적이 있는 구리야마입니다. 노리와 씨를 만나 뵙고 말씀드리고 싶은 것이 있어요. 이 메시지를 들으시면 연락 주시기 바랍니다. 잘 부탁드립니다……."

전화를 끊고 휴대전화를 가방에 넣은 뒤 오케가와역으로 향했다.

일주일 전에 쇼타에게 연락이 왔었다. 일을 마치고 퇴근하는 쇼타에게 노리와가 칼을 들고 접근했다는, 믿기지 않는 내용이었다.

다행히 노리와의 아들 마사키가 말린 덕에 해를 입지는 않았지만, 쇼타의 목소리에는 몹시 동요한 기색이 배어 있는 것 같았다.

일단 만나서 이야기하자고 했지만 쇼타는 거절했다. 그로부터 사흘 뒤에 그룹홈 일을 그만두었다는 문자가 왔다. 문자를 보며 그토록 열심히 노력해서 얻은 일이었건만, 하고 원통한 마음이 치밀어 올랐다.

노리와는 왜 쇼타가 사는 곳까지 왔을까. 왜 쇼타를 따라다닐까.

칼을 들고 있었다던데 정말 아내의 원수를 갚으려 한 걸까.

소중한 사람을 죽게 한 인간을 증오하는 마음은 이해할 수 있다. 만약 다쿠미나 내 친한 사람들이 누군가에게 살해되면 그 상대를 증오하는 마음을 품게 되리라.

음주 운전을 한 것은 비난받아 마땅한 일이지만 쇼타는 노리와의 아내를 고의로 죽게 한 것이 아니다.

게다가 대놓고 말하지는 않았지만 쇼타는 그 사고를 일으킨 것을 몹시 후회하고 있고, 피해자와 그 가족에게 진심으로 사죄하고 있다고 생각한다. 특히 소중한 아버지를 잃고 나서는 그 마음이 더 간절해지지 않았을까. 쇼타가 요양 시설에서 일하고 싶어 한 것은 자기 때문에 죽은 노리와 기미코 같은 고령자를 돕는다면 조금이나마 속죄가 되리라고 생각해서가 아니었을까.

지금은 아야카도 그때 한 일을 뼈저리게 후회한다. 지금껏 그

죄를 외면하며 살아왔다. 하지만 104호실에 있던 영정 사진 속 여성이 노리와 기미코라는 것을 알고부터 마음속으로 줄곧 사죄하고 있다.

5년 전에 쇼타의 마음을 시험하려고 보낸 문자. 그것만 보내지 않았더라면 지금도 노리와는 사랑하는 아내와 함께 있지 않을까. 그 생각을 하면 가슴이 찢어질 것 같다.

쇼타가 그룹홈에서 일하기 시작한 이후 다쿠미의 잠자는 얼굴을 볼 때마다 어쩌면 셋이 가족이 되는 날이 오지 않을까 하고 꿈을 꾸었다.

그러나 내 죄를 똑똑히 목격하게 된 지금은 그것이 안이한 생각이었음을 깨달았다.

만약 훗날 쇼타에게 다쿠미의 존재를 밝힌다면 그것은 그가 갱생의 길을 걷고 있다고 확신할 수 있을 때여야 한다. 정규직으로 취직하고 아니고의 문제가 아니라, 자기가 저지른 죄를 제대로 마주하고 있는지 아닌지의 문제라고 생각한다. 그렇게 될 수 있도록 나 또한 죄를 마주해야 한다.

그리고 언젠가는 노리와 기미코의 유족에게 나도, 쇼타도 용서를 받고 싶다. 어떻게 하면 용서해줄지 알고 싶다. 그렇게 생각하고 노리와의 휴대전화에 계속 전화를 걸었다.

만약 노리와를 만나서 이야기할 수 있다면 그 사고를 일으킨 원인은 내게도 있다고 말하고, 나와 쇼타를 용서해달라고 머리를 숙일 것이다.

어린이집에 도착하자 보육교사가 다쿠미를 데려왔다. 다쿠
미는 울고 있었다.

"무슨 일이니?"

아야카가 물어도 다쿠미는 손으로 눈물을 닦으며 아무 말도
하지 않았다. 다쿠미를 데려온 보육교사를 쳐다보자 난처한 표
정을 짓는다.

"무슨 일이 있었나요?"

아야카는 보육교사에게 물었다.

"아니…… 딱히 무슨 일이 있었던 건 아닌데요……. 미쓰히
로 군이 얼마 전에 가족끼리 여행을 다녀온 이야기를 했더니 다
른 아이들도 여행 이야기를 꺼내서……."

그런데 왜 다쿠미가 운다는 건가.

"아마 아버지 때문……이 아닐까요?"

그 말에 정신이 번쩍 들어 다시 다쿠미를 봤다.

"……왜 우리 집에는 아빠가 없는 거야? 나도 아빠랑 놀고 싶
어……."

"미안해…… 다쿠미, 미안해……."

아야카는 그렇게 말하며 다쿠미를 꼭 껴안을 수밖에 없었다.

런치세트의 후식인 커피가 나왔다. 노리와 마사키는 커피를
한 모금 마셨다.

"아 참, 부장님, 요즘 어떠세요?"

맞은편에 앉은 안자이가 관심이 많은지 몸을 내밀고 물었다.

아버지 일을 묻는 듯하다. 며칠 전에 치매인 아버지를 나고야
로 모셔왔다는 이야기를 했다. 안자이의 아버지도 상당히 고령
인데 고향에서 혼자 살고 있다고 했으니 신경이 쓰일 만도 하다.

"아내한테 부담을 줘서 미안하지만 나는 안심이 되더군. 덕
분에 지난 일주일간 일에 집중할 수 있었고."

"그래도 이쪽으로 오시는 걸 납득하셔서 다행이에요. 저희도
걱정이 많아서 본가에 갈 때마다 설득하고 있기는 한데, 힘드네
요……."

안자이가 쓸쓸하게 웃으며 고개를 절레절레 흔들었다.

"우리도 쉽지 않았지."

마가키 쇼타와 그 난리를 치른 후, 마사키는 그길로 아버지를
붙들고 강제로 나고야로 데려갔다. 처음에는 누가 보든 말든 몸
부림을 치고 악을 써서 쩔쩔맸지만, 곧 체력과 기력이 다했는지
신칸센을 타기 전에는 얌전해졌다.

시계를 보니 이제 곧 2시가 된다. 느지막이 시작한 점심시간

이 끝날 때다. 안자이를 재촉해 커피를 다 마신 뒤 전표를 챙겨 일어섰다.

가게를 나와 엘리베이터 홀로 가고 있는데 주머니에 진동이 느껴졌다. 휴대전화를 꺼내보니 아내 지히로의 전화였다.

"미안하군. 먼저 가 있어."

안자이에게 양해를 구하고 전화를 받았다.

"여보, 어떻게 해!"

갑자기 절박한 목소리가 들렸다.

"무슨 일인데?"

"아버님이 안 계셔."

"안 계시다고?"

"점심을 잡수신 뒤에 잠깐 장 보러 나갔다 왔더니 아버님이 어디에도 안 계셔……."

"잠깐 산책하러……."

"장롱 서랍이 열려 있고, 거기에 넣어둔 축의금 봉투가 없어 졌어."

다음 주에 마사키 부부가 친하게 지내는 지인의 결혼식이 있어 지히로가 준비해놓은 것이다. 마사키가 5만 엔을 넣자고 했다.

"휴대전화는?"

"방에 있어."

저도 모르게 혀를 찰 뻔했다.

"당신이 나간 게 몇 시쯤이었어?"

"12시 40분 정도. 집에는 20분 전에 들어왔는데……."

"알겠어. 일단 집으로 가지."

마사키는 전화를 끊고 서둘러 엘리베이터 홀로 향했다. 엘리베이터를 타고 회사가 있는 16층 버튼을 눌렀다.

회사에 들어가 곧장 영업부 안자이의 책상으로 향했다.

"미안하지만 나 대신 잠시 후에 있을 영업회의를 맡아서 해 주겠나?"

"무슨 일이세요?"

안자이가 물었다.

"집에서 전화가 왔는데 아버지가 좀……."

안자이가 바로 납득했는지 "알겠습니다" 하고 말하며 고개를 끄덕였다.

"미안하군."

마사키는 그 말을 남기고 자기 책상으로 갔다. 재빨리 나갈 준비를 하고 동료에게 인사한 뒤 퇴근했다. 전철을 갈아타고 집에 가기도 번거로워 건물 밖으로 나오자 택시를 잡았다.

아버지는 집에 있는 돈을 챙겨 어디로 갔을까.

설마…….

택시가 멈추자 마사키는 택시비를 지불하고 내려 곧장 집으로 뛰어 들어갔다.

"여보…… 미안해."

그렇게 말하고 마중한 지히로에게 고개를 끄덕여 보이고 마사키는 아버지 방으로 사용 중인 1층 다다미방으로 향했다.

지히로의 말대로 끈 달린 아버지의 휴대전화가 좌식 테이블에 내팽개쳐져 있다. 무슨 단서가 없을까 싶어 착신 이력을 확인했다.

오늘 오후 1시 7분에 '고구레 마사토'라는 사람이 전화를 걸어왔다.

"장 보러 나간 건 12시 40분부터 1시간 정도라고 했지?"

마사키가 확인하자 지히로가 고개를 끄덕였다.

이 사람의 전화가 뭔가 관계가 있는 걸까. 애초에 이 사람은 아버지와 무슨 관계일까.

휴대전화 화면을 바라보며 어디선가 본 기억이 있는 이름이라는 것을 깨달았다. 마사키는 어디서 봤더라 하고 기억을 더듬다 휴대전화를 챙겨 방을 나왔다. 계단을 올라 2층 자기 방으로 향했다. 책상 서랍을 열어 봉투를 꺼내고 안에 들어 있는 서류를 재빨리 훑었다.

역시 그랬다. 마가키 쇼타의 조사 보고서를 작성한 사람이 '고구레 마사토'다.

마사키는 고구레에게 전화를 했다. 몇 번의 신호음 뒤 전화가 연결되어 "네, 무슨 일이십니까?" 하는 남자 목소리가 들렸다.

"호프 탐정사무소 고구레 씨입니까?"

마사키가 말하자 잠시 침묵이 흘렀다.

"지금 전화 거신 분은?"

그제야 살피는 듯한 목소리가 들렸다.

"노리와 후미히사의 아들입니다."

"노리와 씨…… 그런데요?"

"시치미 떼지 마십시오. 오늘 1시 넘어서 아버지에게 전화하셨더군요."

"그랬었나요…….."

사람을 놀리는 듯한 말투에 짜증이 일었다.

"당신이 전화를 한 직후에 아버지가 집을 나가 행방불명이 되었단 말입니다. 아버지와 무슨 이야기를 나누었습니까?"

상대는 아무 말이 없었다.

"아버지가 가실 만한 데를 모르십니까?"

마가키가 있는 곳에 갔을 가능성이 높지만 마사키는 그곳이 어디인지 모른다.

"대단히 죄송합니다만, 저희 일에는 비밀 유지 의무라는 것이 있어서."

"당신은 마가키가 어머니를 죽인 걸 알면서도 아버지에게 그 사람이 사는 곳을 가르쳐주었습니다. 만약 무슨 일이 생기면 책임질 수 있습니까?!"

"못 지지요. 저희는 의뢰인의 요청에 응할 뿐이니까요. 바쁘니까 끊겠습니다."

"잠깐……."

불렀는데도 전화가 끊겨 하마터면 휴대전화를 내던질 뻔했다.

가까스로 마음을 가라앉히고 앞으로 어떻게 해야 할지 생각했다.

마가키에게 아버지가 없어졌으니 조심하라고 알려야겠지만, 그의 연락처를 모른다.

마가키를 담당한 변호사라면 연락처를 알고 있을까. 아니, 애초에 변호사 이름을 기억하지 못한다.

"나도 아까 아버님 휴대전화를 봤는데, 요 며칠간 어떤 여자가 계속 전화를 했더라."

지히로의 목소리가 들려 마사키는 그쪽을 돌아봤다.

"여자?"

고개를 끄덕인 지히로를 보고 다시 착신 이력을 불러왔다.

정말로 '구리야마 아야카'라는 사람에게 전화가 여러 번 걸려왔다. 이 이름도 눈에 익어서 마사키는 아까 꺼내놓은 서류를 다시 훑어봤다.

예상대로 구리야마 아야카의 이름도 조사 보고서에 있었다. 마가키의 집을 종종 방문하던 여성으로, 오케가와에 있는 병원에서 관리영양사로 일한다고 쓰여 있다. 고노스에 있는 연립주택에 살고 있으며 네 살짜리 아이가 있다고 한다.

조사 보고서에 실린 사진을 보고 구리야마 아야카가 마가키의 집을 찾아갔을 때 있던 여자임을 깨달았다. 왜 그 여자의 번호가 아버지 휴대전화에 저장되어 있을까.

도무지 알 수가 없지만 이것저것 생각할 여유가 없다. 일단 이야기를 나눠봐야겠다는 생각에 발신 버튼을 눌렀다.

"여보세요, 노리와 씨!"

바로 여자의 카랑카랑한 목소리가 들려 마사키는 당황했다.

"연락해주셔서 고맙습니다."

"아…… 아니, ……저는 이 휴대전화 주인의 아들입니다만……."

귓가에 숨을 삼키는 소리가 들렸다.

"구리야마 아야카 씨입니까?"

일단 물어보자, 조금 전과는 다른 낮은 톤으로 "네" 하고 대답했다.

"마가키 쇼타 씨를 아십니까."

"네……."

"그에게 전할 말이 있어서 연락했습니다. 미안하지만 그의 연락처를 몰라서."

"무슨 말씀을 하시려는지요."

"아버지는 그날 이후 나고야에서 지내십니다만, 오늘 오후부터 행방을 알 수 없어요. 집에서 적지 않은 액수의 돈을 가지고 나가셔서."

전화 너머에서 놀라는 소리가 났다.

"그에게 그렇게 말하면 알 겁니다."

마가키가 그녀에게 자기 일을 어디까지 털어놓았는지 알 수 없다. 아버지가 마가키 때문에 죽은 피해자의 남편이라는 것을 자신의 입으로 말하기가 내키지 않았다.

"알겠습니다…… 노리와 씨를 찾으시면 연락해주시겠어요?"

"네, 그러지요. 그럼."

전화를 끊고 나서야 그녀가 아버지와 무슨 관계인지 묻지 않았다는 것이 생각났다.

———————— 13

진열대를 보며 도시락을 고르고 있는데, 주머니 속 휴대전화가 진동했다. 계속 진동하는 것으로 보아 문자가 아닌 전화다. 휴대전화를 꺼내서 화면을 보니 아야카였다.

쇼타는 바구니를 내려놓고 편의점에서 나가며 전화를 받았다.

"난데……."

아야카의 긴장된 목소리가 들린다.

"무슨 일이야?"

"아까 내 휴대전화에 노리와 씨의 아드님한테서 전화가 왔었
어……."

마사키를 말하는 것이리라. 그런데 그가 왜 아야카에게 연락
했을까.

"예전에 노리와 씨하고 휴대전화 번호를 교환한 적이 있는
데, 아마 내가 전화를 건 이력을 봤을 거야."

"네가 전화를 걸었다고?"

"쇼타의 직장 근처에서 기다리고 있었다는 이야기를 듣고 노
리와 씨하고 이야기를 해봐야겠다 싶었어. 결국 아직 이야기는
못 했지만."

"그래서?"

쇼타가 다음 말을 재촉했다.

"노리와 씨가 오늘 오후부터 행방불명이 되었나 봐."

위 언저리에 둔한 통증이 스쳤다.

"지난번 그 사건 때문에 나고야로 거처를 옮긴 것 같아. 그
런데 집에서 적지 않은 액수의 돈을 가지고 나가셨다고 하니
까……."

내 근처에 올 가능성이 있다는 건가.

"듣고 있어?"

어느 도망자의 고백

쇼타는 "응?" 하고 엉겁결에 되물었다.

"노리와 씨가 발견돼서 아드님 곁으로 돌아가면, 같이 만나러 안 갈래?"

"왜……."

"왜긴, 당연히 사죄하러 가야지. 노리와 씨가 왜 쇼타를 따라다니는지는 모르지만, 성심성의껏 사죄하면……."

"나는 됐어."

내뱉듯이 말하자, 바로 귓가에 "어?" 하고 마른 목소리가 울렸다.

"내가 그 사람의 아내를 죽게 한 건 맞아. 그런데 20대라는 귀중한 시기 중 5년이나 희생한 것도 모자라 이렇게 궁지에 내몰렸어. 이만하면 충분하잖아."

"정말 그렇게 생각해?"

"그렇게 생각하지 않으면 못 해먹는다니까. 끊을게."

쇼타는 그렇게 말하고 전화를 끊었다.

식욕이 순식간에 없어져 편의점에 다시 들어가지 않고 그대로 걸음을 옮겼다.

인터넷 카페에 들어가 접수를 하고 음료 코너에 들르지 않은 채 곧장 방으로 향했다. 얄팍한 문을 열고 안으로 들어가 가방을 내던지고, 좁은 바닥에 깔린 매트에 누웠다.

어디 멀리 도망가고 싶어도 돈이 없어서 이곳 말고는 있을 곳이 없다. 가재도구를 보관할 곳이 없어서 예전 그 집은 아직 계약을 유지한 상태다. 인터넷 카페 요금과 월세를 이중으로 부담하게 되어 아무리 절약해도 수중의 돈은 앞으로 한 달이면 떨어질 것이다. 이대로 가다가는 이 좁은 곳에서조차 쫓겨날 것이다.

바지 주머니에서 휴대전화를 꺼내 연락처 화면을 열었다.

마에조노에게 연락해볼까. 언제였던가, 연락하면 일을 소개해준다고 했다.

건전한 일은 아닌 것 같지만 그것도 어쩔 수 없다. 다시 체포돼 교도소에 들어가게 되어도 좋다. 살해되는 것보다는 낫다.

잠시 고민하다 마에조노의 휴대전화에 전화했다. 몇 번의 신호음 뒤 전화가 연결되었다.

"마가키 군? 어쩐 일이야?"

마에조노의 목소리가 들렸다.

"아니…… 딱히 용건이 있는 건 아닌데, 어떻게 지내시나 해서요."

"지금 어디야?"

"오미야의 인터넷 카페예요."

"친구 놈하고 술 마시고 있는데, 올래?"

마에조노가 알려준 가게는 가와구치역 근처에 있는 일식집이었다. 가게 앞에 나와 있는 메뉴를 봤더니 예전에 같이 술 마시러 갔던 곳과는 달리 상당히 고급 음식점이다.

주춤거리며 포렴을 걷고 들어가자 기모노를 입은 젊은 여성이 맞아주었다.

"마에조노 씨로 예약되어 있을 거예요."

"기다리고 있었습니다. 이쪽으로 오시죠."

여성을 따라 안으로 들어갔다. 웃음소리가 들려온 곳 앞에 멈춰 서더니 "일행분이 오셨습니다" 하고 여성이 장지문을 열었다.

그 안은 방으로 되어 있고 마에조노 외에 두 젊은 남녀가 테이블을 마주하고 앉아 있었다.

"오오, 마가키 군, 기다리고 있었어."

마에조노가 밝게 말하며 손짓으로 부르기에, 쇼타는 인사를 하며 방으로 들어갔다. 마에조노의 맞은편 옆자리가 비어 있어 그리로 가서 앉았다. 마에조노 옆에는 화려한 무늬의 원피스를 입은 여성이 있었다. 마에조노도 고급스러운 정장을 입고 있다. 테이블에는 벌써 음식이 차려져 있고, 마에조노가 쇼타 앞에 있는 컵에 병맥주를 따르며 소개했다.

"이쪽은 내 여자 친구인 레나. 그쪽은 같은 일을 하는 가와이. 마침 자네 이야기를 하던 참이야."

"일이라면…… 예전에 말씀하신?"

6시간 근무에 일당은 3만 엔인 영업 일.

"그래. 나는 마침 출세해서 지금은 부장 자리에 앉았지. 마가키 군은 가와고에에 있었다고 했지?"

쇼타는 고개를 끄덕였다.

"가와이도 가와고에에 2년 반 동안 있었어. 원래 폭주족이었는데 패싸움을 하다 상대방 두목을 때려 죽였거든."

"그만해요. 옛날얘기잖아요."

가와이가 웃으며 말했다.

"하긴, 지금은 우리 회사의 핵심 인재지. 레나도 정강이에 상처가 있는 여자야. 켕기는 과거가 있다는 말이지. 마가키 군은 아직 거기서 일해?"

"아뇨…… 지금은 구직 중이에요."

"힘들겠네. 아까 인터넷 카페라고 했지? 설마 거기서 숙박하는 거야?"

"좀 사정이 있어서……."

"사정?"

흥미로운지 마에조노가 몸을 앞으로 내밀었다. 말해도 될지 고민했지만, 누군가 지금의 곤란한 상황을 들어줬으면 하는 마음이 컸다.

쇼타는 인터넷 카페에서 지내게 된 이유를 요약해서 이야기했다.

"거참 힘들었겠네. 그럼 그 늙은이가 죽지 않는 한 발 뻗고 마음 편히 자기는 글렀다는 거네."

곤란한 상황을 들어줬으면 했지, 그런 말을 듣고 싶었던 것은 아니라 당황스러웠다.

"마가키 군, 우리 회사에서 일할래? 열흘 정도 일하면 아파트 임대할 수 있는데. 뭣하면 내가 보증인 해줄게."

마에조노의 말에 마음이 흔들렸다.

밤마다 가슴이 못 견디게 답답해서 인터넷 카페에서 숙박하는 것도 한계를 느끼고 있다.

"좋은데요? 같은 데 들어갔다 나왔으니 말도 잘 통할 것 같고. 그리고 새 비즈니스 찬스도 굴러들어 오고."

그렇게 말한 가와이에게, 마에조노가 "새 비즈니스 찬스? 그게 뭔데?" 하고 물었다.

"복수 대행업을 가장해서 그 늙은이한테 전화하면 돈을 왕창 뜯어낼 수 있을지도 모르잖아요."

"그거 좋은데?"

그 대화를 듣고 섬뜩했다.

쇼타의 겁먹은 얼굴이 재미있는지 마에조노가 풉 하고 웃음을 터뜨리고 말했다.

"진짜 복수할 리 없잖아. 자네한테 줘야 할 위자료 대신이야."

"우리 쪽 피해자 가족한테도 써먹을 수 있겠는걸."

레나가 재미있겠다는 듯이 말하자, 마에조노가 "그러게" 하고 대답하고 셋이서 깔깔거리며 웃었다. 주위의 웃음소리에 휩싸여 쇼타도 적당히 웃고 맥주를 마셨다.

—————————— 14

아야카는 다쿠미의 손을 잡고 슈퍼에 들어가 바구니를 챙겨 한 바퀴 돌았다.

"다쿠미, 오늘 저녁에는 뭐 먹고 싶니?"

아야카가 묻자 다쿠미는 잠시 생각한 뒤 "초콜릿" 하고 대답했다.

"아니, 그거 말고 밥 말이야. 다쿠미가 가장 좋아하는 밥은 뭐니?"

"카레. 엄마가 만든 카레 맛있어."

다쿠미의 웃는 얼굴을 보니 문득 쇼타가 떠올랐다. 쇼타도 자신이 만든 카레가 너무 맛있다고 칭찬해주었다.

조금 흐뭇해진 것도 잠시, 바로 마지막 대화가 생각나 쓸쓸해졌다.

"그래, 그럼 오늘 저녁은 카레로 하자."

거기에 당면 샐러드를 곁들이기로 하고 바구니에 식재료를 담아 계산대로 갔다. 계산을 마치고 슈퍼에서 나와 다쿠미가 좋아하는 애니메이션 주제가를 둘이서 흥얼거리며 어스레한 밤 길을 걸었다.

연립주택에 도착해 다쿠미의 손을 잡고 계단을 올랐다. 2층 층계참에 도착한 아야카는 문 옆을 쳐다보다 흠칫 놀랐다. 큼직한 마대 같은 것이 놓여 있다.

도대체 누가 이런 것을 두고 갔나 싶어 이상하게 생각한 다음 순간, 그것이 바스락바스락 움직이는 바람에 얼른 다쿠미를 등 뒤로 숨겼다.

자세히 보니 사람이다. 검은 코트를 입은 사람이 이쪽에 등을 보인 채 웅크려 있다.

"저…… 이 집에 볼일이 있으신가요?"

경계하면서 말을 건네도 상대는 아무 대답이 없다. 그런데 몸을 사시나무 떨듯 와들와들 떨고 있다.

큰일 났다 싶어 다쿠미의 손을 놓고 천천히 다가갔다. 코를 찌르는 쉰내를 참으며 어깨를 흔들고 "괜찮으세요?" 하고 물었다.

코트 사이로 듬성듬성한 흰머리가 엿보였다. 어디서 본 적이 있는 느낌이 들었다.

"마가키…… 쇼타…… 어디에…… 어디에 있어……."

떨리는 목소리가 들려 아야카는 그의 얼굴을 두 손으로 잡고 자신을 향하게 했다.

노리와다.

쌕쌕하는 거친 숨소리를 내며 텅 빈 눈빛으로 이쪽을 본다.

아야카는 얼른 노리와의 이마에 손을 댔다. 뜨겁다.

자동문이 열리고 남자가 뛰어 들어온 것을 보고 아야카는 벤치에서 일어섰다.

쇼타의 집에 왔었던 노리와의 아들이다.

아야카는 다쿠미의 손을 끌고, 접수대 직원에게 뭔가를 묻고 있는 남자에게 다가갔다.

"노리와 씨 가족분이세요?" 하고 묻자, 남자가 고개를 돌리고 "구리야마 씨입니까?" 하고 물었다.

아야카가 고개를 끄덕이자, 남자가 "아들인 마사키입니다. 연락해주셔서 고맙습니다" 하고 머리를 숙였다.

구급차를 불러 노리와를 병원에 이송한 뒤, 노리와의 휴대전화에 연락했다.

"아버지 상태는 어떻습니까?"

마사키가 절박한 얼굴로 물었다.

"인플루엔자라고 해요. 아까 응급 처치를 마쳐 지금은 302호실에서 쉬고 계세요."

"그렇습니까……."

마사키가 중얼거린 뒤 다쿠미 쪽으로 시선을 옮겼다.

"아들 다쿠미예요."

"밤늦게 폐를 끼쳐 죄송합니다."

"아니에요."

"저……."

거기서 마사키가 입을 다물었다.

"네, 말씀하세요."

"아니…… 구리야마 씨는 제 아버지와 어떤 관계입니까?"

어떻게 대답해야 할지 망설였다.

"가끔 지인의 집에서 만든 음식을 노리와 씨에게 가져다드렸어요. 혼자 계시니 적적하실 것 같았거든요. 그리고 무슨 일 있으면 연락해달라고 휴대전화 번호를 교환했어요."

"그랬군요……. 저……."

눈짓으로 물으니 마사키는 "아뇨, 아무것도 아닙니다" 하고 한 손을 내저었다.

아마 노리와와 쇼타가 어떤 관계인지 알고 있는지 묻고 싶었으리라.

"저희는 이만 갈 테니 어서 병실로 가보세요."

아야카의 말에 마사키가 머리를 숙이고 엘리베이터 홀로 향했다.

15

"여보세요……, 저는 이타바시 경찰서 생활안전과 야마모토라고 합니다. 다나카 기요히코 씨 댁 맞습니까?"

마에조노가 말하고 맞은편에 앉은 레나에게 시선을 옮겼다.

"거, 경찰이라니…… 남편한테 무슨 일 있나요?"

레나가 연극하듯 과장된 느낌으로 말했다.

"오늘 아침에 전철 안에서 성추행을 한 혐의로 현재 조사 중입니다. 지금 체포 영장을 청구할지 안 할지 검토 중입니다만. 제 옆에 당직 변호사가 와 있으니 전화 바꿔드리겠습니다."

마에조노의 눈짓을 받고 쇼타는 눈앞에 놓인 종이를 보며 입을 열었다.

"아…… 저는 도자이 법률사무소에서 변호사로 일하는 하시모토라고 합니다. 경찰서에 구류 중인 다나카 기요히코 씨가 일본변호사연합회에 연락하셔서 당직 변호사로서 담당하게 되었습니다. 아까 피해자분과 말씀을 나눠봤습니다만, 그쪽은 일을 표면화하고 싶지 않으므로 합의해도 좋다고 하셨습니다만, 어떠십니까. 지금 바로 합의가 성립되면 남편분은 체포되지 않습니다. 회사에 알려지기라도 하면 큰일 난다고 하시며 남편분도 합의에 응하고 싶다고……."

"합의라니…… 얼마나 물어줘야 하는데요?"

레나가 말했다.

"피해자는 80만 엔을 제시했습니다."

"80만! 너무 높지 않은가요?"

"일반적인 시세는 150만 엔에서 200만 엔입니다. 남편분께서 내일 중요한 거래가 있어서 이대로 구류되면 안 된다고 하십니다만⋯⋯."

"스톱!"

그 목소리에 쇼타는 마에조노를 쳐다봤다.

"아주 좋아졌어. 처음에 연습할 때보다 말이 술술 나오게 되었네."

마에조노가 그렇게 말하고 미소를 띠었다.

당연하다. 여기에 정오에 도착해 6시간 동안 수십 번이나 같은 원고를 읽고 있다.

"그럼 오늘은 여기까지 할까."

마에조노가 자리에서 일어나 방에서 나갔다. 레나의 재촉에 쇼타도 가방을 들고 일어서 마에조노를 따라갔다. 밖에는 다다미 30장 크기*의 넓은 공간이 있다. 그곳은 파티션으로 세 구역으로 나뉘어 있고 각각 안에서 전화를 걸고 있는지 말소리가 새어 나왔다.

❖ 약 50제곱미터 크기.

벽시계가 6시를 가리키자 마치 재기라도 한 듯이 파티션 안쪽에서 사람들이 줄줄이 나왔다. 가와이를 포함해 9명 전부 남자인데, 나이는 10대로 보이는 사람부터 4·50대 정도의 사람까지 제각각이다.

"오늘도 수고. 아까까지 연수를 시켰는데, 내일부터 새 동료가 들어올 테니 소개해두지. 마가키 쇼타 군이야. 다들 잘 부탁해."

쇼타가 인사를 하자 남자들이 무뚝뚝하게 인사를 했다.

마에조노가 벽 쪽에 놓인 금고를 열어 안에서 봉투 뭉치를 꺼내 한 명 한 명에게 건넸다. 봉투를 받은 남자들의 웃는 얼굴을 보고 왠지 모르게 혐오감이 치밀었다.

그들뿐만 아니라 얼마 전에 같이 술을 마셨던 마에조노와 가와이, 레나의 웃음에도 같은 감정을 느꼈지만, 쇼타는 애써 모른 척을 했다.

마에조노가 바싹 다가왔다.

"수고 많았어. 원래 연수 기간에는 급여를 안 주는데, 상황이 안 좋은 거 같으니까 특별히 줄게. 내일부터 열심히 해."

마에조노가 봉투를 내밀었지만 받지 않고 있었다.

"왜 그래?"

"죄송하지만 저는, 역시……."

"이 일에서 빠지고 싶다?"

쇼타는 머뭇머뭇 고개를 끄덕였다.

"어쩔 수 없네."

마에조노가 웃으면서 쇼타의 어깨를 툭툭 두드렸다. 다음 순간, 명치 부근에 격심한 통증이 스쳐 무릎을 꿇으며 바닥에 엎어졌다. 순간 무슨 일이 일어난 건가 싶어 고개를 들자 코앞에 마에조노의 신발이 날아왔다. 충격과 함께 눈앞이 깜깜해졌다. 뺨에 리놀륨 바닥의 선뜩한 감촉이 느껴졌다.

"그만두는 건 네놈 마음인데, 우리 일을 꼰지르면 죽는 것보다 더 괴롭게 해줄 테니 알아서 해."

마에조노의 목소리가 멀어졌다. 그 대신 수많은 발소리가 다가왔다.

다음 순간 옆구리를 에는 듯한 격통이 덮쳐왔다. 재빨리 엎드려서 몸을 둥글게 말았지만 등과 허벅지, 머리를 감싼 손에 통증이 빗발치듯 꽂혀왔다.

이대로 있다가는 죽을지도 모른다. 어떻게든 도망쳐야 한다.

쇼타는 머리를 감싸고 있던 왼손을 배 밑에 깔린 가방으로 뻗었다. 지퍼를 열고 가방 속을 더듬었다. 딱딱한 감촉이 느껴져 칼자루를 쥐었다.

안 된다.

이걸 사용하면 끝장이다.

멈추지 않는 아픔에 시달리며 아버지와 어머니, 누나의 얼굴을 어두운 시야 속에서 죽기 살기로 떠올렸다.

마사키는 엘리베이터를 타고 3층에서 내려 간호사실로 향했다.

"302호실 노리와입니다만, 면회 부탁합니다."

간호사실에 들러 간호사에게 전달하고 나서 면회를 해야 한다고 들었다.

"아, 노리와 씨, 선생님이 병세를 설명하실 테니 잠깐 와주시겠어요?"

"알겠습니다."

간호사실을 나온 간호사의 안내를 받아 진찰실로 들어갔다. 담당 의사인 시미즈 근처에 앉았다.

"노리와 씨의 상태를 말씀드리자면……."

일주일 전에 만났을 때보다 더 심각한 시미즈의 얼굴을 보고 마음이 무거워졌다.

인플루엔자 자체는 2주 전에 다 나았다. 지난주에 왔을 때는 비강 영양 튜브를 빼고 앞으로는 입으로 음식이나 음료를 섭취하는 연하 훈련을 시작한다는 설명을 들었다.

"안 좋으신가요?"

마사키가 시미즈의 얼굴을 살피며 물었다.

"레벨 0의 젤리를 극소량부터 시도하고 있습니다만, 전혀 삼키지 못하는 상황이 이어지고 있어서……. 담당 치료사는 연하 훈련을 일단 중지하는 것이 좋겠다고 하더군요."

연하 훈련은 전문가의 지도 아래 신중히 이루어진다고 한다. 음식이나 음료가 기관에 잘못 들어가면 자칫 흡인성 폐렴이 생겨 목숨을 잃기도 하기 때문이다.

"그럼 지금은 수액만으로?"

시미즈가 고개를 끄덕인다.

"달리 영양을 보급할 수는 없습니까?"

"위루술이라는 것이 있기는 합니다만."

"위루……."

"위에 직접 관을 연결해서 영양을 유입시키는 치료법입니다. 다만 노리와 씨는 89세의 고령이라 위험이 큽니다."

"그렇습니까……."

"노리와 씨의 상태를 봐가면서 다시 연하 훈련을 할 수 있으면 하고 싶습니다만……."

그렇게 말하며 곤란한 표정을 하고 있다.

"만약 이 상태가……, 삼킴이 불가능한 상태가 이어지면 아버지는 얼마나 더……."

아버지의 여명은 얼마나 남았을까.

"그건 일률적으로는 말할 수 없습니다. 다만 이 상태가 계속되면 한 달 정도……."

무거운 마음으로 진찰실을 나온 마사키는 병실로 향했다. 노크하고 안으로 들어가 침대에 누워 있는 아버지에게 다가갔다.

지난주에 봤을 때보다 더 여위어 있었다. 입원하고 나서 2주 동안은 코에 관을 삽입하는 경비 영양으로, 그로부터 일주일은 수액뿐이다.

아버지는 눈을 뜨고 창문 쪽을 보고 있었다.

마사키는 아버지의 시야 끝에 서서, 억지로 웃는 얼굴을 만들고 "좀 어떠세요?" 하고 물었다.

아버지가 고개를 작게 끄덕인다. 입을 열고 뭔가 말한 듯했다. 얼굴을 가까이 대고 "네?" 하고 되물었다.

"언제…… 퇴원할 수 있느냐……?"

가늘게 떨리는 목소리가 들렸다.

"당분간은 힘들어요. 여기서 푹 쉬시고……."

"이……이대로 죽는 거냐?"

"무슨 그런 약한 소리를 하세요. 괜찮아요."

아버지가 힘을 쥐어짜듯이 한 손을 뻗었다.

"그걸…… 그걸 가져다줘……."

"그거요?"

"내…… 소중한…… 그걸……."

열심히 호소하지만 아버지가 원하는 것이 무엇인지 모른다.

혹시 어머니와 후미코의 영정 사진이 아닐까 싶어 물어봤더니, "그것도……" 하고 고개를 작게 끄덕였다.

"그것도, 라는 건 다른 게 더 있다는 말씀이세요? 그게 뭔지……."

"부탁하마……. 그걸 내 곁에…… 그걸 곁에 두고…… 죽고 싶구나……."

이쪽을 보며 호소하지만 그것이 무엇인지 몰라 답답하다.

"나를…… 이끄는…… 것이다……."

50년 넘게 부모 자식으로 살아왔건만, 아버지가 죽기 전에 무얼 원하는지 모르겠다.

괴롭고 속상하다.

지쳤는지 말은 하지 않게 되었지만, 호소하듯 자신을 물끄러미 바라보는 아버지의 시선을 견디지 못해 "잠깐 바깥 공기 좀 쐬고 올게요" 하고 병실을 나왔다.

엘리베이터를 타고 1층으로 내려가 문으로 가고 있는데, "노리와 씨" 하고 누군가 뒤에서 불렀다.

돌아보니 구리야마가 뛰어왔다. 흰 꽃다발을 안고 있었다.

"만나 뵈어 다행이에요."

"문병을 와주신 겁니까?"

마사키의 물음에 구리야마가 고개를 끄덕였다.

"여러 번 왔었는데, 가족이 아니면 면회할 수 없다고 해서요……. 그런데 가족분이 허락해주시면 혹시 가능하지 않을까 싶어서요."

"그래서 몇 번이나 와주신 겁니까?"

"휴대전화에 연락 드렸는데 연결이 되지 않더라고요……"

아버지 휴대전화는 방치되어 배터리가 다 되었을 것이다.

"죄송합니다. 그나저나 의리 있는 분이군요."

구리야마가 고개를 갸우뚱했다.

"생판 남인 아버지를 위해 그렇게까지 해주시니까요."

"아니에요."

구리야마가 고개를 가로저었다.

"노리와 씨를 만나 뵙고 용서를 받고 싶어서요……"

"용서?"

"노리와 씨뿐만 아니라 기미코 씨의 가족분에게도."

"무슨 말입니까?"

"쇼타가 그 사고를 일으킨 건 저한테도 잘못이 있어요."

구리야마를 보며 말문이 막혔다.

"5년 전에 저와 쇼타는 사귀고 있었어요. 그날 밤 쇼타가 술을 마셨다는 걸 알면서도 지금 당장 만나러 오지 않으면 헤어지겠다고 문자를 보냈어요."

"당신이 음주 운전을 부추겼다는 말입니까?"

구리야마는 고개를 가로저었다.

"음주 운전을 할 거라는 생각은 못 했어요. 다만 그와 저희 집은 전철로 네 정거장 떨어져 있었는데, 일부러 막차가 끝난 시간에 연락해서 그를 시험하려고 했어요……. 저한테도 잘못이…… 정말…… 죄송합니다…….”

구리야마는 코가 땅에 닿도록 머리를 숙였다.

“차를 몰고 가기로 한 건 마가키이지 않습니까. 게다가 어머니를 차로 쳤는데도 차를 세우기는커녕 도망간 것도 마가키입니다. 당신이 그렇게까지 책임을 느낄 필요는 없습니다.”

“저도 얼마 전까지는 마음속으로 그렇게 변명했어요. 비겁한 인간이었죠. 그런데 노리와 씨를 만나면서 그분의 아내분이 그 사고의…… 그것을 알고 나서…… 저도 소중한 가족을 빼앗기면, 하고 상상했더니…….”

괴로운지 구리야마가 얼굴을 일그러뜨렸다. 혹시 아들 생각을 하는 걸까.

“그 문자를 보낸 죄책감 때문에 지금도 마가키와 사귀는 겁니까?”

구리야마는 이쪽을 바라본 채 입을 다물고 있다.

아무리 옛날에 교제했다 해도 경찰에 체포되어 5년 가까이 교도소에 다녀온 남자와 다시 시작할 생각은 웬만해서는 하기 힘들다. 심지어 아이까지 있으니 더욱 그렇다.

“지금은 사귀는 게 아니라, 어디까지나 친구 사이예요.”

그제야 구리야마가 입을 열었다.

"그렇습니까."

"물론 저 자신의 죄책감 때문에 쇼타가 다시 일어서길 바라는 마음에서 친구 사이를 유지하고 있어요. 게다가……."

구리야마가 거기서 말을 흐리고 고개를 숙였다. 재촉하지 않고 다음 말을 기다리고 있자, 구리야마가 "……아이예요"라고 말한 뒤 고개를 들었다.

"다쿠미는 쇼타의 아이예요."

마사키는 할 말을 잃었다.

"……다만 쇼타는 자신에게 아이가 있다는 걸 모르고 저도 알릴 생각은 없어요. 사고를 일으켰을 때 저는 임신한 상태였고…… 그래서 그런 문자를 보냈던 거예요. 쇼타도 저도 죄를 지었습니다. 하지만 제 아이가 보는 앞에서 더는 부끄러운 삶을 살고 싶지 않아요. 그리고 아이의 존재를 모른다 해도 쇼타도 부끄럽지 않게 살았으면 해요. 그래서 노리와 씨를 뵙고 사죄하고 싶습니다."

"공교롭게도 아버지는 제대로 이야기할 수 있는 상태가 아닙니다. 당신을 기억하지 못하고 계실지도 몰라요."

아까는 비교적 의사소통이 되었지만 치매와 쇠약 때문인지 종잡을 수 없는 말을 하는 일이 늘었다.

"그래도…… 제발 부탁드립니다."

구리야마가 다시 머리를 숙였다.

"알겠습니다."

마사키의 말에 구리야마가 놀랐는지 머리를 홱 들었다.

구리야마와 함께 엘리베이터를 올라타자 그녀가 품에 안은 꽃다발에 눈이 갔다.

그러고 보니 어머니는 흰 꽃을 좋아했다.

"꽃, 고맙습니다."

"아니에요……, 아내분이 흰 꽃을 좋아한다고 전에 노리와 씨가 말씀하셨거든요……. 노리와 씨는 좀 어떠세요?"

"결코 좋다고는 할 수 없습니다……."

"인플루엔자 말고도 어딘가 안 좋으신가요?"

"연하가 안 되세요. 물 한 방울조차. 아, 연하라는 건……."

"알아요. 제가 일하는 병원은 고령인 분들이 많거든요."

그러고 보니 탐정사무소의 조사 보고서에 구리야마는 오케가와의 병원에 근무한다고 되어 있었다.

엘리베이터로 3층에 도착한 뒤 구리야마에게 "잠깐 기다리세요" 하고 양해를 구하고 간호사실에 들렀다. 사정을 설명하고 간호사의 허락을 얻어 구리야마를 병실로 안내했다.

문을 열고 안으로 권하자, 구리야마가 병실에 들어가 침대로 다가갔다. 그곳에 누워 있는 아버지의 모습을 보고 충격을 받은 것을 표정으로 알 수 있었다.

"아버지, 구리야마 씨가 문병을 와주었어요. 코퍼스미요시에서 지내셨을 때 음식을 대접받으셨다면서요."

마사키의 말에도 아버지는 반응을 보이지 않고 창가만 보고 있었다. 구리야마가 침대 너머로 돌아 들어가 가져온 꽃다발을 선반 위에 놓고 아버지에게 얼굴을 가까이 가져갔다.

"저를 기억하시나요? 구리야마예요."

아버지는 반응이 없다. 역시 그녀를 잊어버린 모양이다.

"102호실 마가키 쇼타의 집에 자주 갔었어요."

그 이름을 듣자 아버지의 어깨가 움찔했다.

"마가키 쇼타는 아시겠어요? 당신의 아내분을 죽게 한……."

아버지가 고개를 작게 끄덕였다.

"저는 그의 연인이에요. 그 사고를 일으켰을 때 사귀고 있었어요. 마가키 쇼타가 그 사고를 일으킨 건 저한테도 잘못이 있어요. 정말 죄송합니다…… 소중한 아내분의 목숨을 빼앗고 말아…… 정말 죄송합니다…… 그 말씀을 꼭 드리고 싶었어요……"

말하는 사이 구리야마의 눈에 눈물이 번져갔다.

"마가키…… 쇼타는……"

아버지의 쉰 목소리가 들렸다.

"그를…… 만나야 해……"

안간힘을 다해 호소하듯 아버지가 마른 가지처럼 앙상해진 손을 구리야마에게 뻗었다.

"그 사람도 마음속으로 계속 사죄하고 있을 거예요. 그러니…… 그를 용서해주실 수는 없나요……? 저한테 소중한 사람이랍니다. 제발, 제발 더 이상 그를 고통받게 하지 말아주세요……."

"내가…… 없어지면…… 그가 더 이상 고통받지 않는다는 건가……?"

"무슨 뜻인가요?"

구리야마가 물었다.

"마가키…… 쇼타…… 만나야…… 죽기……죽기 전에……."

이제껏 말하느라 에너지를 다 소모했는지 아버지가 뻗은 손을 축 늘어뜨렸다.

침대 너머로 돌아 들어가 아버지의 얼굴을 보니 눈을 감고 있다.

"피곤해서 잠이 드신 모양입니다. 꽃은 나중에 꽃병에 꽂을 테니 일단 가시죠."

마사키는 구리야마를 데리고 병실을 나왔다.

구리야마와 함께 엘리베이터를 타고 1층 출구로 향했다.

"오늘 고마웠습니다."

마사키가 배웅 인사를 하는데도 구리야마는 문 앞에 선 채로 밖에 나가려 하지 않았다. 머뭇머뭇 입을 열었다.

"그 사람이 면회하는 걸 허락해주실 수는 없을까요?"

구리야마를 쳐다보며 고민했다. 아무리 아버지가 원한다 한들 두 사람을 만나게 하기가 겁이 난다.

그러나 동시에 아까의 광경이 머리에서 떠나질 않는다. 아버지는 마가키 쇼타를 만나야 한다고 온 힘을 쥐어짜듯 호소했다.

아버지의 죽기 전 마지막 부탁처럼 느껴졌다.

"면회하는 건 좋지만 가족이 있을 때여야 합니다."

모레는 오전에 중요한 회의가 있어 내일 중으로 나고야에 돌아가야 한다.

"저는 내일 저녁까지는 이곳에 있습니다."

"알겠습니다. 쇼타에게 꼭 오라고 전할게요."

─────────── 17

쇼타는 건네받은 봉투 속을 확인하고 깁스를 하지 않은 왼손으로 수령 서명을 했다. 봉투를 윗도리 주머니에 찔러 넣고 서둘러 밖으로 나가 마이크로버스에 올라탔다.

빈 창가 좌석에 앉아 모자를 푹 눌러쓰고 밖으로 눈길을 주었다. 칠흑 같은 차창에 비친 자신의 얼굴을 바라보았다.

나는 어디로 가는 걸까. 아니, 어디에도 갈 수 없겠지.

제대로 살지도 못하고, 그렇다고 악에 완전히 물들 수 있는 것도 아니다.

과거의 잘못에 벌벌 떨며 살아가면서 사회 밑바닥에서 혼자 쓸쓸히 지내는 수밖에 없다.

진동이 느껴져 휴대전화를 꺼냈다. 화면을 보고 이상하다는 생각을 했다.

아야카가 문자를 보냈다.

얼마 만의 연락일까. 마에조노를 만나기 전에 전화로 이야기한 것이 마지막이니 3주는 지났으리라.

문자함을 열어보고 흠칫 놀랐다.

지금 당장 날 보러 오지 않으면 헤어질 거야.

무슨 속셈일까. 애초에 5년 전처럼 사귀고 있지도 않건만.

문자를 보며 자신을 부른 이유를 생각했다. 필시 노리와에게 사죄하러 가자고 권할 작정일 것이다. 그것밖에 떠오르지 않는다.

무슨 생각으로 그러는 거야? 딱히 사귀는 사이도 아니잖아.

문자를 보내자 바로 답장이 왔다.

영원한 이별이라는 뜻이야.

그 글자가 눈에 들어온 순간 가슴이 미어지는 것 같았다.

지금 당장 만나러 가지 않으면 두 번 다시 아야카와 만나지 못한다…….

다시 분자가 왔다.

쇼타의 집에서 기다리고 있어. 지금 당장 와줘.

마지막이 될지도 모르는 아야카의 말을 바라보며 어떻게 해야 할지 고민했다.

연립주택 근처에 도착하자 102호실 문 앞에 사람 그림자가 있었다.

아야카다.

쇼타가 긴장하며 가까이 가자, 이쪽을 보고 있던 아야카가 흠칫 놀랐다.

"어떻게 된 거야? 팔……."

아야카가 깁스에 대해 물었다.

"좀 다쳤어. 그보다 도대체 뭐야? 이런 데 불러내고."

"이 집에는 계속 안 왔던 거야?"

"어떻게 오겠어? 노리와가 언제 덮칠지 모르는데."

"노리와 씨는 이제 여기에 못 오셔. 그러니 직접 만나러 가는 수밖에 없어."

"무슨 소리야?"

"노리와 씨는 3주 전에 인플루엔자에 걸려서 입원하셨어. 그건 다 나았는데, 음식도 음료도 섭취하지 못해서. 수액만으로 3주 동안 버티고 계셔……. 이제 얼마나 더 살 수 있을지 몰라. 어쩌면 당장에라도 돌아가실지도 몰라."

"그래서 무슨 말이 하고 싶은데?"

"정말 괜찮겠어?! 지금 사죄하지 않으면 노리와 씨에게 영원히 그 마음을 전할 수 없단 말이야."

세상을 떠난 사람에게는 아무것도 전할 수 없다.

아버지가 돌아가셨을 때 든 생각을 되새겼다.

하지만…….

"병원에 문병을 갔더니…… 노리와 씨가 쇼타를 만나고 싶어 하셨어."

필시 아야카는 사죄하러 갔을 테지만 나는 그럴 용기가 없다.

그것은 아야카의 자책감과 자신의 그것이 하늘과 땅 차이인 것을 알기 때문이다.

쇼타는 사람을 쳤다는 것을 인식한 상태에서 그대로 계속 달렸다. 핸들을 쥔 손에 전해진 감촉과 여성의 비명이 지금도 뇌리와 몸에 찰싹 달라붙어서 떨어질 줄을 모른다.

"쇠약해진 몸으로 쇼타를 만나고 싶다고 온 힘을 다해 호소하셨어. 쇼타는 노리와 씨한테 습격당할 뻔했다고 했지만, 나는 도저히 믿기지가 않아. 아내의 원수를 갚기 위해 쇼타를 따라다녔다고는 도저히 생각할 수 없어……."

"어떻게 그런 말을 할 수가 있어!"

"확실하지는 않아. 다만 쇼타를 만나고 싶다며 호소한 노리와 씨의 눈빛에 분노와 증오는 전혀 없었어. 오히려 염원…… 같은 게 느껴졌어. 노리와 씨는 아게오 종합병원에 입원해 계셔. 내일 반드시 만나러 가야 해."

그러고 보니 자신에게 위해를 가하려 했다면 부러진 칼이 아니라 새 칼로 습격하는 것이 확실하다.

게다가 그만큼 쇠약해진 상태라면 만나러 간다 해도 목숨이 위험에 노출될 걱정은 없을지도 모른다. 그러나 말이라는 칼로 사람의 마음을 꿰뚫는 일은 가능할 것이다.

"얼마 전에도 말했잖아. 나는 됐다고. 이만하면 충분하다고!"

"인생에서 20대만 귀중한 시기인 건 아니야!"

아야카가 소리 지르며 고개를 세차게 흔들었다.

"그렇지 않아. 앞으로 올 날이 훨씬 귀중하단 말이야. 우리는 돌이킬 수 없는 잘못을 저질렀어. 하지만, 그래도 아이가 조금이라도 자랑스러워할 만한 어른이 되어야 해. 그랬으면 좋겠어."

아이가 조금이라도 자랑스러워할 만한…….

그 말의 의미가 전혀 와닿지 않아 당황하면서 시선을 이리저리 헤매었다.

"무슨 뜻이야? 뭐야, 아이가 조금이라도 자랑스러워할 만한, 이라니…… 무슨 뜻인지 도통 모르겠네…….."

"그때 하지 못했던 중요한 이야기를 할게."

말을 가로막는 듯한 목소리에 움찔해서 아야카에게 시선을 고정했다. 이쪽을 빤히 쳐다보던 아야카가 입을 열었다.

"나, 임신했었어. 어떻게 하면 좋을지 쇼타에게 의논하고 싶었어. 그래서 그런 문자를 보낸 거야."

아야카에 대한 자신의 마음을 확인하고 싶어서 술을 마신 걸 알면서도 그 문자를 보냈다고 예전에 이야기했다.

"그, 그래서……?"

그 후의 일을 듣기가 너무 겁이 났지만 묻지 않을 수 없었다.

"쇼타가 교도소에 간 뒤에 낳았어. 다쿠미라는 남자아이야."

머릿속이 새하얘졌다. 이가 딱딱 맞부딪치는 소리만이 귓가에 울린다.

"쇼타에게 기댈 생각은 없어. 다쿠미에게도 쇼타 이야기는 하지 않았어. 하지만 아이의 아버지로서, 쇼타가 진정한 의미에서 다시 일어섰으면 좋겠어. 그러기 위해서는…….."

"거짓말…… 거짓말이야……!"

소리를 지르자, 아야카가 문을 열고 집 안으로 들어갔다.

잠시 후 문이 열리고 아야카가 나왔다. 아야카 품에 안긴 잠든 아이를 본 순간, 정체 모를 감정이 복받쳐 올라 제정신을 잃을 것만 같았다. 문을 향해 뛰어가 아야카의 옆을 지나쳐 집 안으로 뛰어들었다. 문을 닫고 곧바로 안에서 잠갔다.

"쇼타, 열어줘. 아직 내 이야기 안 끝났어."

그 목소리를 무시하고 신발을 신은 채 방으로 들어갔다.

내가…… 이런 내가 아버지라니…….

큰방으로 들어가 방바닥에 가방을 내던지고 앉았다. 무릎에 얼굴을 묻고 시간이 지나가기만을 기다렸다.

마치 그때 같다.

사고를 내고 방으로 돌아왔을 때도 지금처럼 하고 있었다.

아무것도 듣고 싶지 않고, 아무것도 생각하고 싶지 않고, 아무것도 받아들이고 싶지 않다.

쇼타는 무릎에 묻었던 얼굴을 들었다. 시간이 얼마나 흘렀는지 모르지만 사방은 쥐 죽은 듯 조용하다.

아야카 모자는 돌아갔을 것이다.

아야카가 품에 안고 있던 아이의 모습이 머리에서 떠나질 않는다.

아버지는 갓 태어난 나를 처음 봤을 때 무슨 생각을 했을까. 문득 그런 것을 상상했다. 나처럼 이성을 잃지는 않았을 것이다. 아버지는 훌륭한 사람이었다.

아빠, 나는 어떻게 해야 할까.

'지금 사죄하지 않으면 노리와 씨에게 영원히 그 마음을 전할 수 없단 말이야.'

알아. 그쯤은 알고 있다.

하지만…… 두려워…….

이제 곧 죽을지도 모르는 노리와를 만나기가 두려워 견딜 수가 없다.

원망의 말을 쏟아낸 뒤 죽으면 자신을 괴롭히는 망령이 하나 더 늘어날 뿐이리라.

하지만…….

어떻게 해야 할까.

아빠, 나는 어떻게 해야 해……?

문득 그것이 떠올라 가방을 끌어당겼다. 안에서 봉투를 꺼냈다.

아버지가 쇼타 앞으로 남긴 마지막 말이다.

이제껏 읽기가 두려워서 개봉하지 않았다. 지금도 두렵기는 마찬가지다. 하지만 자신을 향한 아버지의 마음은 이제 이 봉투 속 말고는 존재하지 않는다.

쇼타는 떨리는 손으로 봉투 윗머리를 찢고 속에 들어 있는 편지지를 꺼냈다. 구불구불한 필적의 글을 읽어나갔다.

쇼타에게

네가 사고를 내고 나서 면회에 가지도 못하고 지금껏 연락도 하지 못해 미안하다.

아버지로서 전해주어야 할 것이 많았을 텐데 말이다.

지금도 네게 전하고 싶고, 또 진해주어야 할 것이 많을 거라 생각한다.

하지만 지금은 그런 것을 생각할 머리도, 체력도 없는 것 같구나. 그러니 간단히 쓰마.

나를 반면교사로 삼아다오.

네가 사고를 내고 나서 나는 내내 도망만 다녔다. 부모의 책임으로부터, 너로부터, 가정으로부터, 일과 세상으로부터 도망쳐왔어.

그런 삶을 계속하는 가운데 아버지는 한 가지 깨달은 것이 있단다.

웃지 못하게 되더구나.

그래. 계속 도망치는 한 사람은 진심으로 웃지 못한다고 생각한다.

죄를 지은 아들에게 이런 걸 바라다니, 피해자 유가족에게 죄스럽지만, 아버지로서는 언젠가 네가 진심으로 웃는 날이 오기를 바란다.

아버지로부터

아버지가 쓴 글자 중 몇 개가 번져간다.

쇼타는 편지지를 접어 봉투에 넣은 뒤 쏟아지는 눈물을 소맷부리로 닦았다.

아버지는 내 생각을 하고 있었다. 병상에서 괴로워하고 이제 곧 죽을지도 모른다고 생각하면서도 아들의 미래를 염려해주었으리라.

아야카의 품에서 잠든 아이의 모습이 뇌리에 되살아났다.

나는 그렇게 할 수 있을까. 내 인생이 다하는 마지막 순간까지 그 아이를 생각할 수 있을까.

그 아이가 장래에, 어떻게 할 수 없이 괴로울 때나, 아무리 고민해도 혼자서는 해답을 내지 못하는 시련에 부딪혔을 때, 나도 아버지처럼 뭔가를 전해줄 수 있을까. 그 아이에게 소중한 뭔가를. 내게 그럴 자격이 있을까.

'아버지로서는 언젠가 네가 진심으로 웃는 날이 오기를 바란다.'

아버지의 마지막 말을 머릿속에서 몇 번이고 되뇌었다.

언젠가 그 아이에게 그런 모습을 보일 날이 있을까.

그렇게 되고 싶다. 그러기 위해서는 어떻게 해야 할까. 생각할 것도 없이 아버지가 제시해주었다.

도망치면 안 된다.

아무리 비난받아도, 그로 인해 마음이 아무리 상처 입는다 해도…….

내일 노리와를 만나러 가자.

그리고 그 노인의 마음을 전부 받아내는 것이다. 설령 그것이 아무리 격한 증오나 슬픔이나 분노일지라도.

나는 그럴 만한 일을 저질렀으니까.

병원에 들어가 움츠러드는 발을 이끌고 로비로 향했다. 벤치
에서 일어선 마사키를 알아보고 쇼타는 가까이 갔다.

"지난번에 만났을 때는 너무 놀라서 미처 말하지 못했습니다
만…… 정말 죄송했습니다."

쇼타는 그렇게 말하고 코가 땅에 닿도록 머리를 숙였다.

"여기는 병원이니 그만하지. 이쪽으로."

고개를 들자 마사키가 시선을 딴 데로 돌리고 걸어갔다. 쇼타
는 그 뒤를 따라 엘리베이터를 타고 3층에서 내렸다. 간호사실
에 들른 뒤 병실로 안내되었다.

말없이 손짓으로 병실 안으로 들어가라고 권하기에 쇼타는
안으로 들어갔다. 침대 쪽을 보니 노리와는 창가를 보고 있는
것 같았다.

"아버지…… 마가키…… 씨가 왔어요."

마사키가 노리와의 시선 끝에 가도록 손짓해, 쇼타는 창가
로 향했다. 머리맡에 서서 노리와의 얼굴을 본 쇼타는 숨을 삼
켰다.

눈앞의 노리와는 전에 만났을 때와는 딴사람처럼 바싹 말라
있었다. 숨 쉬는 것조차, 눈을 뜨고 있는 것조차 괴로운 것이 아
닐까 하는 느낌마저 들었다.

"마가키예요. 너무 늦게 찾아뵈서 죄송합니다. 제…… 저기, 제……."

말이 이어지지 않는다. 그 어떤 말로도 자신의 죄를 사죄할 길이 없다는 것은 알고 있다.

머리를 깊이 숙이자 노리와 곁에 놓인 감색 스웨터가 눈에 들어왔다.

노리와의 방에서 이 스웨터를 봤을 때, 이것을 떠주었다는 아내의 모습을 상상했다. 그런 여성을 자신이 죽게 하다니 가슴을 쥐어뜯기는 것 같다.

"죄송합니다……. 제…… 제 방자한 행위로, 당신의 소중한 사람의 목숨을 빼앗고 말았습니다……. 정말 죄송합니다……."

"아버지, 아시겠어요? 어머니를 차로 치어 죽게 한 가해자가 사죄하고 있어요."

마사키의 목소리가 들린다.

그에 이어 "마가키…… 쇼타……" 하고 작은 중얼거림이 귀에 들렸다.

쇼타는 노리와와 시선을 맞추려고 바닥에 무릎 꿇고 앉았다.

"전에 말씀드렸지만 저는 아버지를 여의었습니다. 병으로 돌아가셨는데도 견딜 수 없이 괴롭고 슬펐어요. 노리와 씨와 가족분들에게는 더 큰…… 아니, 말로는 다 할 수 없을 만큼의 괴로움과 슬픔을 드렸다고 생각합니다. 무슨 말을 들어도, 당해도,

제대로 받아내야 한다고 생각해서 여기 왔습니다. 정말 죄송합니다……."

노리와는 이쪽을 바라본 채 거의 반응을 보이지 않았다. 쇼타를 기억하고 있는지도 알 수 없다.

쇼타는 가방을 열어 수건으로 감싼 물건을 꺼냈다. 수건을 풀고 안에 있는 칼을 노리와 쪽으로 들어 보였다.

"이봐!" 하고 주의를 주는 듯한 마사키의 목소리가 들렸지만 상관 않고 입을 열었다.

"이걸로, 그때 제게 하고 싶었던 일을 하십시오."

이 가느다란 팔로는 자신을 죽이는 것까지는 못 하겠지만, 다치게 하는 정도는 당연하다고 각오했다.

노리와가 가느다란 손을 이쪽으로 뻗으며 애써 칼을 쥐려고 했다. 칼자루를 손에 쥐어준 순간, 칼을 보는 눈빛에 힘이 깃든 것처럼 느껴졌다.

"마사키…… 그와 둘이서만 있게 해다오."

조금 전까지의 연약한 모습은 온데간데없이 노리와가 또렷한 말투로 말했다.

"무슨 말씀을 하시는 거예요? 그렇게……."

노리와가 이쪽에서 마사키 쪽으로 고개를 돌렸다.

"네가 걱정할 만한 일은 안 하마. 절대로 안 할 테니 부탁한다. 그와 둘이서만 있게 해다오."

당혹스러운 듯 마사키가 침대에서 이쪽으로 시선을 옮겼다.

쇼타는 괜찮다고 고개를 끄덕여 보였다.

"알겠네. 무슨 일 생기면 바로 불러주게."

노리와가 아닌 쇼타를 향해 말하는 것 같았다.

문을 연 마사키가 뒤돌아서 노리와 쪽으로 시선을 보냈다. 뭔가를 호소하는 듯한 강한 눈빛으로 노리와에게 고개를 끄덕여 보인 뒤 병실에서 나가 문을 닫았다.

"의자에 앉는 게 어떤가?"

노리와가 시선을 되돌리고 말했다.

"아뇨…… 저는 여기도 괜찮습니다."

"그런가. 자네가 내 아내를 죽였나?"

노리와가 빤히 쳐다보기에 시선을 피하고 싶은 것을 참았다.

"제가 아내분을 죽게 했습니다……."

노리와가 말없이 이쪽을 바라본다.

아야카가 말했듯이 그 눈빛에서 분노나 증오는 느껴지지 않았다. 오히려 연민 같은 것이 깃들어 있는 것처럼 보였다.

"고통스러울 테지……."

그제야 노리와가 읊조리듯 말했다.

아무런 대답도 하지 못한 채 노리와와 마주 보았다.

"고통스럽지 않은가…… 자기 마음을 속이는 일이."

자신의 마음을 들여다본 것만 같아 등줄기에 한기를 느꼈다.

"나는 고통스러워서 견딜 수가 없네……."

노리와가 손에 쥔 칼을 본다.

"이 총검에는 수많은 사람의 피가 들러붙어 있지."

총검…….

그 말에 이끌리듯 노리와의 얼굴에서 손에 쥔 것으로 시선을 옮겼다.

"열여덟 살 때 중국에 출정해서 그곳에서 수많은 사람을 이 총검으로……."

"전쟁……이군요."

"그래, 전쟁……. 그런데 죽인 사람의 대부분은 죄도 없는 시민이었어. 나를 죽이려 한 사람도, 소중한 사람을 죽이려 한 사람도 아니었네……. 그때는 상관의 명령은 천황의 명령, 신의 명령이라고 하기에 복종했네. 나는 적이 쏜 총에 다리를 맞고 부상을 입어 일본으로 귀환한 뒤 종전을 맞았지. 중국에 남아 있던 동료들은 재판을 받아 죄를 참회했다는 것을 한참 뒤에 알게 되었네."

노리와의 이야기를 들으며 쇼타는 당혹스러웠다. 아내를 죽게 한 자신을 탓하는 것도 아니거니와 다른 사람에게는 아마도 하고 싶지 않은 이야기를 일부러 들려주는 이유를 알 수가 없었다.

"나는 재판에서 도망쳐 악행을 숨기고 살았어. 내가 해온 짓은 짐승만도 못한 짓이었지. 그런데 저지른 행위는 짐승이지만 안타깝게도 마음은 짐승이 되지 못했네. 자네는 망령을 보나?"

갑자기 묻기에, 무슨 뜻인지 몰라 노리와를 쳐다보기만 했다.

"자네가 목숨을 빼앗은 내 아내의 망령 말이야."

대답을 하지 못한 채 거의 매일 밤 나타나는 광경이 뇌리에 떠올랐다.

괴로워…… 살려줘…… 브레이크를 밟아줘…… 하고 귓전에서 부르짖으며, 문드러진 얼굴로 다가와 쇼타의 심장을 향해 손을 뻗는 망령의 모습이다.

"망령을 보는군. 그렇지?"

"……봅니다."

쇼타가 중얼거리자 노리와가 고개를 끄덕여 보였다.

"그렇지 않았으면 자네와 이야기를 해야겠다는 생각은 못 했지."

"무슨 뜻인가요?"

쇼타가 물었다.

"나처럼 자네도 마음은 짐승이 되지 못한다는 거야. 그로부터 세월이 70년 가까이 흘렀는데도 나는 여전히 망령을 봐. 내가 죽인 사람들의 망령을…… 이름도 모르는, 이제 와서는 알 수도 없는 사람들의 망령을. 망령이 나타날 때마다 나는 변명을 했지. 나도 전쟁 때문에 부상을 당했다……, 나도 피해자다……, 야만의 시대였다……, 그 당시 일본이라는 나라가 잘못 되었다고."

아무리 음주 운전을 했다 해도 비가 오지 않고 그때 나나가 울지 않았더라면, 그런 일은 일어나지 않았을 것이다. 운이 나빴을 뿐이라고, 쇼다도 그렇게 생각했다.

"그런데 아무리 변명해도 망령은 사라지지 않았지. 나는 그 고통에서 벗어나기 위해 필로폰에 의지했어."

지금으로 치면 각성제라는 것은 알고 있다.

"옛날에는 시판 약이라 쉽게 구할 수 있었지. 제조가 중지되어도 끊지 못하고 밀조품을 찾아다녔네. 초등학교 교사로 취직하고 스물여섯 살에 기미코와 결혼해 후미코를 낳은 뒤에도 계속……."

"후미코 씨는 진열장 위의 영정 사진 속에 있는 분인가요?"

노리와가 고개를 끄덕였다.

"내가 집에서 아이를 돌보고 있을 때 갑자기 몸 상태가 나빠지더니 그대로 떠났지."

이유는 모르지만 두세 살배기 아이가 죽은 것이다. 심지어 자기 눈앞에서 아이를 잃었으니 필시 괴로웠으리라.

"그때 나는 필로폰을 하느라 황홀 속에 있었네. 그 탓에 후미코의 상태가 이상하다는 걸 눈치채지 못해 죽게 하고 말았지. 아니, 내가 죽인 것이나 마찬가지야. 내 죄책감을 외면하고 싶은 나머지 다시 나쁜 일에 손을 댔고 그러다 내 목숨보다 소중히 여긴 딸을 잃고 말았어."

쇼타 자신도 죄책감을 덜기 위해 마에조노 일행과 어울리려 하다 하마터면 다시 죄를 지을 뻔한 것이 생각났다.

"왜 죄 많은 내가 아니라 죄도 없는 아이의 목숨을 빼앗느냐고 마음속으로 부르짖었지. 그러자 어디선가 목소리가 들려왔네. 내가 죽는 것보다 더한 고통을 느끼기를 바랐다고, 그게 나에 대한 진정한 벌이라고 말이야. 목소리의 주인이 내가 죽인 자들의 망령임을 깨달았지."

노리와의 심정을 조금은 알 것 같았다.

아버지가 돌아가셨을 때, 그것이 자신에게 내려진 벌처럼 느껴졌다.

"그 일을 겪은 후 나는 필로폰을 딱 끊고 누구보다 선량하게 살려고 애썼네. 그런데도 용서받지 못했지. 망령은 나를 더 괴롭히려고 오랜 세월을 함께한 기미코를 빼앗아갔어. 기미코는 고열에 시달리는 나를 위해 얼음을 사러 갔다가 돌아오는 길에…… 게다가 마지막으로 기미코의 얼굴을 볼 수조차 없었지."

노리와를 바라보며 살을 에는 듯한 고통이 느껴졌다.

"아내분의 목숨을 빼앗은 건 접니다."

쇼타의 말에 노리와가 고개를 천천히 흔들었다.

"마음의 문제라네. 망령은 실재하지 않아. 망령은 마음속에 있지. 죄를 짓고 자기 마음을 속이는 자는 불행한 일이 생기면 자신의 죄에 대한 응보라고 생각하지."

나도 그렇게 생각하게 될까. 앞으로 소중한 사람을 잃을 때마다 노리와처럼 내 탓이 아닐까 하고 괴로워하게 되는 걸까.

앞으로 살아가는 한, 평생 그렇게 생각하게 될까.

그것이 사람의 목숨을 무참히 빼앗은 자신에게 내려진 진정한 벌이라고.

어머니와 누나, 아야카, 그리고 어제 처음 본 그 아이의 모습이 뇌리를 스쳤다.

"이대로 계속 마음을 속이면 내 죄에 대한 응보가 또 나타나는 건 아닐까 생각했네. 언제 죽어도 이상하지 않은 나에 대한 마지막 응보는 내가 죽기 전에 남은 가족을 먼저 데려가는 것. 그리고 저세상에 가도 기미코와 후미코를 만나지 못하는 것이지. 그래서 내가 살아 있는 동안 누군가에게 내 죄를 고해하고 싶었네. 그런데 가족에게는 차마 할 수가 없었지."

"왜 저를 선택하신 건가요?"

"나처럼 죄 많은 인간이기 때문이야. 다만 그뿐만이어서는 안 되었지. 나처럼 죄로 인해 고통받는 자가 아니면 이야기할 수 없네."

똑같이 죄를 지었다 해도 자신의 고통을 이해할 수 있는 사람이 아니면 털어놓아도 의미가 없다는 것이리라.

쇼타는 자신처럼 사람을 죽였지만 마음이 통하지 않았던 마에조노를 떠올렸다.

"죄의식에 고통받고 있는지 아닌지 확인하고 싶어서 자네에게 접근했네. 그 집으로 이사하고 나서 그걸 알아내기 위해 기회를 엿보았지만 쉽지 않더군. 그런데 그때 방 형광등이 깜빡이기 시작했어. 지금 생각하면 그건 천국에 있는 기미코가 도와준 게 아니었을까 싶네……. 그리고 자네에게라면 이야기할 수 있겠다고 생각했지. 아니, 이야기해야 한다고……."

"왜 제가 죄의식에 고통받고 있다고 생각하셨어요?"

"아버지 임종을 지켰느냐고 물었더니 자네는 고개를 내젓고 울었지. 그리고 '나였으면 좋았을 텐데' 하고 중얼거렸어. 후미코와 기미코가 죽었을 때 내가 한 생각과 똑같았지. 그런데 그 시점에 이 이야기를 하는 건 자네한테 잔인하게 느껴져서…… 조금 시간을 두어야겠다고 마음먹은 사이에……."

인지 장애가 심해진 것이리라.

"이제껏 누구와도 하지 못한 이야기를 자네와 하고 싶었네. 그리고 자네에게 전하고 싶었어. 나처럼 고통받기 전에…… 만약 소중한 사람을 잃게 되면 그럴 때마다 나처럼 끝없는 고통에 시달리지 않도록……. 그것이 내가 무참히 죽인 사람들에 대한, 나 때문에 죽은 기미코와 후미코에 대한, 이 세상에서 내가 할 수 있는 최소한의 속죄라고 생각했네."

노리와는 그렇게 말하고 힘이 빠졌는지 총검을 쥔 손을 축 늘어뜨렸다. 곁에 있던 스웨터를 잡아당겨 얼굴로 가져갔다.

"기미코…… 후미코…… 나 때문에 미안하다……."

노리와의 뺨을 타고 흐르는 눈물을 본 순간, 가슴속에서 뭔가가 터졌다. 쇼타는 몸을 내밀어 노리와의 손을 잡았다.

"그렇지 않아요!"

쇼타가 소리치자 노리와가 움찔 놀란 듯이 이쪽을 봤다.

"그 사고는 제가…… 저의 어리석은 행동 때문에 일어난 겁니다. 결코 당신 탓이 아니에요. 제가 그때…… 사람을 치었다고 생각했을 때 브레이크를 밟았더라면…… 아내분은 목숨을 잃지 않았을지도 몰라요. 그런데 술을 마시고 신호까지 무시하는 바람에……. 죄송합니다…… 정말 죄송합니다……."

쇼타의 목소리는 심하게 떨리고 노리와를 보던 눈앞은 뿌옇게 흐려졌다.

"그러니까, 당신 탓이 아니에요!"

노리와가 어떤 표정을 하고 있는지 알 수 없지만, 맞닿은 서로의 손이 몹시 떨리는 것이 느껴졌다.

"나는…… 기미코와…… 후미코를…… 만날 수 있을까…… 만나도 될까……."

모른다. 모르지만…….

"만날 수 있어요. 분명히 만날 수 있습니다."

쇼타는 노리와의 손을 힘주어 잡았다.

────────── 18

쇼타는 횡단보도 바로 앞에 혼자 서 있다.

아야카가 가까이 가도 알아채지 못하는지, 자신이 사고를 낸 장소를 가만히 지켜보고 있다.

아까 쇼타에게 문자를 받았다. 노리와와 이야기를 했다는 것과 여기서 만나고 싶다는 내용이었다. 사고 현장에 가서 둘이서 노리와 기미코의 명복을 빌려는 것이라고 생각하고 아야카는 꽃을 준비해왔다.

이미 신호기 기둥에 꽃다발이 하나 놓여 있다.

"쇼타……."

아야카가 부르자, 쇼타가 이쪽으로 고개를 돌렸다.

"5년 전…… 나는 여기서 한 여성을 죽였어."

고개를 끄덕이지도 내젓지도 않고 아야카는 빨갛게 충혈된 쇼타의 눈을 바라보았다.

"여기서 충격을 느끼고…… 곧바로 사람을 치었다고 생각했어."

그 말을 듣고 심장이 방망이질하듯 뛰었다. 그런데도 아무 말도 하지 않고, 아무것도 하지 않고 오로지 귀를 기울였다.

"뭔가에 올라탄 감촉이 핸들 너머로 전해지고…… 빗소리를 지우는 여성의 큰 비명이 귀에 울렸어……."

그렇게 말한 뒤 자신의 두 손을 펼치고 바라본다.

"그런데 나는 브레이크를 밟지 않았어. 백미러에 비친 빨간 불을 보고 무서워서 그대로 달렸어……."

두 손을 바라보던 쇼타의 눈에 눈물이 쏟아졌다. 그것을 바라보는 아야카의 눈앞도 흐릿해졌다.

"어떻게 그런 짓을 할 수 있었을까. 나는 형편없는 인간이야……. 아니…… 나는 인간도 아니야…… 짐승이야……."

"인간이야!"

아야카의 말에 쇼타가 아야카와 눈을 맞추었다.

"그러니까 사실대로 말한 거잖아."

쇼타가 그 자리에 무릎을 꿇고 울음을 터뜨렸다.

아야카는 흐느껴 우는 쇼타에게 다가가 바로 앞에 웅크리고 앉았다. 꽃다발을 든 손으로 쇼타를 안아주었다.

그 사실을 둘이서 받아들이자.

죄를 지은 사람이 속죄의 마음을 얼마나 품고 있는지는 타인이 알 길이 없다. 말로는 무슨 말이든 할 수 있고 잠깐은 반성의 태도를 보일 수도 있기 때문이다.

따라서 앞으로 평생을 걸고 내가 쇼타를 지켜보겠다. 나도 함께 그 짐을 지고 옆에서 나란히 걷겠다. 내 죄와 함께.

어느 도망자의 고백

구름 한 점 없는 파란 하늘 아래 차창 밖을 바라보고 있자, 묘원 출구에서 검은 정장을 입은 남자와 검은 원피스를 입은 여자가 나왔다.

5년 만에 보는 마가키 쇼타와 구리야마 아야카는 멀리서 봐도 한층 성숙해 보였다.

노리와 마사키는 역시 저 두 사람이었구나, 하고 생각했다.

매년 아버지와 어머니 기일이면 구미와 함께 성묘를 갔다. 그런데 작년 어머니 기일에는 구미의 형편이 여의치 않아 마사키 혼자 갔다. 그 후 구미에게 사흘 뒤에 성묘를 갔다고 연락이 왔는데, 가족묘에 꽃다발이 놓여 있었다는 것이었다. 구미는 꽃다발을 가지고 가지 않았고 달리 이곳에 올 친척도 없을 텐데 이상하다고 했다. 게다가 어머니가 좋아하던 흰 꽃이었다고 했다.

올해 아버지 기일에는 마사키의 일정이 맞지 않아 구미와 미리 의논해서 기일의 나흘 뒤에 둘이서 성묘를 가기로 했다. 그러자 가족묘 앞에 싱싱한 흰 꽃다발이 놓여 있었나.

그리고 올해 어머니 기일로부터 나흘간, 마사키는 회사를 쉬고 렌터카를 빌려 용케도 이런 탐정 흉내를 내고 있다.

꽃다발을 갖다 놓은 사람이 누구인지 꼭 알아야겠다는 마음은 아니다.

다만…….

아버지를 면회한 며칠 뒤, 마사키는 마가키 쇼타를 담당한 변호사에게 연락을 받았다. 그리고 구미와 함께 기타아게오의 본가에서 마가키를 만나게 되었다. 마가키는 마사키 남매에게 경찰서와 재판에서 한 말은 거짓으로, 실은 어머니를 치었다고 인식한 상태에서 도망갔다는 것과, 자신이 신호를 무시했다는 것을 고백했다. 그리고 어머니 불단 앞에서 합장을 한 뒤 그 자리에 쓰러져 울었다. 마가키는 마사키가 말을 건네기 전까지 오랜 시간을 꿈쩍도 하지 않았다.

구미는 이제껏 거짓말을 한 마가키에게 분노를 느꼈다고 했지만, 마사키의 소감은 조금 달랐다.

경찰 취조와 재판에서 사실대로 진술했더라도 구형이나 판결에 그리 큰 변화는 없었을 것이다. 그의 진술을 신뢰할 수 없다는 전제하에 내려진 판결이었기 때문이다.

오히려 마사키는 왜 5년이 지난 지금에 와서 진실을 밝힐 마음이 생겼는지 그것이 궁금했다.

그때 아버지와 무슨 대화를 나누었는지, 그리고 병상의 아버지가 안간힘을 쓰며 원하던 '그것'이 그 부러진 칼이었는지 하는 것과 함께.

흐느끼면서 집을 나가는 마가키 쇼타에게 결국 아무것도 묻지 못했다.

그래, 다 옛날 일이니. 그렇게 생각하고 마사키는 차 키를 돌려 시동을 걸었다.

지금 자신이 얼굴을 비추면 두 사람은 불편할 것이다.

하지만 역시 묻고 싶다. 마사키는 시동을 끄고 차에서 내려 두 사람이 걸어가는 쪽을 향해 달렸다.

"마가키 군."

그 소리에 두 사람이 걸음을 멈췄다. 이쪽을 보고 조금 놀란 듯이 서로 얼굴을 마주 보았다.

"오랜만에 뵙겠습니다."

마가키 쇼타가 머리를 깊숙이 숙였다.

"꽃을 갖다 놓은 게 자네들인가?"

"허락도 없이 죄송합니다."

두 사람이 동시에 사과하고 머리를 숙이려는 것을 "아니, 아니 그건 괜찮은데" 하고 말렸다.

"그나저나 다쿠미 군은 잘 지내고 있나?"

마사키가 묻자, 아야카가 "네" 하고 고개를 끄덕이고 마가키를 흘긋 살폈다.

"함께 살고 있습니다. 다만 혼인신고는 하지 않았어요. 저는 평생 '마가키'라는 짐을 짊어져야 한다고 생각하지만 두 사람은⋯⋯."

그렇게 말하고 마가키가 구리야마와 눈을 마주쳤다.

"이제 충분하지 않은가?"

두 사람이 동시에 이쪽을 봤다.

"구리야마 쇼타가 되면 어떻겠나? 어머니도 틀림없이 그러길 바라실 거야."

사건으로부터 11년간 그 이름을 짊어져왔다. 이제 충분하리라.

마가키가 고개를 숙였다. 감정을 억누르지 못하겠는지 소맷부리로 눈가를 닦았다.

"어머니는 좋은 분이셨거든."

마사키는 그렇게 말하며 저도 모르게 울먹였다. 마가키는 구리야마가 건네준 손수건으로 한차례 눈물을 닦았다. 그리고 두 사람은 동시에 "고맙습니다" 하고 머리를 깊숙이 숙였다. 잠시 후 발길을 되돌려 걸음을 옮겼다.

"아, 저기 말이야⋯⋯."

마사키가 불러 세우자 두 사람이 걸음을 멈추고 돌아보았다.

어느 도망자의 고백

"하나 물어봐도 될까?"

마사키는 말했다.

"네, 말씀하세요."

아버지는 마가키가 면회한 19일 뒤에 돌아가셨다.

아무것도 먹지 못하고 서서히 쇠약해지는 모습이 애처로워 보고 있기 힘들었지만, 마가키를 만난 이후 아버지의 얼굴은 씌었던 것이 떨어져 나간 것처럼 평온해 보였다.

마지막 말은 가족 모두 분명히 듣지는 못했지만, 틀림없이 "고마워"였다.

임종 때 아버지는 입가에 미소를 띠고 있었다. 그리고 돌아가셨다. 그런 아버지 얼굴은 처음 봤다.

"그때 아버지와 무슨 대화를 나누었나?"

어쩌면 그때의 대화 내용이 뭔가 관련 있지 않을까 하고 내내 궁금했다.

"저를 인간으로 되돌려주셨습니다. 그뿐입니다."

이 파란 하늘을 연상케 하는 싱그러운 미소를 띠고 그가 말했다.

죄를 고백하고 용서를 비는 것부터

현대사회에서 속죄에 대한 올바른 자세란 과연 무엇인지 끊임없이 추구해온 야쿠마루 가쿠. 이번 작품《어느 도망자의 고백》에서도 뺑소니 사망 사건 가해자의 내면을 조명하며 진정한 속죄란 무엇인지 질문을 던진다.

명문대에 다니는 마가키 쇼타는 어느 날 밤 빗길에 음주 운전을 하다 뺑소니 사고를 낸다. 그리고 사람을 치고도 멈추지 않고 그대로 달아난 혐의를 받고 체포된다. 본인은 사람인 줄 몰랐다고 주장하지만 인정되지 않아 결국 징역 4년 10개월의 실형을 선고받는다. 이 일로 가해자인 쇼타는 물론 그의 가족은 모든 것을 잃는다. 그리고 쇼타의 여자 친구인 구리야마 아야카는 쇼타가 음주 운전을 한 것은 본인에게도 책임이 있다며 죄책감을 가진다.

피해자의 남편인 80대 노인 노리와 후미히사는 아내의 목숨을 빼앗은 쇼타를 만나 '해야 할 일이 있다'며 집념을 불태운다. 형기를 마치고 출소한 그가 어디에 사는지 알아내 그의 집 근처로 이사하지만, 인지 장애가 진행되어 좀처럼 목적을 달성하지 못한다. 그리고 노리와 후미히사의 아들 마사키는 어머니가 돌아가신 뒤, 정신적으로나 육체적으로 위태로워진 아버지를 지켜보며 안타까워한다.

출소 직후의 쇼타는 교도소에서 형기를 채움으로써 속죄했다고 믿는다. 전과자인 만큼 삶이 그리 녹록지 않겠지만, 가급적 사람을 대면하지 않는 일에 종사하면 얼마든지 잘살 수 있으리라 기대한다. 그러던 쇼타 앞에 과거 여자 친구였던 아야카가 나타나고, 또 피해자의 가족까지 맞닥뜨리게 된다. 비겁하고 나약하지만 일말의 양심은 남아 있던 쇼타는 과거의 죄와 인물들을 마주하며 심경의 변화를 겪는다.

야쿠마루 가쿠가 그동안 써온 살인에 관한 이야기에서 가해자는 평범한 사람과는 다른, 특별한 인간성의 소유자였다. 가해자가 범죄를 저지르는 상황을 독자는 어디까지나 허구의 이야기로 받아들이며 읽는다. 그런데《어느 도망자의 고백》에서 그려진 사건은 누가, 언제, 어디서 똑같은 상황에 처할지 알 수 없다. 차를 운전하는 사람이라면 누구나 사망 사고의 가해자가 될 수 있다고 야쿠마루 가쿠는 말한다. 그러나 그 리스크를 염두에 두고 핸들을 쥐는 사람은 과연 얼마나 될까. 만약 사고가 나도 쇼타와 똑같은 말과 행동을 절대로 하지 않겠다고 단언할 만한 근거가 어디에 있느냐고 작가는 묻는다. 그리고 형기를 채움으로써 사법적인 책임은 다했다고 할 수 있을지언정, 가해자가 속죄의 마음을 갖지 않으면 그 후의 삶을 성실히 살 수 없다고 주장한다.

《어느 도망자의 고백》에는 창작 비화가 있다. 야쿠마루 가쿠는 원래 다른 작품을 구상하고 있었는데, 지방에서 혼자 살고 계신 아버지가 인플루엔자로 입원을 한 것이다. 지병도 진행 중이어서 회복하기 어려운 상황이라 최대한 함께 있는 시간을 마련하고자 연재 이외의 일은 중지했다. 아버지는 결국 약 석 달 후에 돌아가셨다. 엄격하면서도 다정한 아버지는 야쿠마루 가쿠의 가치관의 많은 부분을 길러주신 존경할 만한 분이었기 때문에 그는 슬픔에 젖어 지냈다.

그러던 어느 날 밤, 침대에 들어가 잠을 청하는데 갑자기 《어느 도망자의 고백》의 이미지가 머릿속에 흘러 들어왔다고 한다. 대략적인 스토리는 물론, 대사와 장면, 세세한 묘사가 새벽녘까지 흘러 들어와 그것을 메모하느라 밤을 새웠다. 이런 일은 데뷔한 지 15년이 넘는 작가 인생 중 처음 경험하는 일이라고 야쿠마루 가쿠는 말한다.

갈겨쓴 메모를 다시 살펴보니 이것이야말로 지금의 내가 써야 하는 이야기라고 직감했다고 한다. 가슴속에 소용돌이치고 사라지지 않는 돌아가신 아버지에 대한 마음, 이를테면 '아버지와 더 많은 이야기를 나누고 싶었다, 아버지에 대해 모르는 것이 많다, 아들로서 뭔가 할 수 있는 일이 더 있었을 것이다' 하는 후회와 죄책감도 작품 속에 담을 수 있지 않을까 생각했다고 한다.

지금껏 써 온 죄와 벌의 문제를 새로운 각도로 조명한 《어느 도망자의 고백》. 그의 인생이 녹아 들어가 있는 작품인 만큼 야쿠마루 가쿠의 새로운 대표작이 되길 바란다.

이정민

어느 도망자의 고백

1판 1쇄 발행 2022년 7월 27일
1판 8쇄 발행 2022년 8월 30일

저자	야쿠마루 가쿠
옮긴이	이정민
발행인	유재옥
본부장	조병권
담당편집	김혜연
편집 1팀	김준규 김혜연 박소연
편집 2팀	정영길 조찬희 박치우 정지원
편집 3팀	오준영 곽혜민 이해빈
디자인	김보라 박민솔
표지디자인	어나더페이퍼
라이츠	맹미영 이승희 이윤서
디지털	박상섭 최서윤 김지연
발행처	㈜소미미디어
발행등록	제2015-000008호
주소	서울시 마포구 토정로 222, 403호(신수동, 한국출판콘텐츠센터)
판매	㈜소미미디어
제작처	코리아피앤피
영업	박종욱
마케팅	한민지 최원석 최정연 한소리
물류	허석용 백철기
전화	편집부 (070)4164-3960, (070)8822-2302, 기획실 (02)567-3388
	판매 및 마케팅 (070)4165-6888, Fax (02)322-7665
ISBN	979-11-384-1206-3 (03830)